永恒的经典

最有影响的 **70** 篇

经典美文

毕军/编

天津出版传媒集团

天津科学技术出版社

图书在版编目（CIP）数据

最有影响的 70 篇经典美文 / 毕军编 . -- 天津：天
津科学技术出版社， 2010.8（2024.5 重印）

（永恒的经典）

ISBN 978-7-5308-5846-2

Ⅰ . ①最… Ⅱ . ①毕… Ⅲ . ①散文 - 作品集 - 世界
Ⅳ . ① I16

中国版本图书馆 CIP 数据核字（2010）第 126616 号

最有影响的 70 篇经典美文

ZUIYOUYINGXIANG DE 70PIAN JINGDIAN MEIWEN

责任编辑：王　璐

责任印制：刘　彤

出　　版：天津出版传媒集团

　　　　　天津科学技术出版社

地　　址：天津市西康路 35 号

邮　　编：300051

电　　话：（022）23332399

网　　址：www.tjkjcbs.com.cn

发　　行：新华书店经销

印　　刷：三河市同力彩印有限公司

开本 710×1000　1/16　印张 14　字数 200 000

2024 年 5 月第 1 版第 2 次印刷

定价：59.00 元

前　言

一个故事可以影响人的一生，一则美文可以改变人的命运。

所谓"美文"是一种用艺术的方法去叙事抒情的散文，一篇好的散文也是美文，一首好的诗歌是美文，一部好的小说是美文，一篇好的论文还是美文。

美文是精粹的，也是纯美的！美文总是以最简洁的文字、最真挚的感情将自己的所见所闻、所历所感，呈现在广大读者面前。

美文是文学中的一枝奇葩，是在纸上跳跃的心灵文字。阅读古今中外的经典美文，不仅能够开阔眼界，增长知识，更能够在精神上获得启迪和昭示。透过这些作品，我们不仅能够剖析一个作家的创作内涵，全面、客观地评价作家和他的作品，还可以进一步了解作家所处的那个时代。

从本书所选近70篇中外名家美文中，读者可以看到作者对生活、对艺术、对大自然、对动物等诸多的感怀和真诚阐释，并同时也能感受到文字的无穷魅力。

目 录
CONTENTS

猫

[中国]夏丏尊

　　白马湖新居落成，把家眷迁回故乡的后数日，妹就携了四岁的外甥女，由二十里外的夫家雇船来访。自从母亲死后，兄弟们各依了职业迁居外方，故居初则赁与别家，继则因兄弟间种种关系，不得不把先人有过辛苦历史的高大屋宇，受让给附近暴发户，于是兄弟们回故乡的机会就少，而妹也已有六七年无归宁的处所了。这次相见，彼此既快乐又酸辛，小孩之中，竟有未曾见过姑母的。外甥女也当然不认得舅妗和表姊，虽经大人指导勉强称呼，总都是呆呆地相觑着。

　　新居在一个学校附近，背山临水，地位清静，只不过平屋四间。论其构造，连老屋的厨房还比不上，妹却极口表示满意："虽比不上老屋，终究是自己的房子，我家在本地已有许多年没有房子了！白从老屋卖去以后，我多少被人瞧不起！每次乘船行过老屋的面前，真是……"

　　妻见妹说时眼圈有点红了，就忙用话岔开："妹妹你看，我老了许多了罢？你

夏丏尊（1886—1946年），浙江上虞人，中国现代著名作家、出版家。曾任开明书店总编辑、编辑所长，1936年当选为中国文艺家协会主席。曾和叶圣陶合著《文心》，并译有《爱的教育》。

永/恒/的/经/典

却总是这样后生。"

"三姊倒不老！——人总是要老的，大家小孩都已这样大了，你们大起来，就是我们在老起来。我们已六七年不见了呢。"

"快弄饭去吧！"我听了她们的对话，恐再牵入悲境，故意打断话头，使妻走开。

妹自幼从我学会了酒，能略饮几杯。兄妹且饮且谈，嫂也在旁屦着。话题由此及彼，一直谈到饭后，连续不断。每到妹和妻要谈到家事或婆媳小姑关系上去，我总立即设法打断，因为我是深知道妹在夫家的境遇的，很不愿在难得晤面的当初，就引起悲怀。

忽然，天花板上起了嘈杂的鼠声。

"新造的房子，老鼠就这样多了吗？"妹惊讶了问。

"大概是近山的缘故罢。据说房子未造好就有了老鼠的。晚上更厉害。今晚你听，好像在打仗哩，你们那里怎样？"妻说。

"还好，我家有猫。——快要产小猫了，将来可捉一只来。"

"猫也大有好坏，坏的猫老鼠不捕，反要偷食，到处撒屎，还是不养好。"我正在寻觅轻松的话题，就顺了势讲到猫上去。

"猫也和人一样，有种子好不好的，我那里的猫，是好种，不偷食，每朝把屎撒在盛灰的畚斗里。——你记得从前老四房里有一只好猫罢。我们那只猫，就是从老四房讨去的小猫。近来听说老四房里已断了种了，——每年生一胎，附近养蚕的人家都来千求万恳地讨，据说讨去都不淘气的。现在又快要生小猫了。"

老四房里的那只猫向来有名。最初的老猫，是曾祖在时，就有了的。不知是那里得来的种子，白地，小黄黑花斑，毛色很嫩，望去像上等的狐皮"金银嵌"。善捉鼠性质却柔顺的了不得，当我小的时候，常去抢来玩弄，听它念肚里佛，挖着它的眼睛，不啻是一个小伴侣。后来我由外面回家，每走到老四房去，有时还看见这小伴侣——的子孙。曾也想讨只小猫到家里去养，终难得逢到恰好有小猫的机会，自迁居他乡，十年来久木忆及了。不料现在种子未绝，妹家现在所养的，不知已是最初老猫的几世孙了。家道中落以来，田产室庐大半荡尽，而曾祖时代的猫，尚间接地在妹家留着种子，这真是一种不可思议的缘，值得叫人无限感兴趣的了。

"哦！就是那只猫的种子！好的，将来就给我们一只。那只猫的种子是近地有名的。花纹还没有变吗？"

"你喜欢哪一种？——大约一胎多则三只，少则两只，其中大概有一只是金银嵌的，有一二只是白中带黑斑的，每年都是如此。"

"那自然是金银嵌的啰。"我脑中不禁浮出孩时小伴侣的印象来。更联想到那如云的往事，为之茫然。

妻和妹之间，猫的谈话，仍被继续着，儿女中大些的张了眼听，最小的阿满，摇着妻的膝问"小猫几时会来？"我也靠在藤椅子上吸着烟默然听她们。

"小猫的时候，要教它会才好。如果撒屎在地板上了，就捉到撒屎的地方，当着它的屎打，到碗中偷食吃的时候，就把碗摆在它的面前打，这样打了几次，它就不敢乱撒屎多偷食了。"

妹的猫教育论，引得大家都笑了。

次晨，妹说即须回去，约定过几天再来久留几日，临走的时候还说："昨晚上老鼠真吵得厉害，下次来时替你们把猫捉来罢。"

妹去后，全家多了一个猫的话题。最性急的自然是小孩，他们常问"姑妈几时来？"其实都是为猫而问，我虽每回答他们"自然会来的，性急什么？"而心里也对于那与我家一系有二十多年历史的猫，怀着迫切的期待，巴不得妹——猫快来。

妹的第二次来，在一个月以后，带来的只是赠送小孩的果物和若干种的花草苗种，并没有猫。说前几天才出生，要一月后方可离母，此次生了三只，一只是金银嵌的，其余两只，是黑白花和狸斑花的，讨的人家很多，已替我们把金银嵌的留定了。

猫是被送来，已是妹第二次回去后半月光景的事，那时已过端午，我从学校回去，一进门，妻就和我说："妹妹今天差人把猫送来了，她有一封信在这里。说从回去以后就有些不适。大约是寒热，不要紧的。"

我从妻手里接了信草草一看，同时就向室中四望："猫呢？"

"她们在弄它，阿吉、阿满，你们把猫抱来给爸爸看！"立刻，柔弱的

"尼亚尼亚"声从房中听得阿满抱出猫来:"会念佛的,一到就蹲在床下,妈说它是新娘子呢。"

我在女儿手中把小猫熟视着说:"还小呢,别去捉它,放在地上,过几天会熟的。当心碰见狗!"

阿满将猫放下。猫把背一耸就跟跄地向房里遁去。接着就从房内发出柔弱的"尼亚尼亚"的叫声。

"去看看它躲在什么地方。"阿吉和阿满蹑了脚进房去。

"不要去捉它啊!"妻从后叮嘱她们。

猫确是金银嵌,虽然产毛未褪,黄白还未十分夺目,尽足依约地唤起从前老四房里小伴侣的印象。"尼亚尼亚"的叫声,和"咪咪"的呼唤声,在一家中引起了新气氛,在我心中却成了一个联想过去的媒介。想到儿时趣味,想到家况未中落时的光景。

与猫同来的,总以为不成问题的妹的病消息,一二日后竟由沉重而至于危笃,终于因恶性疟疾引起了流产,遗下未足月的女孩而弃去这世界了。

一家人参与丧事完毕从丧家回来,一进门就听到"尼亚尼亚"的猫声。

"这猫真不利,它是首先来报妹妹的死信的!"妻见了猫叹息着说。

猫正在檐前伸了小足扒搔着柱子,突然见我们来,就跟跄逃去。阿满赶到厨下把它捉来了,捧在手里:"你还要逃,都是你不好!妈!快打!"

"畜生晓得什么?唉,真不利!"妻呆呆地望着猫这样说,忘记了自己的矛盾,倒弄得阿满把猫捧在手里瞪目茫然了。

"把它关在伙食间里,别放它出来!"我一边说一边懒懒地走入卧室睡去。我实在已怕看这猫了。

立时从伙食间里发出"尼亚尼亚"的悲鸣声和嘈杂的搔爬声来。努力想睡,总是睡不着。原想起来把猫重新放出,终于无心动弹。连向那就在房外的妻女叫一声"把猫放出"的心绪也没有,只让自己听着那连续的猫声,一味沉浸在悲哀里。

从此以后,这小小的猫,在全家成了一个联想死者的媒介,特别的在我,这猫所暗示的新的悲哀的创伤,是用了家道中落等类的怅惘包裹着的。

伤逝的悲怀,随着暑气一天一天地淡去,猫也一天一天地长大,从前被全家所诅咒的这不幸的猫，这时渐被全家宠爱珍惜起来了，当作了死者的纪念物。每餐给它吃鱼，归阿满饲它，晚上抱进房里，防恐被人偷了或是被野狗咬伤。

白玉也似的毛地上，黄黑斑错落得非常明显，当那蹲在草地上或跳掷在凤仙花丛里的时候，望去真是美丽。每当附近四邻或路过的人，见了称赞说"好猫！"的时候，妻脸上就现出一种莫可言说的矜夸，好像是养着一个好儿子或是好女儿。特别的是阿满："这是我家的猫，是姑母送来的，姑母死了，只剩了这只猫了！"她当有人来称赞猫的时候，不管那人陌生与不陌生，总会睁圆了眼起劲地对他说明这些。

猫做了一家的宠儿了，每餐食桌旁总有它的位置，偶然偷了食或是乱撒了屎，虽然依妹的教育法是要就地罚打的，妻也总看妹面上宽恕过去。阿吉、阿满一从学校里回来就用了带子逗它玩，或是捉迷藏似地在庭间追赶它。我也常于初秋的夕阳中坐在檐下对了这跳掷着的小动物作种种的遐想。

那是快近中秋的一个晚上的事，湖上邻居的几位朋友，晚饭后散步到了我家里，大家在月下闲话，阿满和猫在草地上追逐着玩。客去后，我和妻搬进几椅正在关门就寝，妻照例记起猫来："咪咪！咪咪！咪咪！"阿吉、阿满也跟着唤。

可是却不听到猫的"尼亚尼亚"的回答。

"没有呢！哪里去了？阿满，不是你捉出来的吗？去寻来！"妻着急起来了。

"刚刚在天井里的。"阿满瞠了眼含糊地回答，一边哭了起来。

"还哭！都是你不好！夜了还捉出来做什么呢？——咪咪，咪咪！"妻一边责骂阿满一边嘎了声再唤。

"咪咪，咪咪！"我也不禁附和着唤。

可是仍不听到猫的"尼亚尼亚"的回答。

叫小孩睡好了，重新找寻，室内室外，东邻西舍，到处分头都寻遍，哪有猫的影儿？连方才谈天的几位朋友都过来帮着在月光下寻觅，也终于不见踪影。一直闹到十二点多钟。月亮已照屋角为止。

"夜深了，把窗门暂时开着，等它自己回来罢，——偷是没有人偷的，或者被狗咬死了，但又不听见它叫。也许不至于此，今夜且让它去罢。"我宽慰着妻，关了大门，先入卧室去。在枕上还听到妻的"咪咪"的呼声。

猫终于不回来。从次日起，一家好像失了什么似地，都觉到说不出的寂寥。小孩从放学回来也不如平日的高兴，特别地在我，于妻女所感得的以外，顿然失却了沉思过去种种悲欢往事的媒介物，觉得寂寥更甚。

第三日傍晚，我因寂寥不过了，独自在屋后山边散步，忽然在山脚田坑中发现猫的尸体。全身粘着水泥，软软地倒在坑里，毛贴着肉，身躯细了好些，项有血迹，似确是被狗或野兽咬毙了的。"猫在这里！"我不觉自叫了说。"在哪里？"妻和女孩先后跑来，见了猫都呆呆地几乎一时说不出话。

"可怜，一定是野狗咬死的。阿满，都是你不好！前晚你不捉它出来，哪里会死呢？下世去要成冤家啊！——唉！妹妹死了。连妹妹给我们的猫也死了。"妻说时声音呜咽了。

阿满哭了，阿吉也呆着不动。

"进去吧，死了也就算了，人都要死哩，别说猫！快叫人来把它葬了。"我催她们离开。

妻和女孩进去了。我向猫作了最后的一瞥，在黄昏中独自徘徊。日来已失了联想媒介的无数往事，都回光返照似地一时强烈地齐现到心上来。

灯蛾埋葬之夜

［中国］郁达夫

今年的夏季，实在并没有什么大热的天气，尤其是在我这一个离群的野寓里。

有一天晚上，天气特别的闷，晚餐后上床去躺了一忽，终觉得睡不着，就又起来，打开了窗户，和她两人坐在天井里候凉。

两人本来是没有什么话好谈，所以只是昂着头在看天上的飞云和云堆里时时露现出来的一颗两颗的星宿。

一边慢摇着蒲扇，一边这样的默坐在那里，不晓得坐了多久了，室内桌上的一支洋烛，忽而灭了它的芯光。

两人既不愿意动弹，也不愿意看见什么，所以灯光的有无，也毫没有关系，仍旧是默默地坐在黑暗里摇动扇子。

又坐了好久好久，天末似起了凉风，窗帘也动了，天上的云层，飞舞得特别的快。

打算去睡了，就问了一声："现在不晓得是什么时候了？"她立了起来，慢慢走进了室内，走入里边房里去拿火

郁达夫（1896—1945年），我国现代文学中浪漫主义、感伤文学的中坚作家。主要作品有《沉沦》《茑萝行》《还乡》等。

柴去了。

停了一会，我在黑暗里看见了一丝火光和映在这火光周围的一团黑影，及黑影底下的她的半面苍白的脸。

第一支火柴灭了，第二支也灭了，直到了第三支才点旺了洋烛。

洋烛点旺之后，她急急地走了出来，手里却拿着了那个大表，轻轻地说："不晓是什么时候了，表上还只有六点多钟呢？"

接过表来，拿近耳边去一听，什么声响也没有。我连这表是在几日前头开过的记忆也想不起来了。

"表停了！"

轻轻地回答了一声，我也消失了睡意，想再在凉风里坐它一刻。但她却又继续着说："灯盘上有一只很美的灯蛾死在那里。"

跑进去一看，果然有一只身子淡红，翅翼绿色，比蝴蝶小一点，但全身却肥硕得很的灯蛾横躺在那里。右翅上有一处焦影，触须是烧断了。默看了一分钟，用手指轻轻拨它几拨，我双目仍旧盯视住这扑灯蛾的美丽的尸身，嘴里却不能自禁地说："可怜得很！我们把它去向天井里埋葬了吧！"

点了灯笼，用银针向黑泥松处掘了一个圆穴，把这美丽的尸身埋葬完时，天风加紧了起来，似乎要下大雨的样子。

拴上门户，上床躺下之后，一阵风来，接着如乱石似的雨点，便打上了屋檐。

一面听着雨声，一面我自语似的对她说："霞！明天是该凉快了。我想到上海去看病去。"

印度洋上的秋思

［中国］徐志摩

昨夜中秋。黄昏时西天挂下一大帘的云母屏，掩住了落日的光潮，将海天一体化成暗蓝色，寂静得如黑衣尼在圣座前默祷。过一刻，即听得船梢布篷上窸窸窣窣啜泣起来，低压的云夹着迷漾的雨色，将海天逼得像湖一般窄，沿边的黑影，也辨认不出是山是云，但涕泪的痕迹，却满布在空中水上。

一番秋意！那雨声在急骤之中，有零落萧疏的况味，连着阴沉的气温，只是在我灵魂的耳畔私语道："秋！"我原来无欢的心境，抵御不住那样温婉的浸润，也就开放了春夏间所积受的秋思，和此时外来的怨哀构合，产出一个弱的婴儿——"愁"。

天色早已沉黑，雨也已休止。但方才啜泣的云，还疏松地幕在天空，只露着些惨白的微光，预告明月已经装束齐整，专等开幕。同时船烟正在莽莽苍苍地吞吐，筑成一座蟒鳞的天桥，直联及西天尽处，和轮船浮出的一流翠波白沫，上下对照，留恋西来的踪迹。

徐志摩（1897—1931年），浙江硖石人，中国现代文学史"新风派"的代表诗人。出版过《志摩的诗》《翡冷翠的一夜》《猛虎集》《云游集》，其中大量是爱情诗。

北天云幕豁处，一颗鲜翠的明星，喜滋滋地先来问探消息，像新嫁媳的侍婢，也穿扮得遍体光艳。但新娘依然姗姗未出。

我小的时候，每于中秋夜，呆坐在楼窗外等看"月华"。若然天上有云雾缭绕，我就替"亮晶晶的月亮"担忧。若然见了鱼鳞似的云彩，我的小心就欣欣怡悦，默祷着月儿快些开花，因为我常听人说只要有"瓦楞"云，就有月华；但在月光放彩以前，我母亲早已逼我去上床，所以月华只是我脑筋里一个不曾实现的想象，直到如今。

现在天上砌满了瓦楞云彩，霎时间引起了我早年许多有趣的记忆——但我的纯洁的童心，如今哪里去了！

月光有一种神秘的引力。她能使海波咆哮，她能使悲绪生潮。月下的喟息可以结聚成山，月下的情泪可以培植百亩的畹兰，千茎的紫琳耿。我疑悲哀是人类先天的遗传，否则，何以我们儿年不知悲感的时期，有时对着一泻的清辉，也往往凄心滴泪呢？

但我今夜却不曾流泪。不是无泪可滴，也不是文明教育将我最纯洁的本能锄净，却为是感觉了神圣的悲哀，将我理解的好奇心激动，想学契古特白登来解剖这神秘的"眸冷骨累"。冷的智永远是热的情的死仇。他们不能相容的。

但在这样浪漫的月夜，要来练习冷酷的分析，似乎不近人情！所以我的心机一转，重复将锋快的智力收起，让沉醉的情泪自然流转，听他产生什么音乐，让绻缱的诗魂漫自低回，看他寻出什么梦境。

明月正在云岩中间，周围有一圈黄色的彩晕，一阵阵的轻霭，在她面前扯过。海上几百道起伏的银沟，一齐在微叱凄凄的音节，此处不受清辉的波域，在暗中坟坟涨落，不知是怨是慕。

我一面将自己一部分的情感，看入自然界的现象，一面拿着纸笔，痴望着月彩，想从她明洁的辉光里，看出今夜地面上秋思的痕迹，希冀她们在我心里，凝成高洁情绪的菁华。因为她光明的捷足，今夜遍走天涯，人间的恩怨，哪一件不经过她的慧眼呢？

印度的GANGES（埂奇）河边有一座小村落，村外一个榕绒密绣的湖边，坐着一对情醉的男女，他们中间草地上放着一尊古铜香炉，烧着上品的水息，那温柔婉恋的烟篆，沉馥香浓的热气，便是他们爱感的象征——月光从云端里轻俯下来，在那女子胸前的珠串上，水息的烟尾上，印下一个慈吻，微哂，重复登上她的云艇，向前驶去。

一家别院的楼上，窗帘不曾放下，几枝肥满的桐叶正在玻璃上摇曳斗趣，月光窥见了窗内一张小蚊床上紫纱帐里，安眠着一个安琪儿似的小孩，她轻轻挨进身去，在他温软的眼睫上，嫩桃似的腮上，抚摩了一会。又将她银色的纤指，理齐了他齐圆的额发，蔼然微哂着，又回她的云海去了。

一个失望的诗人，坐在河边一块石头上，满面写着忧郁的神情，他爱人的倩影，在他胸中像河水似的流动，他又不能在失望的渣滓里榨出些微甘液，他张开两手，仰着头，让大慈大悲的月光，那时正在过路，洗沐他泪腺湿肿的眼眶，他似乎感觉到清心的安慰，立即摸出一支笔，在白衣襟上写道："月光，你是失望儿的乳娘！"

面海一座柴屋的窗棂里，望得见屋里的内容：一张小桌上放着半块面包和几条冷肉，晚餐的剩余，窗前几上开着一本家用的圣经，炉架上两座点着的烛台，不住地在流泪，旁边坐着一个皱面驼腰的老妇人，两眼半闭不闭地落在伏在她膝上悲泣的一个少妇，她的长裙散在地板上像一只大花蝶。老妇人掉头向窗外望，只见远远海涛起伏，和慈祥的月光在拥抱密吻，她叹了声气向着斜照在圣经上的月彩唛道："真绝望了！真绝望了！"

她独自在她精雅的书室里，把灯火一齐熄了，倚在窗口一架藤椅上，月光从东墙肩上斜泻下去，笼住她的全身，在花砖上幻了一个窈窕的倩影，她两根垂辫的发梢，她微澹的媚唇，和庭前几茎高峙的玉兰花，都在静谧的月色中微颤，她加她的呼吸，吐出一股幽香，不但邻近的花草，连月儿闻了，也禁不住迷醉，她腮边天然的妙窝，已有好几日不圆满，她瘦损了。但她在想什么呢？月光，你能否将我的梦魂带去，放在离她三五尺的玉兰花枝上。

威尔斯西境一座矿床附近，有三个工人，口衔着笨重的烟斗，在月光中间坐。他们所能想到的话都已讲完，但这异样的月彩，在他们对面的松林，左首的溪水上，平添了不可言语比说的妩媚，唯有他们工余倦极的眼珠不合，彼此不约而同今晚较往常多抽了两斗的烟，但他们矿火熏黑，煤块擦黑的面容，表示他们心灵的薄弱，在享乐烟斗以外，虽经秋月溪声的戟刺，也不能有精美情绪之反感。等月影移西一些，他们默默地扑出了一斗灰，起身进屋，各自登床睡去。月光从屋背飘眼望进去，只见他们都已睡熟；他们即使有梦，有也无非矿内矿外的景色！

月光渡过了爱尔兰海峡，爬上海尔佛林的高峰，正对着静默的红潭。潭水凝定得像一大块冰，铁青色。四围斜坦的小峰，全都满铺着蟹青和蛋白色的岩片碎石，一株矮树都没有。沿潭间有些丛草，那全体形势，正像一大青碗，现在满盛了清洁的月辉，静极了，草里不闻虫吟，水里不闻鱼跃；只有石缝里潜涧淅沥之声，继续地作响，仿佛一座大教堂里点着一星小火，益发对照出静穆宁寂的境界，月儿在铁色的潭面上，倦倚了半晌，重复拨起她的银篦，过山去了。

昨天船离了新加坡以后，方向从正东改为东北，所以前几天的船梢正对落日，此后"晚霞的工厂"渐渐移到我们船向的左手来了。

昨夜吃过晚饭上甲板的时候，船右一海银波，在犀利之中涵有幽秘的彩色，凄清的表情，引起了我的凝视。那放银光的圆球正挂在你头上，如其起靠着船头仰望。她今夜并不十分鲜艳：她精圆的芳容上似乎轻笼着一层藕灰色的薄纱；轻漾着一种悲喟的音调；轻染着几痕泪花的雾霭。她并不十分鲜艳，然而她素洁温柔的光线中，犹之少女浅蓝妙眼的斜瞟；犹之春阳溶解在山巅白云反映的嫩色，含有不可解的迷力，媚态，世间凡具有感觉性的人，只要承沐着她的清辉，就发生也是不可理解的反应，引起隐复的内心境界的紧张，——像琴弦一样，——人生最微妙的情绪，戟激生命所蕴藏高洁名贵创作的冲动。有时在心理状态之前，或于同时，撼动躯体的组织，使感觉血液中突起冰流之冰流，嗅神经难禁之酸辛，内藏汹涌之跳动，泪腺之骤热与润湿。那就是秋月兴起的秋思——愁。

昨晚的月色就是秋思的泉源，岂止，直是悲哀幽骚悱怨沉郁的象征，是季候运转的伟剧中最神秘亦最自然的一幕，诗艺界最凄凉亦最微妙的一个消息。

今夜月明人尽望，不知秋思在谁家。

中国字形具有一种独一的妩媚，有几个字的结构，我看来纯是艺术家的匠心：这也是我们国粹之尤粹者之一。譬如"秋"字，已经是一个极美的字形；"愁"字更是文字史上有数的杰作；有石开湖晕，风扫松针的妙处，这一群点画的配置，简直经过柯罗的画篆，米启朗其罗的雕圭Chopin的神感；像一用一个科学的比喻——原子的结构，将旋转宇宙的大力收缩成一个无影无踪的电核；这十三笔造成的象征，似乎是宇宙和人生悲惨的现象和经验，吁喟和涕泪，所凝成最纯粹精密的结晶，满充了催迷的秘力。你若然有高蒂闲（Gautier）异超的知感性，定然可以梦到，愁字变形为秋霞黯绿色的通明宝玉，若用银槌轻击之，当吐银色的幽咽电蛇似腾入云天。

我并不是为寻秋意而看月，更不是为觅新愁而访秋月；蓄意沉浸于悲哀的生活，是丹德所不许的。我盖见月而感秋色，因秋窗而拈新愁：人是一簇脆弱而富于反射性的神经！

我重复回到现实的景色，轻裹在云锦之中的秋月，像一个遍体蒙纱的女郎，她那团圆清朗的外貌像新娘，但同时她冪弦的颜色，那是藕灰，她跼蹰的行踵，掩泣的痕迹，又使人疑是送丧的丽姝。所以我曾说："秋月呀！我不盼望你团圆。"

这是秋月的特色，不论她是悬在落日残照边的新镰，与"黄昏晓"竞艳的眉钩，中宵斗没西陲的金碗，星云参差间的银床，以至一轮腴满的中秋，不论盈昃高下，总在原来澄爽明秋之中，遍洒着一种我只能称之为"悲哀的轻霭"和"传愁的以太"，即使你原来无愁，见此也禁不得沾染那"灰色的音调"，渐渐兴感起来！

秋月呀！

谁禁得起银指尖儿，

浪温地搔爬呵！

不信但看那一海的轻涛，可不是禁不住她一指的抚摩，在那里低徊饮泣呢！就是那：

无聊的云烟，

秋月的美满，

熏暖了飘心冷眼，

也清冷地穿上了轻缟的衣裳，

来参与这美满的婚姻与丧礼。

再别康桥

〔中国〕徐志摩

轻轻的我走了，正如我轻轻的来；
我轻轻的招手，作别西天的云彩。

那河畔的金柳，是夕阳中的新娘；
波光里的艳影，在我的心头荡漾。

软泥上的青荇，油油的在水底招摇；
在康河的柔波里，我甘心做一条水草！

那树荫下的一潭，不是清泉，
是天上虹揉碎在浮藻间，沉淀着彩虹似的梦。

寻梦？撑一支长篙，向青草更青处漫溯，
满载一船星辉，在星辉斑斓里放歌。

但我不能放歌，悄悄是别离的笙箫；
夏虫也为我沉默，沉默是今晚的康桥。

悄悄的我走了，正如我悄悄的来；
我挥一挥衣袖，不带走一片云彩。

匆 匆

[中国] 朱自清

燕子去了，有再来的时候；杨柳枯了，有再青的时候；桃花谢了，有再开的时候。但是，聪明的，你告诉我，我们的日子为什么一去不复返呢？——是有人偷了他们吧：那是谁？又藏在何处呢？是他们自己逃走了吧：现在又到了哪里呢？

我不知道他们给了我多少日子；但我的手确乎是渐渐空虚了。在默默地算着，八千日子已经从我手中溜去；像针尖上一滴水滴在大海里，我的日子滴在时间的流里，没有声音，也没有影子。我不禁头涔涔而泪潸潸了。

去的尽管去了，来的尽管来着；去来的中间，又怎样地匆匆呢？早上我起来的时候，小屋里射进两三方斜斜的太阳。太阳他有脚啊，轻轻悄悄地挪移了；我也茫茫然跟着旋转。于是——洗手的时候，日子从水盆里过去；吃饭的时候，日子从饭碗里过去；默默时，便从凝然的双眼前过去。我觉察他去的匆匆了，伸出手遮挽时，他又从遮挽着的手边过去，天黑时，

朱自清（1898—1948年），原名朱自华，字佩弦，号秋实。江苏扬州人。现代著名散文家、诗人、学者、民主战士。1912年入高等小学，1916年考入北京大学预科，1919年2月出版他的处女诗集《睡罢，小小的人》。1920年北京大学哲学系毕业。1931年留学英国，漫游欧洲，回国后写成了《欧游杂记》。

朱自清有著作27种，共约190万字，包括诗歌、散文、文艺批评、学术研究等。

永/恒/的/经/典

我躺在床上，等我睁开眼和太阳再见，这算又溜走了一日。我掩着面叹息。但是新来的影子的影儿又开始在叹息里闪过了。

在逃去如飞的日子里，在千门万户的世界里的我能做些什么呢？只有徘徊罢了，只有匆匆罢了，在八千多日的匆匆里，除徘徊外，又剩些什么呢？过去的日子如轻烟，被微风吹散了，如薄雾，被初阳蒸融了；我留着些什么痕迹呢？我何曾留着像游丝样的痕迹呢？我赤裸裸来到这世界，转眼间也将赤裸裸的回去吧？但不能平的，为什么偏要白白走这一遭啊？

你聪明的，告诉我，我们的日子为什么一去不复返呢？

海　燕

[中国] 郑振铎

乌黑的一身羽毛，光滑漂亮，积伶积俐，加上一双剪刀似的尾巴，一对劲俊轻快的翅膀，凑成了那样可爱的活泼的一只小燕子。当春间二三月，轻风微微的吹拂着，如毛的细雨无因的由天上洒落着，千条万条的柔柳，齐舒了它们的黄绿的眼，红的白的黄的花，绿的草，绿的树叶，皆如赶赴市集者似的奔聚而来，形成了烂漫无比的春天时，那些小燕子，那么伶俐可爱的小燕子，便也由南方飞来，加入了这个隽妙无比的春景的图画中，为春光平添了许多的生趣。小燕子带了它的双剪似的尾，在微风细雨中，或在阳光满地时，斜飞于旷亮无比的天空之上，唧的一声，已由这里稻田上，飞到了那边的高柳之下了。再几只却隽逸的在潋潋如縠纹的湖面横掠着，小燕子的剪尾或翼尖，偶沾了水面一下，那小圆晕便一圈一圈的荡漾了开去。那边还有飞倦了的几对，闲散的憩息于纤细的电线上，——嫩蓝的春天，几支木杆，几痕细线连于杆与杆间，线上是停

郑振铎（1898—1958年），中国现代作家、学者和文学史家。"五四"时期与瞿秋白等一起参加学生运动，共同创办《新社会》杂志。建国后曾任中国社会科学院文学科所长，著译很多，主要有《中国文学史》、《中国俗文学史》、《新月集》等。

着几个粗而有致的小黑点，那便是燕子，是多么有趣的一幅图画呀！还有一家家的快乐家庭，他们还特为我们的小燕子备了一个两个小巢，放在厅梁的最高处，假如这家有了一个匾额，那匾后便是小燕子最好的安巢之所。第一年，小燕子来住了，第二年，我们的小燕子，就是去年的一对，它们还要来住。

"燕子归来寻旧垒。"

还是去年的主，还是去年的宾，他们宾主间是如何的融融泄泄呀！偶然的有几家，小燕子却不来光顾，那便很使主人忧戚，他们邀召不到那么隽逸的嘉宾，每以为自己命运的蹇劣呢。

这便是我们故乡的小燕子，可爱的活泼的小燕子，曾使几多的孩子们欢呼着，注意着，沉醉着，曾使几多的农人们市民们忧戚着，或抒怀的指点着，且曾平添了几多的春色，几多的生趣于我们的春天的小燕子！

如今，离家是几千里，离国是几千里，托身于浮宅之上，奔驰于万顷海涛之间，不料却见着我们的小子燕。

这小燕子，便是我们故乡的那一对，两对么？便是我们今春在故乡所见的那一对，两对么？

见了它们，游子们能不引起了，至少是轻烟似的，一缕两缕的乡愁么？

海水是皎洁无比的蔚蓝色，海波是平稳得如春晨的西湖一样，偶有微风，只吹起了绝细绝细的千万个潾潾的小皱纹，这便使照晒于初夏之太阳光之下的、金光灿烂的水面显得温秀可喜。我没有见过那么美的海！天上也是皎洁无比的蔚蓝色，只有几片薄纱似的轻云，平贴于空中，就如一个女郎，穿了绝美的蓝色夏衣，而颈间却围绕着一段绝细绝轻的白纱巾。我没有见过那么美的天空！我们倚在青色的船栏上，默默地望着这绝美的海天；我们一点杂念也没有，我们是被沉醉了，我们是被带入晶天中了。

就在这时，我们的小燕子，二只、三只、四只，在海上出现了。它们仍是隽逸的从容地在海面上斜掠着，如在小湖面上一样；海水被它的似剪的尾与翼尖一打，也仍是连漾了好几圈圆晕。小小的燕子，浩荡的大海，飞着飞着，不会觉得倦么？不会遇着暴风疾雨么？我们真替它们担心呢！

小燕子却从容的憩着了。它们展开了双翼，身子一落，落在海面上了，双翼如浮圈似的支持着体重，活是一只乌黑的小水禽，在随波上下的浮着，又安闲，又舒适。海是它们那么安好的家，我们真是想不到。

在故乡，我们还会想得到我们的小燕子是这样的一个海上英雄么？

海水仍是平贴无波，许多绝小绝小的海鱼，为我们的船所惊动，群向远处窜去；随了它们飞蹿着，水面起了一条条的长痕，正如我们当孩子时之用瓦片打水漂在水面所划起的长痕。这小鱼是我们小燕子的粮食么？

小燕子在海面上斜掠着，浮憩着。它们果是我们故乡的小燕子么？

啊，乡愁呀，如轻烟似的乡愁呀。

他却默然地走着，漠然的看那个城，脚步也不加快，孤寂，细小……可是似乎那个城却等待着他。他是必需的，人人所渴望的，就是青焰赤苗的火也都等着他。

夕阳——熄灭了。雉堞，塔影，都不见了。城小了些，矮了些，差不多更紧贴了那哑的大地。

城上喷着光华奇彩，在模模糊糊的雾里。现在他已经不像火烧着，血染着的了。——那些行列不整的屋脊墙影，仿佛含着什么仙境，——可是还没建筑完全，好像是那为人类创造这伟大的城的人已经疲乏了，睡着了，失望了，抛弃了一切而去了，或者丧失了信仰——就此死了。

那个城呢——活着，热烈至于晕厥希望着自己完成仙境，高入云霄，接近那光华的太阳。他渴望生活，美，善；而在他四围静默的农田里，奔流着潺潺的溪涧，垂覆在他之上的苍穹又渐渐的映着紫……暗，红的新光。

小孩子站住，掀掀眉，舒舒气，定定心神的，勇勇敢敢的向前看着；一会儿又走起来了，走得更快。

跟在他后面的夜，却低低的，像慈母似的向他说道："是时候了，小孩子，走吧！他们——等着呢……"

一种云

[中国] 瞿秋白

瞿秋白（1899—1935年），江苏常州人，散文作家，文学评论家。他曾两度担任中国共产党最高领导人，是中国共产党早期主要领导人之一，马克思主义者，无产阶级革命家、理论家和宣传家，中国革命文学事业的重要奠基者之一。1935年2月在福建长汀县被国民党军逮捕，6月18日慷慨就义，时年36岁。

天总是皱着眉头。太阳光如果还射得到地面上，那也总是稀微的淡薄的。至于月亮，那更不必说，他只是偶然露出半面，用他那惨淡的眼光看一看这罪孽的人间，这是寡妇孤儿的眼光，眼睛里含着总算还没有流干的眼泪。受过不只一次封禅大典的山岳，至少有大半截是上了天，只留一点山脚给人看。黄河，长江……据说是中国文明的母亲，也不知道怎么变了心，对于他们的亲骨肉，都摆出一副冷酷的面孔。从春天到夏天，从秋天到冬天，这样一年年地过去，淫虐的雨，凄厉的风和肃杀的霜雪更番的来去，一点儿光明也没有。这样的漫漫长夜，已经二十年了。这都是一种云在作祟。那云是从什么地方来的？这是太平洋上的大风暴吹过来的，这是大西洋上的狂飙吹过来的。还有那模糊的血肉——榨床底下淌着的模糊的血肉蒸发出来的。那些会画符的人——会写借据，会写当票的人，就用这些符篆在呼召。那些吃泥土的土蜘蛛，——虽然死了也不过只要六尺土地藏他的遗体，可是活着总要吃这么一二百亩三四百亩的土地，——这些土蜘蛛就用屁股在吐着。那些肚里装着铁心肝钢肚肠的怪物，又竖起了一根根的烟囱在那里喷着。狂飙风暴吹来的，血肉蒸发的，呼召来的，吐出来的，喷出来的，都是这种云。这是战云。

难怪总是漫漫的长夜了！

什么时候才黎明呢？

看那刚刚发现的虹。祈祷是没有用的了。只有自己去做雷公公电娘娘。那虹发现的地方，已经有了小小的雷电，打开了层层的乌云，让太阳重新照到紫铜色的脸。如果是惊天动地的霹雳——这可只有你自己做了雷公公电娘娘才办得到，如果那小小的雷电变成了惊天动地的霹雳，那才拨得开这些愁云惨雾。

春天的悲哀

[日本] 德富芦花

德富芦花（1868—1927年），日本近现代著名的小说家和散文家。一生追求自由、平等。1898年发表成名作《不如归》。小说主要有《杜宇》《回忆》《黑潮》等。相比之下，他的散文更具有代表性，对日本现代语言的形成和发展做出了卓越的贡献，被列为日本近现代散文随笔的典范，代表作是散文集《自然与人生》

野外漫步，仰望迷离的天空，闻着花草的清香，倾听流水缓缓歌唱。暖风拂拂，迎面吹来。忽然，心中泛起难堪的怀恋之情。刚想捕捉，旋即消泯。

我的灵魂不能不仰慕那遥远的天国。

自然界的春天宛若慈母。人同自然融合一体，投身在自然的怀抱里，哀怨有限的人生，仰慕无限的永恒。就是说，一旦投入慈母的胸怀，便会产生一种近乎撒娇的悲哀。

哀　音

[日本] 德富芦花

　　你曾经在静寂的夜晚，倾听过江湖艺人弹奏的琴声吗？我虽不是个生来感情脆弱的人，但每每听到那种哀音，总是止不住泪流涔涔。我虽然不知道原因何在，但听到那样的哀音，我便回肠九转。

　　古人说，所有美妙的音乐，都使听者感到悲戚。确乎如此。小提琴的呜咽，笛声的哀怨，琴声的萧凉，从钢琴、琵琶类到一般卑俗的乐器，平心静听的时候，总会唤起我心中的哀思。哭泣可以减轻痛苦，哀乐比泪水更能安慰人心。呜呼，我本东西南北人。我曾经夜泊于赤马关外，和着潮声而慷慨悲歌；我曾经客旅于北越，夜闻离别之曲而悲泣。我曾经于月明风清之夜，耳听着中国海上的欸乃之声；又曾经在一个雪天的清晨，行进于南萨的道上，听赶马人的歌唱。这些都打动了我的心扉。而那街头的一片市声，却不能使我肝肠寸断。

　　一个可以听到百里之外声响的降霜的夜，一个月色溶溶、明净如水的夜，白天的骚动都一齐变得死寂了。在这幽静的都市之夜，忽然响起了弹三弦的声音。那琴声忽高忽低，渐次向远方流去，不一会儿，又消失了。打开窗户，只见满地月色。你且静下心来，听一听这一刹那的声音吧。弹拨者似乎在无心弹拨，然而在我听来，三条琴弦似乎牵系着人们心上的亿万条神经。其音一个高昂，一个低徊，如人欷歔。仿佛自亚当以来的人间所有苦闷烦恼，一时集中起来，对天哭诉。一曲人生行路难，不能不使我愁肠百结。啊，我为此哭了，我不知眼泪为何而下。我自卑乎？悲人所悲乎？不知，不知，只是此时此地痛感人类苦痛烦恼罢了。

　　上苍使才华横溢的诗人歌不尽人间悲曲，上苍使巷间无名的村妇代别人

永/恒/的/经/典

对天悲诉。有言之悲不为悲。我在这哀音之中感受到无数不可名状的苦恼，无数的鲜血，无数的眼泪，因而，闻之使人哀痛不已。

容我妄言。每当听到江湖艺人的一曲演唱，仿佛听到有罪的孩子的母亲伏膝悲泣；仿佛感到热恋的人们正在追寻令人沉迷的爱情。"Still sad music of humamity。"我每诵读这样的句子，我就想起这种哀音来。

旷野

[日本] 石川啄木

"是迷路了!"

当这样觉察到的时候,他已深入这片旷野,走过了将近十英里的路。清晨离开旅店后,一直循着淤水处留有新马蹄印的路痕走出七八英里之遥。从森林到原野,从原野到森林,其间,也曾两三次途遇路人,并且在一处森林中还见过一所无人居住的小屋。但究竟是从哪条路来到这里,以至是从何时、何处迷的路,却无从得知了。就觉得转瞬之间,像是谁强行把自己拖来,遗弃到这片茫茫旷野后便旋即离去似的。

旅人的脚背让草鞋磨得疼痛难忍。他拖曳着沉重的双脚,踉踉跄跄地向前挪动。因为走了十个小时没有吃任何东西,粒米未进的肚子瘪了下去。饥饿、疲劳以及迷路后的惆怅,给头脑增添了一种无形的重压。每走一走,两脚的剧痛都咝咝地刺着衰弱的神经。不论怎样振作精神,还是个时地发生目眩和耳鸣。

虽然想着要返回原路,但两条腿依然

石川啄木(1886—1912年),诗人,小说家,评论家,曾以"天才的少年诗人"闻名于诗坛。他早期接触浪漫主义,后来一度信仰自然主义,当他发现自然主义排斥理想,不敢触犯黑暗的社会现实时,便毅然同它决裂,创作逐渐倾向批判现实主义。1910年"大逆事件"之后,他的思想发生了很大的变化,写出了许多具有民主主义思想的文章和诗篇。石川啄木的主要作品有《一握砂》《叫子和口哨》《可悲的玩具》等。

永/恒/的/经/典

Yong Heng De Jing Dian

在朝前迈；即或下定决心往回折，可身躯却照旧是在向前移。

一望无垠的旷野，野草像海面上起伏的波涛。在那万顷碧波之上，浮着唯一的一条宽二尺许笔直的路。天空浓云低垂，无半点儿裂缝，犹如铁制的棺盖，沉重地覆压着整个旷野。

连一丝风儿都没有。从地球脊柱似的嵯峨群山刮来的横扫千里的疾风，吹至这片既无峰峦阻隔，又没树木遮拦的旷野，那股雄狮咆哮般的汹汹气势，也就自然而然地减弱以至完全消失了。

看不见太阳，也就辨不清是午前还是午后，旅人心里揣摩，大概再有两三个小时就该日落西山了。四野茫茫，不辨东西。路从何处来，通往何处去，更是不知其所始，不知其所终，他只有径直向前……

大约又走了二英里，脚下的小路，向左右岔开了。

这里恰处旷野中央，来自三个方向的三条路，在此汇合。汇合处略显宽阔，无野草生长，一块裸露的红土正中，有一洼水塘。

水塘近旁，蹲着一条象用铁丝编成似的瘦骨嶙峋的黄狗。

狗一看见旅人，亲热地摇晃着尾巴，缓缓站起后，踉跄着向前跑了两三步。

孑然一身陷入这片沉寂旷野的旅人，一看见有生命的狗，就像异国他乡邂逅故人那样感到亲切，他靠近了狗。

狗微微抽动着鼻子，仰视一下旅人的脸，便缩起耳朵，低头用鼻尖吻抚着他那满布灰尘的脚背。旅人一屁股坐在地上，狗也在相距大约三尺左右的地方，用前肢撑地蹲了下来。

天空结成了一块铅板，仍不见一丝微风，在方圆几十英里的原中，有生命的只有这一人一狗。

狗默默地注视着旅人，旅人也静静地凝望着狗。

假如这年轻人和狗二者形神同属一类，那么，此时狗是旅人呢，还是旅人是狗呢？恐怕无论是谁，也辨认不清。饥饿、疲惫的两条生命，面面相觑，彼此对视着。

约在七天前，究竟由于怎样的一个机隙跑到这旷野的三岔口上来了，并且是从哪条路上来的，狗则全都忘却了。虽然也极想返回原来的村子，终因旷野漫漫，无论怎么走，也还是野草的世界。三条路交替轮换。不管走多少次，到头来依旧回归原处。狗已是七天未曾吃食了，而且从没碰到过一条狗或一个人，只是在三天前，目送过扑翅而起，隐入云层的一只鸟的背影。

万籁俱寂，连一点儿微弱的声音也没有。旅人觉得，所能听到，只是两颗极度疲劳的心脏同时搏动的音响。

须臾，旅人探囊取出香烟，擦着了火柴。他发现短暂的火光已映入了狗的眼里；而狗则同时看到，火光也正在旅人的眼中闪烁。

他把燃过的残梗信手扔到狗的面前，狗立即把它按到鼻尖下，因为没有任何香味，所以很快又恢复了蹲踞的姿势，乞望着旅人的脸。七天来的饿馁，使狗的眼睑显得非常倦怠了，而入口的烟雾却冲旅人的饥肠。

由于心神略觉舒畅，对眼前瘦得皮包骨头的狗不由地动了恻隐之心，他伸手把狗拉了过来。

纵使抚摸它的头，拽它的耳朵，狗也只是眯缝着眼睛，显得异常温驯，顺从。却或把香烟的烟气往它脸上吹，它也不过是微微用鼻子"哼哼"两声。接着，又是逆着毛抚摸，又是肆意掰开它的四条腿。又是让它在地上打滚儿，以至把它那瘦削的小脸儿夹在两膝中间，狗也还是相当地驯顺。最后，他把狗的细尾，左扭右拽，甚而缠住手指，只要用力稍一过猛，狗便"哽""哽"地在嗓子眼里在呻吟一下，试图表示一点微弱的反抗。

忽然，旅人想出了一桩无聊的趣事儿，嘴边暗暗地浮现出一丝冷笑。他从衣袋里掏出些乱纸，先搓了根纸捻儿，用它把乱纸绑在了狗的尾巴上。

狗左右摇晃着尾巴，旅人擦燃火柴，点着了乱纸。

狗猛地跳了起来，尾上火在燃烧，它尽管想扭头咬掉尾上的乱纸，值因首尾无法相顾，所以，一边"噢""噢"嚎叫，一边骨碌骨碌地就地旋转起来。

此刻，旅人虽悟及自己搞了一出极为残忍的恶作剧，慌忙起身，想要按住狗尾除去乱纸，可是狗在声嘶力竭地连连狂吠，并以惊人的气势加以旋转。他简直目瞪口呆，一筹莫展，无奈，只好也伸着手跟随狗团团乱转起来。

狗的惨痛哀号，在腹空如洗的旅人听来，愈益不堪忍受，顿觉脸口烦闷，膨胀欲裂。

狗尾上的火，不久熄灭了。然而，当它的旋转刚一慢下来的时候，竟东倒西歪地栽向水塘里去。这时，旅人就像一根枯木那样呆立在那里。

"噢噢"地惨叫声已经消失了，狗就那样倒在水里，经受着临终的苦痛。它虽还用四肢拼力挣扎，并"哽哼""哽哼"地连声低泣，但却一声低似一声，后来战栗的四肢慢慢地不颤动了。

极度饥饿的狗，就这样惨然死去。

横卧着黄狗尸体的水面，波平水静，宛如一泓无底深渊。映在里面的灰色天空，不知不觉已透出黄昏的惨淡。

怔忡木立的旅人，惊悟地看了看四周，到处是一片昏暗笼罩着的茫茫野草，他的脸上刻下了难以言状的凄楚。

对于迷路的旅人来说，没有比意识到夜之将至更为悲哀的事了。他急忙系紧了草鞋带，诀别般地反了一眼狗的浮尸，决定上路。但刚一举步，蓦地怅惘了，那么，究竟去向何处呢？他环视了一下灰蒙蒙的旷野。

就这样反复环视了三次。

"嘻！"

他一声呐喊，刚要把两手高高伸向苍天，竟失声恸哭起来。

"来时的路到底在哪里？！"

三条路，从他的脚下，毫无二致地通向旷野的三个方向。

春将至

[日本] 井上靖

过了年，把贺年片整理完毕，就会感到春天即将来临的那种望春的心情抬起头来。

翻看年历，方知小寒是一月六日，一月二十一日为大寒。一年中，这时期寒气最为凛冽。实际上日本列岛的北侧正被厚厚的积雪覆盖着，南半部的天空也多是呈现着欲降白雪的灰色。当然有时也是遍洒新春的阳光，却不会持久，灰色天空即刻就会回来。寒气也相随而至，不几天即将降雪吧。

严冬季节，寒气袭人，理所当然；在这种情况中等待春天的心情，是任何人都会产生的。不光是住在无雪的东京和大阪，即便是北海道和东北一带雪国的人们，依然是没有两样的。总之，生活在全被寒流覆盖着的日本列岛的一切人，不管有雪，抑或是无雪的地方，只要新年一过，都会感到春日的临近，而等待着春天。

我喜爱这种等待春天的心境。住在东

井上靖（1907—1991年）日本当代著名作家，评论家和诗人。担任日本艺术院会员，日本中国文化交流协会常任顾问，日本文化财保护委员会委员，日本文艺家协会前理事长，日中古代文化交流史和中国古代史研究家，日中友好社会活动家。

永/恒/的/经/典

京的我，尽管是很少，但也能捕捉到一点春天的信息。今晨，从写作间走下庭院中去，只见一棵红梅和另一棵白梅的枝上长满牙签尖端般小而硬的蓓蕾。

我的幼年在伊豆半岛的山村度过，家乡的庭院多梅树，初春季节齐放白英。没有樱树，也没有桃树，只种了一片小小的梅林。也许是由于幼年时代熟悉梅树，直到过了半个世纪的现在，依然喜爱梅花。梅花，对于我，已经成为特殊的花。

如今，故乡家院里的梅树减少了，而且年老了，已经看不到幼年时代那种纯白的花朵。即便同是昔日的白花，却略含黄色，并不像《万叶集》和歌中吟咏的酷似雪花的那样洁白了。

　　今朝春雪降，洁白似云霞；
　　梅傲严冬尽，竞相绽白花。
　　犹如观白雪，缓缓降天涯；
　　朵朵频飞落，不知是何花。

前一首的作者是大伴家持，后者是骏河采。读了这类和歌，那种纯白的沁人心脾的白梅，立刻就会浮现于眼帘。

故里家中的梅树都已枯老，但东京书斋旁的唯一的一株白梅，却尚年轻，因而花是纯白的。

梅树过早地长出坚硬的小蓓蕾，这个季节可还没着花。恰是在这尚未着花的时刻。自然地培育着一种望春的心情吧。水仙的黄花，山茶的红花，恐怕是这个季节屈指可数的花朵了。

去岁之暮接近年关的时候，我瞻仰桂离宫，广阔的庭园里也未看到花开，只见落霜红和朱砂根的蓓蕾，在广阔庭园的角落里，隐约地闪烁着动人的红光。这个季节，仿佛是树木的蓓蕾代替花朵炫耀着自己的地位。

　　乘此雪将融，会当山里行；
　　且赏野桔果，光泽正莹莹。

这也是大伴家持的歌。野桔即是紫金牛，我觉得紫金牛的红色小蓓蕾映衬着皑皑白雪的光景，也许确实具有踏雪前去观赏的价值哩。

前面讲过，我喜爱这种在几乎无花的严冬季节等待春天的心情。每日清晨，坐在写作间前廊子的藤椅上，总是发觉自己沉浸在这样的情致之中。眼下还是颗颗坚硬的小蓓蕾，却在一点点长大，直到那繁枝上凛然绽满白花，这种等待春天的情致始终孕育在心的深处。

我出国旅行，总是初夏或仲秋季节回来。当然，也并非出于什么理由做了这样的决定，而是自然而然地形成的结果。然而，如今却想在什么时候，在那春天已经有了信息却难于降临的二月底或三月初，请柬国蚪旅行，重踏日本的土地。那时，我想一定会深刻地感受到日本节气变化的微妙，和随之改换面貌的日本这一季节景物的细致美。

然而，这种等待春天的一、二、三月期间，大气中的自然运行，却是非常复杂微妙，春天绝不是顺顺当当地走向前来的。

小寒、大寒，大致都是一月初或月中，因此，新春一月便是一年中最冷的时节，一直要持续到二月四日的立春时分。当然，这不过是历书上的事，实际上也并不如此规规矩矩。有时小寒比大寒还冷，又有时大小寒都不那么冷，等到二月立春之后，才真正冷上一阵子。不，与其说冷上一阵子，毋宁说这种情形居多。

但是，尽管只是历书上写着，立春这个词，也蕴含着一种难以言状的明朗性。过了年，春天就近；春天近了，等待春天到来的心情便活跃起来。历书上的立春，使人怀起一种期待：这回春天可真要来了！

实际上，春天总是姗姗来迟，寒冬依然漫长，然而，千真万确，春天正在一步步走近，只是很难看到它会加快步子罢了。这种春日来临的步调，恐怕是日本独有的；似乎很不准确，实际上却准确得出乎意料。

人们都把立春后的寒冷叫作余寒。实际上远远不是称为余寒的一般寒冷。这时期，既会降雪，一年中最冷的寒气也会袭来。然而，即便是这种寒气，等一进三月，便一点一点地减恒，简直是人们既有所感，又无察见的程度。

不过，即便进了三月，春天依然没有露面。只是弄好了，阳光、天色和树木的姿容，会不觉间给人以早春的感觉，余寒会变成名副其实的春寒。这样，与此同时，连那些从天上降下的东西，那种降落的样子，也会多少发生些变化。那就是"春雪""淡雪"和"春霰"。总之，春寒会千方百计改变着态度，时而露出面孔来，时而又把身子缩了回去。

在这样的三月里，有一次寒流袭击了日本列岛的中部，正是三月十三日奈良举行汲水活动的当口。近畿一带，奇怪的是这时节却受到寒流的洗礼。也正在此时，我在东京的家，三月初开始着花的白梅达到盛开时分。每年，当我望见白梅盛开，便又一度想到历书上的记载。于是发现，大抵上相当于汲水日，或在其以前以后两三天，并且就在两三天里气温下降，十分寒冷。我的眼前浮现出，在奈良古寺的殿堂里，松枝火炬照亮黑暗的情景。看来，也许并非照亮了黑暗，而是照亮了寒流。这时节的春寒，确实是不容怀疑的。

白梅是在汲水时节盛开，红梅却只乍开三分。白梅在三月末凋零殆尽，红梅却进了四月，还多是保存着凋余的疏花。在那白梅开始凋落的时分，杏花和李花就开始着花，好不容易春天才正式来到人间。

然而，三月末，或是四月初，我家的红梅繁花正盛的时节，还要再来一次寒流。那正是比良湾风浪滔滔的季节。自古以来，就流传着比良大明神修讲《法华经》之时，琵琶湖便风涛大作，寒气袭来。实际上，这时节京都和大孤地方还要经受一次最后的寒流袭击。不只是京阪一带，东京也是如此。

这样，与杏、李大致同时，桃树也开始着花。杏树的花期较短，刚刚看到开了花，一夜春风就会吹得落英缤纷，或是小鸟光临，一刹那变成光秃秃的。李花虽不像杏花那样来去匆匆，但也是短命的。比较起来，依然是桃花生命力强，一直开到樱花换班的时节。

今年恐怕也与往年相似，一、二、三月之间，寒流会在日本列岛来来往往，梅树的蓓蕾就在这中间一点点长大吧。日本的大自然，在为春天做准备的夹当，既十分复杂，又朝三暮四；但是总的看来，恐怕也还是呈现着一种严格地遵循既定规律的动向。梅、杏、李、桃、樱，都在各自等待时机，准确地出场到春天的舞台上来。

一朵鲜花

[日本] 林京子

我整日眺望着窗外樱树上紧裹着蓓蕾，夜是做了梦。一群毛毛虫，在空间扯着银丝，摇摇晃晃地垂挂着。我用竹扫帚同它们奋战。对于我来说，樱花和毛毛虫是共存于自然之中的，这两者常常紧密的关联在一起。然而，我喜欢樱花，却非常厌恶毛毛虫。每当在盛开的花枝上看到毛毛虫，我就觉得，樱花何必如此自虐呢？但樱花毕竟是美丽的，那淡淡的桃色，浸染着天宇，叫你神清气爽。不光是人。就连停留在枝头上的小鸟，也增多了起来。四面八方伸展着的枝条上，兴许有无数的虫卵在蠢动、不断蜕化为毛毛虫吧，努，雀儿来了，野鸽来了，连乌鸦也来了。我辨不清小鸟的种类，我只看到了一种鸟，长着橘黄色的喙和脚，体型介乎雀儿和乌鸦之间。仔细一瞧，那乌鸦对毛毛虫似乎并不关心，逢到收集垃圾的日子，它总是从空中侦察着那些盛废物的口袋。它的羽翼仁太阳下发出一点萤火般的微光。实在没有观赏的价值。

林京子（1930— ），日本当代著名小说家。原姓宫崎。长崎医大附属厚生女学部专业肄业。1962年成为《文艺首都》同人。1975年，根据自己的亲自经历，以美国原子弹给日本带来的灾难为题材，发表连载小说《金刚石》。

永/恒/的/经/典

　　可爱的是雀儿。它一个劲儿啄食树枝上的虫子。但是自今天开始，这以共存共荣的悠然大度的心情，眺望起虫子来了。

　　去年樱花时节，满开的花瓣，一片片零落下来，我在无风的樱树下，踏着落英解闷儿。忽然，从梢头飘下一朵花来。五片瓣儿直立着，完好地保留着花萼。我感到有些反常，留神四周，又有一朵鲜花，像小伞一般坠落地面。我停住脚步，仰望花梢，看到四五只雀儿，它们一边聒噪，一边叼食花心儿。被啄掉的樱花，迅速掉进纷乱的花瓣丛中。正当我注视的当儿，又有四五朵鲜花飘落下来，打破了四周静谧的空气。我敲打着玻璃窗户想把它们哄走，可雀儿依然拼命啄食花冠。

　　雀儿不像是玩耍，它们在吃樱花蜜，它们在吸食储藏于花蕊中的甜蜜哩！雀儿用自己的小嘴，将一滴滴花蜜吮进小小的胃里。我望着这些雀儿，回到了桌前，联想起自己的一日三餐，实在觉得寒酸。

　　今年的樱花尚未开放。去年冬暖，樱花开得猛，到了今春，花蕾和花芽似乎显得迟钝了，花蕾也少见。尽管如此，我想，到了满开季节，花朵依然会重重叠叠地垂挂下来，雀儿也还会来。今年，我还能看到那坠落在纷乱的瓣丛中的整朵鲜花吗？

雨 天

[印度] 泰戈尔

乌云很快地集拢在森林的黝黑的边缘上。

孩子，不要出去呀！

湖边的一行棕树，向暝暗的天空撞着头；羽毛零乱的乌鸦。静悄悄地栖在罗望子的枝上，河的东岸正被乌沉沉的暝色所侵袭。

我们的牛系在篱上，高声鸣叫。

孩子，在这里等着，等我先把牛牵进牛棚里去。

许多人都挤在池水泛滥的田间。捉那从泛滥的池中逃出来的鱼儿；雨水成了小河，流过狭巷，好像一个嬉笑的孩子从他妈妈那里跑开，故意要恼她一样。

听呀，有人在浅滩上喊船夫呢。

孩子，天色暝暗了，渡头的摆渡船已经停了。

天空好像是在滂沱的雨上快跑着；河里的水喧叫而且暴躁；妇人们早已拿着汲满了水的水罐，从恒河畔匆匆地回家了。

夜里用的灯，一定要预备好。

罗宾德拉纳特·泰戈尔（1861—1941年）诞生在印度孟加拉省加尔各答的一个地主家庭，曾在英国求学。回国后长期住在乡村，从事文学创作。六十年中共写了五十多部诗集，十二部中长篇小说，一百多篇短篇小说，二十多部戏剧。其著名的诗集有《吉檀迦利》《新月集》《园丁集》《飞鸟集》等；小说有《沉船》《戈拉》《小沙子》等。

1913年，泰戈尔获诺贝尔文学奖。

孩子，不要出去呀！

到市场去的大道已没有人走，到河边去的小路又很滑。风在竹林里咆哮着，挣扎着，好像一只落在网中的野兽。

对 岸

[印度] 泰戈尔

我渴想到河的对岸去，

在那边，好些船只一行儿系在竹竿上；

人们在早晨乘船渡过那边去，肩上扛着犁头，去耕耘他们的远处的田；

在那边，牧人使他们鸣叫着的牛游泳到河旁的牧场去；

黄昏的时候，他们都回家了，只留下豺狼在这满长着野草的岛上哀叫。

妈妈，如果你不在意，我长大的时候，要做这渡船的船夫。

据说有好些古怪的池塘藏在这个高岸之后。

雨过去了，一群一群的野鹜飞到那里去。茂盛的芦苇在岸边四周生长，水鸟在那里生蛋；

竹鸡带着跳舞的尾巴，将它们细小的足印印在洁净的软泥上；

黄昏的时候，长草顶着白花，邀月光在长草的波浪上浮游。

妈妈，如果你不在意，我长大的时候，要做这渡船的船夫。

我要自此岸至彼岸，渡过来，渡过去，所有村中正在那儿沐浴的男孩女孩，都要诧异地望着我。

太阳升到中天，早晨变为正午了，我将跑到你那里去，说道："妈妈，我饿了！"

一天完了，影子俯伏在树底下，我便要在黄昏中回家来。

我将永不像爸爸那样，离开你到城里去做事。

妈妈，如果你不在意，我长大的时候，要做这渡船的船夫。

虚荣的紫罗兰

[黎巴嫩] 纪伯伦

卡里·纪伯伦（1883—1931年），黎巴嫩阿拉伯诗人、作家、画家。被称为"艺术天才""黎巴嫩文坛骄子"，是阿拉伯现代小说、艺术和散文的主要奠基人，20世纪阿拉伯新文学道路的开拓者之一。其主要作品蕴含了丰富的社会性和东方精神，不以情节为重，旨在抒发丰富的情感。

幽静的花园里，生长着一棵紫罗兰。她有美丽的小眼睛和娇嫩的花瓣。她生活在女伴们中间，满足于自己的娇小，在密密的草丛中愉快地摆来摆去。

一天早晨，她抬起顶着用露珠缀成的王冠的头，环顾四周，她发现一株亭亭玉立的玫瑰，那么雍容而英挺，使人联想起绿宝石的烛台托着鲜红的小火舌。

紫罗兰张开自己天蓝色的小嘴，叹了一口气，说："在香喷喷的草丛里，我是多么不显眼啊，在别的花中间，我几乎不被人看见。造化把我造得这般渺小可怜。我紧贴着地面生长，无力伸向蓝色的穹苍，无力把面庞转向太阳，像玫瑰花那样。"

玫瑰花听到她身旁的紫罗兰的这番话，笑得颤动了一下，接着说："你这枝花多么愚蠢呵！你简直不理解自己的幸福，造化把很少赋予别的花朵的那种美貌、那种芬芳和娇嫩给予了你。抛弃你那些错误的想法和空洞的幻想，满足于自己的命运吧，要知道，温顺会使你变得坚强，谁要求过多，谁就会失去一切。"

紫罗兰回答道："呵，玫瑰花，你来安慰我，因为在我只能幻想的那一切，你都有了。你是那样美好。所以你用聪明的辞令粉饰我的渺小。但是对于不幸者来说，那些幸福的安慰意味着什么呢？向弱者说教的强者总是残酷的！"

造化听到玫瑰与紫罗兰的对话，觉得奇怪，于是高声问："呵，女儿，你怎么了，我的紫罗兰？我知道你一向谦逊而有耐心，你温柔而又驯顺，你安贫而又高尚。难道你被空虚的愿望和无谓的骄傲制服了？"

紫罗兰用充满哀求的声调回答她："呵，你原是无上全能、悲悯万物的啊，我的母亲！我怀着满腔温情，满腔希望请求你，答应我的要求，把我变成玫瑰花吧，哪怕只一天也好！"

造化说："你不知道你请求的是什么。你不明白外表的华丽暗藏着不可预期的灾祸。当我把你的躯干抽长，改变了你的容貌，使你变成了玫瑰花，你会后悔的。可是，到那时，后悔也无济于事了。"

紫罗兰答道："呵，把我变作玫瑰花吧！变作一株高高的玫瑰花，骄傲地抬着头！日后不论发生什么事，都由我自己担承！"

于是，造化说："呵，愚蠢而不听话的紫罗兰，我满足你的愿望！但是，如果不幸和灾祸突然降落在你的头上，那是你自己的过错！"

造化伸开她那看不见的魔指，触了一下紫罗兰的根——转瞬间紫罗兰变成了盛开的玫瑰，伫立在众芳之上。

午后，天边突然乌云密布，卷起旋风，雷电交加，隆隆作响，狂风和暴雨所组成的一支不计其数的大军突然向园林袭来；它们的袭击折断了树枝，扭弯了花茎，把傲慢的花朵连根拔起。花园里除了那些紧贴着地面生长或是隐藏在岩石缝里的花草之外，什么也不剩了。而那座幽静的花园遭到了比其他花园更多的灾难。

等到风停云散，花儿全死去了，——她们像灰尘一样。清园零落，唯有躲在篱边的紫罗兰，在这场风暴的袭击之后，安然无恙。

一株紫罗兰抬起头来，看到花草树木的遭遇，愉快地微笑了二下，招呼自己的女伴："瞧呵，暴风雨把那些自负为美的花朵变成了什么哟！"

另一株紫罗兰说："我们紧贴着地面生长。我们才躲过了狂风暴雨的愤怒。"

第三株喊道："我们是这般脆弱，但龙卷风并没有战胜我们！"

这时紫罗兰皇后向四周环顾了一下，突然看见昨天还是紫罗兰的那株玫瑰花。暴风雨把她从土里拔起，狂风扫去了她的花瓣，把她抛在湿漉漉的青草上。她躺在地上，像一个被敌人的箭射中了的人一样。

紫罗兰皇后挺直了身子，展开自己的小叶片，招呼女伴们说："看呵，看呵，我的女儿们！看看这株紫罗兰，为了能炫耀自己的美貌，她想变成一株玫瑰，哪怕是一小时也可以。就让眼前这景象引为你们的教训吧。"

濒死的玫瑰叹了一口气，集中了最后的力量，用微弱的声音回答道："听我说吧。你们这些愚蠢而谦逊的花儿，听着吧，暴风雨和龙卷风都把你们吓坏了！昨天我也和你们一样，藏在绿油油的草丛里，满足于自己的命运。这种满足使我在生活的暴风雨里得到了庇护。我的整个存在的意义都包含在这种安全里，我从来不要求比这卑微的生存更多一点的宁静与享受。呵，我原是可以跟你们一样，紧贴着地面生长，等待冬季用雪把我盖上，然后偕同你们去接受那死亡与虚无的宁静。但是，只有当我不知道生活的奥妙，我才能那样做，这种生活的奥妙，紫罗兰的族类是从来也不知道的。从前我可以抑制自己一切的愿望，不去想那些得天独厚的花儿。但是我倾听着夜的寂静，我听见更高的世界对我们的世界说：'生活的目的在于追求比生活更高更远的东西。'这时我的心灵就不禁反抗起自己来了。我的心殷切地盼望升到比自己更高的地方。终于，我反抗了自己，我追求那些我不曾有过的东西，直到我的愤怒化成了力量，我的向往变成了创造的意志。到那时，我请求造化——你们要知道，造化，那不过是我们一些隐秘的幻觉的反映，——我要求她把我变成玫瑰花。她这样做了。就像她常常用赏识和鼓励的手指变换自己的设计和素描一样！"

玫瑰花沉默了片刻，然后带着骄傲而优越的神情补充说："我作了一小时的玫瑰花，我就像皇后一样度过了这一小时。我用玫瑰花的眼睛观察过宇宙。我用玫瑰花的耳朵倾听过以太的私语。我用玫瑰花的叶片感受过光的变幻。难道你们中间找得到一位，蒙受过这样的荣光么？"

玫瑰低下头，已经喘不上气来，说："我就要死了。我要死了，但我内心里却有一种从来没有一株紫罗兰所体验过的感觉。我要死了，但是我知道，我所生存的那个有限的后面隐藏着是什么。这就是生活的意义。这就是本质的所在，隐藏在无论是白天或夜晚的机缘之后的本质！"

玫瑰卷起自己的叶片，微微叹了一口气。死去了。她的脸上浮着超凡绝俗的微笑——那是理想实现了的微笑，胜利的微笑，上帝的微笑。

尽情享受生活之乐趣

[法国] 蒙田

蒙田（1533—1592年），法国思想家、散文家。自幼受到良好的教育，曾在图卢兹大学攻读法律。1580年他的《随笔集》头两卷发表，1588年发表第三卷。此后又不断修改完善，定本三卷107篇，长短不一，长达10万余言，短至1000多字，《随笔集》是日积月累而成，反映了作家的思想发展和变化。

书给人带来乐趣。但是，啃得太多，最后便兴味索然，还要损害身体，而快乐和健康却是我们最可宝贵的。倘若结果竟弄到有损身心的地步，那么我们就抛开书本吧。有人认为，从书上所得的弥补不了所失的，我是同意这点想法的。长期以来感到身体不适、健康欠佳的人到头来只好听从医生的吩咐，请大夫规定一定的生活方式，不复逾越；退隐的人也是如此，他对社交生活失去兴趣，乃至深感厌烦，他只得按理性的要求设计隐居生活，通过深思熟虑凭自己的见解好好地加以安排。他应当排除一切劳累困扰，不论它以何种形式呈现；他也应当摆脱有碍于身心宁静的世俗之欲，而选择最符合自己性情的生活之路。

"各人都来学会自择其途。"

无论主持家政、钻研学问、外出行猎或处理其他事务，都应当以不失其乐趣为限度，要注意不要超过这个极限，不然苦便会开始掺进乐中来。

从事学习，处理事务是我们保持良好状态的需要，也是避免另一极端（即慵懒、怠惰）所引起的不适的必需；我们的用功、处事就只应以此为度。

有些学科没有成效而且艰深难懂，那多半是为群氓而设的。就让那些媚俗的人去探讨它们吧！我嘛，我只喜欢有趣而且易读的书本，它能调剂我的精神。我也喜欢那些给我带来慰藉、教导我很好处理生死问题的书籍。

"我默默漫步于幽林之中，思考那值得智者、哲人探究的问题。"

智慧在我之上的人们，如果具有刚强的、充满活力的心灵，可以为自己安排纯精神上的休息生活。至于我，我只具备常人的心灵，我得借助肉体之乐来维持自己。年事已高，与我的想法相符的乐趣已离我而去。此刻我正培养和激发自己的欲望，使之能领受比较适合我这个年龄的欢乐。我们务须全力抓紧去享受生活的乐趣，消逝的岁月正将我们恋栈的欢乐逐一夺走。

尽性享乐吧，我们只此一生。明天你只留下余灰，化作幽灵，一切归于乌有。

时间，伟大的雕刻家

[法国] 尤瑟纳尔

尤瑟纳尔（1903—1987年），法国女作家。出生于布鲁塞尔的一个贵族家庭。早年写诗，后从事小说创作。主要作品有《阿历克西，或徒劳的反抗》《死神驾车》《致命的一击》《有待核实》等，尤以历史小说《阿德里安的回忆》最为人们称道。她的小说结构严谨，文字简洁，具有浓厚的古典主义风格。

一尊雕像完成之日，从某种意义上讲，便是其生命开始之时。第一阶段大功告成，经过雕刻家的精心加工，雕像从顽石中脱颖而出，落成人的模样；于是进入第二阶段，千百年风风雨雨，历尽世态炎凉，崇拜，赞赏，珍爱，蔑视或冷落，加上长期不同程度的腐蚀和磨损，雕像又渐渐被遣送回粗野的原矿状态，而雕刻家早就使它摆脱了这种形态。

古希腊人所熟悉的那些古希腊雕像，不用说，我们连一件也找不到了：我们只是偶尔从六世纪古希腊少女少男雕像的发际，发现些许浅红色彩，类似如今染发用的散沫花那淡淡的色素，证明古老彩雕的原始本色犹存，这些彩雕是人体模特和崇拜偶像生机勃勃几近吓人程度的生命力栩栩如生的塑造，而这些人体模特和崇拜偶像也许还是艺术杰作呢。这些模拟有机生命形式塑造而成的硬邦邦的艺术品，以其独自的方式，同样遭受了疲劳、衰老和痛苦的折磨。它们变了，如同时间正在改变着我们一样，基督徒或野蛮人的蹂躏，千百年被遗弃地下直至重见天日回到人间之前所处的环境，受到恰如其分或弄巧成拙的修复，沾上污垢与或真或假的古色，直至今天被收藏在博物馆里的氛围，所有这一切，无不在它们的金石躯体上留下永久的标记。

在这种种变化里，有些变化是高妙绝伦的。除了某个人的思想，某个时代，某个特定的社会形态追求的美外，它们还平添了一种无意的美，纯属历史的巧合，完全是自然原因和时间作用所致。有些雕像破裂得恰到好处，以致推陈出新，竟然诞生出一件破镜重圆的新作品：一只踩在一块石板上令人难忘的光脚丫，一只纯洁的手，一段正在拼命奔跑而弯曲的腿膝，一个配上任何面孔都会令我们爱恋的胸脯，我们一眼便能辨出的如花似果的一个乳房或一件性器官，全然不知是人或是神的楚楚动人的一个侧影，眉目朽蚀、形容枯槁的一尊半身像。这腐蚀了的身躯活像被波涛冲刷变瘦的嶙峋岩礁，那残破的文物碎片与爱琴海海滩上捡来的碎石和卵石难以区别。然而行家却一目了然：这线条已经模糊不清，那曲线此失而彼得，这只能来自一只人手，一只古希腊人的手，这只手在某个地方某个世纪干过活。于是整个人呼之欲出：他处世精明，他与世抗争，最后以失败告终，精神和物质的支柱几乎同归于尽。即使沦为废墟，其意愿仍暴露无遗。

一些雕像任凭海风吹打犹如风化的盐岩色白而多孔；另一些雕像，譬如提洛的石狮已经不像动物的雕像，而成了白色的化石，成了海边阳光下的白骨堆了。帕提侬神像受伦敦气氛的感染，逐渐转变成尸模鬼样了。被18世纪能工巧匠们修复并涂上古色的那一尊尊雕像，与教皇或王孙的宏宫伟殿里的光亮地板和光滑明镜交相辉映，有一种富丽而高雅的气派，这气派并非古典，但却激起它们目睹的种种节庆的欢快，因为这些大理石神像是根据当时的爱好而修复起来的，一些昙花一现的有血有肉的神化人物曾与它们并肩而立。它们身上披着葡萄叶如同穿着时髦裙袍。还有极少数作品，人们没有必要将它们安放在专门为它们建造的艺术长廊或陈列馆里，却被悄悄地遗弃在一棵悬铃木下，在一口泉水边，久而久之，或获得一棵大树的威严，或染上一棵朽木的颓废；这尊毛茸茸的农牧神像成了一段长满苔藓的树干；那尊躬着腰身的山林水泽仙女像犹如一棵正在亲吻她的忍冬树。

还有一些雕像只因受到人为的暴力反而具有一种崭新的美：被匆忙从台座上推翻下来；专门破坏艺术品的流氓一榔头把它们打成现在的模样。古典作品因而饱含着悲怆；残缺的神像大有殉道者的气概。有时候，自然因素的腐蚀加上人的野蛮竟会创造出一种无与伦比的形象，不再属于任何流派，不再属于任何时代：无头，无臂，它的手最近被发现却格格不入，被斯波拉泽斯岛的海风长年侵蚀已体无完肤，萨莫色雷斯岛上的胜利女神已没有多少女性的风韵，倒是海风和天风大出风头。从古代艺术的种种无意变化之中，产生了现代艺术的虚假一面：那不勒斯博物馆中的普绪喀女神，脑袋干脆被割掉，横切几部分，活像罗丹的作品；一个无头的胸像在底座上旋转，主人想起德斯皮奥或马约的作品。我们的雕塑家刻意模仿，妙招花样翻新，其作品现在与雕像本身的遭遇紧密地联系在一起。每一个伤疤都有助于我们还原一种罪行，有时还有助于追根溯源。

这个皇帝的脸庞在发生叛乱时遭到敲击，或为其继位者利用而重新加工过。一个基督徒用石块砸掉了这尊神像的阳器要不就打碎了它的鼻子。一个贪婪的财迷硬是抠出一尊神像头上的一双宝石眼睛，空留下一副盲人的面目。一个野蛮的大兵为能在一个大抢劫的夜晚一肩膀推倒一座巨人而洋洋得意。时而，蛮族罪责难逃；时而，十字军是罪魁祸首；要不正好相反，土耳其人罪莫大焉；有时，要归罪查理一世的雇佣军；有时则应怪罪于拿破仑的轻骑兵。斯丹达看见被砸碎了脚的赫耳玛佛狄忒的塑像时痛惜不已。一个暴力的世界围绕着这一群宁静的形象在团团活动。

我们的父辈修复了一尊尊雕像；而我们则把它们的假鼻子假器官一个个去掉；我们的儿孙呢，轮到他们时，无疑会另行其是。我们现在的观点既代表一种所得，同时也表明一种所失。重新塑造出一尊装上假肢的完美无缺的雕像，是可以部分地满足收藏家天真的欲望，他们需要拥有并展示一件完好无损的属于任何时代的作品，实际上不过是出于他们的虚荣心罢了。但是，这种过分的修复艺术品的爱好，打从文艺复兴开始直至我们的时代，凡是大收藏家人人皆有，无疑有其更深刻的原因，绝不是出于无知、传统习俗，或偏见而草率行事的。也许，我们的前辈比我们更为仁慈，至少在艺术领域是如此，他们只要求艺术给予他们美好的感受，但与我们情感迥然不同，以他们自己的一套感受方式行事，他们难以忍受艺术杰作断头缺腿无胳膊，难以容忍石雕神像保留着暴力和死亡的印记。那些酷爱古董的大收藏家出于恻隐之心而进行修复。我们也是出于恻隐之心又清除了他们的功果。也可能，我们更习惯于破损和伤痕。我们不相信会有一成不变的爱好和仁慈，也许正是这种爱好和仁慈促使托瓦森去修复普拉西特尔的作品。我们更容易接受这样的观点：那种脱离了我们、被收藏到博物馆里而不再在我们自己住宅里的美，是属于贴了标签的美，属于消亡了的美。此外，我们的怀古惜旧之情也可在这累累伤痕上得到寄托；我们对抽象艺术的偏爱使得我们喜欢残破和鳞伤，因为残破和鳞伤，也可以这么说，抵消了雕塑艺术中强烈的人为的因素。任何由于时间造成的变化对雕塑的伤害，与观赏者兴趣爱好的起伏跳荡造成的伤害相比，只能是小巫见大巫了。

有一种变化情形比别的情形更令人触目惊心，那就是雕塑沉沦海底的遭遇。有些商船载着某雕刻家送去的订货从一个港口驶向另一个港口，有些战舰载着罗马战胜者堆起来的从希腊缴获来的战利品运往罗马，或者，与此相反，当罗马自身难保，战胜者携带着战利品转运去君士坦丁堡时，有时连船带货沉沦海底；若干沉船的铜像，在良好的条件下打捞上岸，犹如溺水者得到及时抢救而复活，长期沉睡海底只多长了一身可观的绿锈，比如马拉松的埃费布，还有最近发现的两个强有力的厄里斯竞技者的塑像，就是如此。然而，有些石雕不很坚固，打捞出水时已经腐蚀、磨损、毁坏了，浑身是海浪任意琢磨而成的涡孔，嵌上了贝壳，与我们小时从海滩上买来的一盒盒贝壳差不多。这些雕像的形态是雕刻家赋予它们的，但对于它们来说，这段经历不过是短暂的插曲，此前它们在深山作为巨岩长寿无量，此后它们又在水底作为卧石长眠不醒。它们经历了没有痛苦的解体，没有死亡的损失，没有复活的生存，这种生存，也是物质顺其规律的生存；它们已经不再属于我们了。犹如莎士比亚最美妙、最神秘的诗歌所提到的那具尸体一样，它们在海洋中经历的变化丰富多彩又离奇古怪。尼普顿雕像，原来只是用来装饰一个小城镇的码头，那里的渔民准备向他献祭渔网，但经过在雕塑间精心修复，现在已经成了尼普顿海神王国里的神明了。天上的维纳斯与十字路口的维纳斯现在都变成了海上的阿佛洛狄忒。

占领下的巴黎

〔法国〕萨特

萨特（1905—1980年），法国存在主义哲学家、小说家、戏剧家。

萨特自称他的存在主义哲学是一种以人为中心、尊重人的个性和自由的哲学，是一种人文主义的哲学。读了这篇散文，对理解萨特的哲学思想是大有帮助的。文章从实际出发，深入浅出，明白流畅，绝无故弄玄虚，令人有高深莫测之感。

许多英国人和美国人来到巴黎时发现我们没有他们想象的那样消瘦，无不感到惊讶。他们见到妇女穿着优雅的连衣裙，似乎还是新做的，男子的上衣远看也不失气派；他们难得看见通常表明营养不良的苍白脸色和生机萎缩。对旁人的关怀一旦失望，便会变成怨恨：因为我们不完全符合他们事先设想的悲惨形象，我很担心他们会生我们的气。可能他们中间已经有人暗自思量，法国是否应该把战败看作一场好运气，因为战败当初使它脱身事外，日后又使它不必付出巨大的牺牲作代价就重新取得强国的地位；可能他们和《每日快报》一样认为，比起英国人，法国人在这四年里过得不算太坏。

我想对这些人说几句话。我想对他们解释：他们错了，德国占领曾是可怕的考验，法国不一定就能复兴，而且没有一个法国人不经常羡慕他的英国盟友们的命运。但是，就在我着手做这项工作时，我感到它的全部困难所在。我已经体验过一次这种困惑，那时我刚获释，人家就询问我当战俘的生活：我怎样才能使没有在俘房营里生活过的人体会那里的气氛呢？只要加重笔触，就能描出一团漆黑，而稍加修饰就能使一切显得欢笑、快乐。甚至人们所谓的"一般情况"也不代表真相。需要有许多发明，许多技巧才能表现真相，还需要许多善良的愿望和许多想象力才能理解真相。今天我面临一个相似的问题：怎样才能使一个始终未受奴役的国家的居民懂得被占领意味着什么？我们之间横着一道不可能用言词填平的鸿沟。法国人之间谈论起德国人、盖世太保、抵抗运动和黑市交易时一说就明白，因为他们经历了同样的事件，因为他们有相同的回忆。英国人和法国人没有共同的回忆，伦敦骄傲地经历的一切，巴黎却是在绝望和耻辱中经历的。我们需要在谈论自己时不带感情冲动，你们则需要学会听懂我们的声音，学会抓住那些不能言传、只能意会的事情，可以用一个手势或片刻的沉默表示的所有一切。

如果我还是试图让人家看到一点真相，我会遇到新的困难：法国被占领是一个无比巨大的社会现象，它涉及三千五百万人。我怎么能用他们全体的名义发言呢？小城市，大的工业中心和农村的遭遇各不相同。某一个小村庄从未见过德国人，而另一个村里德国人却驻扎了四年。既然我主要住在巴黎，我就局限于描写巴黎沦陷时期的情况。我撇开不谈生理上的痛苦，确实存在但被掩盖起来的饥饿，生命活力的衰退，结核病的蔓延等等；统计数字总有一天会告诉我们，这些不幸曾达到多大的规模，但是说到底英国也有类似的情况；英国的生活水平想必仍然比我们的要高得多，但是你们遭受了轰炸、无人飞机的袭击和军事损失，而我们却没有作战。然而另有别种性质的考验；我想写的正是这类考验，我试图写出巴黎人是怎样体验沦陷生活的。

我们首先必须排除广泛传播的形象：不，德国人不是手执武器在街上溜达的；不，他们不强迫平民百姓为他们让路，给他们腾出人行道；他们在地铁车厢里给老年妇女让座，他们见到小孩就会油然而生柔情，去抚摸他们的脸颊；他们接到命令要行为规矩，于是为了遵守纪律，他们就难为情地、用心地做到规规矩矩；他们有时甚至显示一种天真的、但是找不到用途的善良愿望。你们也别以为法国人对他们总是投去某种充满蔑视的目光。诚然绝大多数居民避免与德国军队有任何接触。但是不要忘记占领是天天存在的事实。有人被问到他在恐怖时期做了些什么，他回答说："我活下来了……"我们每个人今天都可以做同样的回答。我们活过这四年，德国人也活着，就在我们中间，淹没在大城市的统一生活里。前几天人家给我看登在《自由法国》上的一张照片，我不禁发笑了：照片上一个膀圆腰粗的德国军官在塞纳河畔一家旧书摊的书箱里搜寻什么，那位旧书摊主，一个留着典型法国式胡子的小老头用冷漠而忧伤的眼光看着他。德国人得意扬扬，他好像把他瘦小的邻人挤到取景框外面去了。照片下面有一行说明："德国人亵渎了从前属于诗人和梦想家的塞纳河岸。"我当然不认为照片是假的；不过这只是一张照片而已，而且是专断地挑选出来的。肉眼的视野更广阔：摄影师看到几百个法国人在几十只书箱里搜寻，同时看到一个德国人，在这个太大的布景里他显得渺小，单独一个德国人在寻觅一本旧书，他是一个构想家，可能是个诗人——总之是一个无害的角色。在街上散步的德国士兵无时不向我们显示的正是这一无害的面貌。人群遇到他们的制服就自动分开，然后又合拢，他们褪色的绿制服在平民的深色便服中间形成一个浅淡的、谦逊的斑点，简直是期待之中的。其次，相同的日常需要使我们与他们交臂而过，同一个人流把我们和他们一起卷走，在一起颠簸，相互混杂：我们在地铁里挤着他们，我们在黑夜里撞到他们。当然，如果接到命令，我们会毫无怜悯地杀死他们，当然我们没有忘记我们的敌意和仇恨；但是这些感情已经变得有点抽象，久而久之我们在巴黎和这些实际上与法国士兵很相像的丘八之间建立起某种可耻的、很难说清楚的休戚与共关系。一种不带任何同情心的相互依存关系，确切说是生理上适应后形成的相互依存。最初我们只要见到他们便不舒服，后来，我们逐渐学会对他们熟视无睹，他们已具有一种建制的抽象性质，最终使他们变得无害的，是他们不懂我们的话。我在咖啡馆里不下一百次听到巴黎人就在离一个孤独的德国人两步远的地方肆无忌惮地议论政治，而那个德国人坐在桌子边上，面对一杯汽水，目光茫然。他们对我们来说更像是家具，而不是活人。当他们彬彬有礼地拦住我们，向我们问路时——对我们中大部分人这是唯一与他们说话的机会——我们更多感到的不是仇恨而是不自在；说明白了我们不自然。我们想起自己下给自己的不容改变的命令：决不同他们说话。但是，面对这些迷路的士兵，一种古老的助人为乐的人道主义精神在我们身上复苏了，另一个上溯到我们童年时代的命令要求我们对别人的困难援手相助。于是我们就根据当时的脾气和情境做出决定，或者说"我不知道"，或者说"走左手第二条街"。无论哪种情况下，我们走开时都对自己不满意。圣日耳曼大街上，有一次一辆军车翻倒在地，把一名德国上校压在车下。我看到十个法国人赶上去把他救出来。我确信他们都仇恨占领者；两年后，他们中必定会有几个人成为法国国内力量成员，在同一条大街上向占领者开火。不过当时又是怎么一回事呢？这个压在自己汽车底下的人是占领者吗？该怎么办呢？敌人的概念只有当敌人和我们之间隔着一条火线时才是坚定、明确的。

然而确实有一个敌人——而且是最可憎的——但是他没有具体的面目。至少见过这个敌人的人很少还能回来为我们描述他的模样。我想把他比做一条章鱼。它躲在暗处攫住我们中最优秀的人，使他们消失得无影无踪。有一天你给一个朋友打电话，电话铃在空无一人的房间里响了好久；你去敲他的门，无人应门；如果门房带着你破门而入，你会在门厅里发现两把靠在一起的椅子，椅子腿之间满是扔掉的德国香烟的烟头。失踪者如果是当着他的母亲和妻子的面被抓的，她们会证明说，把他带走的德国人很有礼貌，跟在街上向我们问路的德国人完全一样。当她们到福熙林荫道或者柳林街时，人们彬彬有礼的接待她们，她们临走时偶尔还能听到安慰的话。然而，在福熙林荫道或者柳林街，邻近楼房的居民整天，直至夜深，都能听到惊呼惨叫声。巴黎没有一户人家没有亲友被逮捕、流放或枪决的。似乎城里有好些看不见的窟窿，城市的生命就从这些窟窿里流失，好像它患了找不出确切部位的内脏出血症似的。何况人们很少谈论这些事情；人们掩饰饥荒，更掩饰这一不断的血液流失，这样做部分出于谨慎，部分是出于尊严。人们说："他们把他抓走了"，而这个"他们"，就像疯子有时用这个代词来指他们想象中的迫害者一样，指的几乎不是一些活人：不如说是某种有生命的、触摸不到的、焦油一般的物质，它染黑一切，甚至使光明失色。夜里，人们听见"他们"。了夜时分，街面上响起几个赶在宵禁前回家的居民急促的、相互隔开的脚步声之后，便是一片寂静。人们知道，这以后，唯一能在外面走动的是"他们的"脚步。很难让别人也体会到这个空荡荡的城市，这个就在我们窗户底下，唯有他们在活动的"无人区"带给我们的印象。住宅绝对不是可靠的庇护所。盖世太保经常在半夜到清晨五点之间出动抓人。好像房门随时可能被打开，放进一股寒气，一片夜色和三个客客气气的，带着手枪的德国人。即使我们不说出他们，即使我们不去想他们的时候，他们也在我们中间存在。我们感到他们的存在，只因为周围的物件以某种方式不像过去那样完全属于我们，它们变得古怪、冷漠，好像已成为公有的，好像有一个陌生人的目光破坏了我们家庭里亲密无间的气氛。一到早晨，我们又在街上见到一些赶着钟点上班的德国人，他们腋下夹着公文皮包，看起来不像军人，更像穿军服的律师。我们努力在这些不带表情的、熟悉的脸上找到一星半点我们想象了一夜的那种凶残和仇恨。但是找不到。然而恐怖并不因此消散；这种抽象的，不能落实到任何人身上的恐怖可能正是最难忍受的。至少这是占领时期的主要面貌：请想象，一方面的是找不到对象的仇恨，另一方面是一个太熟悉了、叫人恨不起来的敌人，而这两者必须朝夕共处。

这一恐怖还有许多别的原因。但是，在进一步说清楚之前，必须避免一个误会：人们切不要把这一恐怖想象成一种强烈的、惊心动魄的情绪。我已经说过：我们活下来了。这就是说人们可以工作、吃饭、交谈、睡觉，有时甚至还能发笑——虽然笑声难得听到。恐怖似乎在外面，附在各种东西上。人们可以暂时不去想它，被一本书，一场谈话，一桩事情吸引过去：但是人们总要回到它那儿去的，于是人们发现它从来没有离开我们。它平静、稳定，几乎很知趣，但是我们的梦想和我们最实际的念头无不染上它的色彩。它既是我们的良知的经纬线，又是世界的意义。今天这场恐怖已经消逝，我们只看到它曾是我们生活的一个组成因素；但是当我们沉没在其中的时候，我们对它太熟悉了，有时把它当做我们的心情的自然基调。如果我说它对我们既是不能忍受的，同时我们又与它相处得不错，人们会理解我的意思吗？

据说有些精神病患者总觉得有一个残酷事件打乱了他们的生活。但是当他们试图理解到底是什么事情给他们留下如此强烈的印象，使他们的过去和现在截然断裂时，他们却什么也没有找到，什么事情都没有发生过。我们的情况也差不多。我们无时不感到与过去的一切联系被切断了。传统断裂了，习惯亦然。我们不太理解这个变化的意义，战败本身也不能完全解释这个变化。今天我看清这是什么了，巴黎死了。不再有汽车，不再有行人——除非是某几个钟点在某几个街区。人们在石头中间行走；好像所有人都迁走了，而我们却被遗忘，留下来了。首都的边边角角还残留一些外省生活情趣；剩下的是一座大城的骨骼，气势不凡但毫无生机，它对我们变得太大太空了。人们一眼望不到尽头的街道显得太宽，距离显得太大，远景显得太开阔。人们在这座空城里会迷失方向，巴黎人于是待在家里或者不离开他们的街区；这些庞大、威严的宫殿一到晚上就坠入绝对的黑暗之中，他们害怕在其间穿行。说到这里，也应该避免夸张，我们中许多人曾经喜欢资产者的宁静生活，喜欢这个失血的首都在月光下古色古香的魅力；但是他们的乐趣也染上一丝苦涩。在自己的街上，围着自己的教堂和自己的区政府散步，感到的却是一种掺杂着忧伤的喜悦，与在月光下参观罗马古竞技场和雅典帕提侬神庙一样，世间还有比这更苦涩的事情吗？一切都是废墟。第十六区无人居住的华屋关着百叶窗；被征用的旅馆和电影院前设置了白色路障，人们会突然撞上去；酒吧间和商店在整个战争期间都关门停业，老板不是被流放，就是死了或失踪了；雕像只剩下底座；花园不是被七拐八弯的障碍物隔成两半，就是被钢骨水泥的暗堡弄得面目全非；还有楼房顶上所有那些尘灰扑扑的巨大字母，那不再点亮的霓虹灯广告。在商店橱窗里，人们看到的广告好像是刻在墓碑上的文字，随时供应酸菜肉丝；维也纳点心；请到图盖欢度周末；专修汽车。你们会说，我们也经受了这一切。伦敦也有过灯火管制和消费限制。这我都知道，但是你们生活里的这些变化的意义与我们的不一样。伦敦即使受到伤害，灯火不明，仍是英国的首都，巴黎却不再是法国的首都了，从前条条公路，条条铁路都通向巴黎；巴黎人待在自己家里等于待在法国的中心，世界的中心。巴黎人的野心和爱恋之情囊括世界，他把纽约、马德里和伦敦尽收眼底。贝里高尔、博斯和阿尔萨斯的农庄，大西洋的渔场养育着巴黎，但是我们的首都与古罗马不同，它不是一座寄生城市。它调节交易和民族的生命，它加工原材料，它是法国财富的转盘。停战以后一切都改变了，国土一分为二，割断了巴黎与农村的联系；布列塔尼和诺曼底海岸变成禁区；一堵水泥墙把法国和英国、美国隔开。还剩下欧洲；但是欧洲是一个令人发指的名词，它意味着奴役；历代国王的都城丧失了一切，连同它的政治职能也被设在维希的傀儡政府夺走了。法国被占领军分割成互不来往的省份，它把巴黎给忘了。这座名城变成一个平淡无奇、不起作用的大量居民集中点，它只能凭吊昔日的光荣，人们不时给它打补针以维持它的生命，全靠德国人决定每周放入一定数量的列车，它才能苟延残喘。只要维希稍加顶撞，只要拉伐尔向柏林输送劳工时不够爽快，人们马上停止给巴黎打针。巴黎在空荡荡的天宇下憔悴，饿得直打呵欠。它与世隔绝，别人出于怜悯或者出于自己的打算才养活它，它只有抽象的、象征性的存在。这四年里，法国人无数次在食品杂货店的橱窗里看到成排的圣埃米里翁酒或墨尔索酒瓶。他们被吊起胃口，走近去看个仔细，却读到一条告示：空瓶仅供陈列。巴黎也一样，它只是一个空架子，一切都被掏空了。卢浮宫里没有画，国民议会里没有议员，参议院里没有参议员，蒙田中学里没有学生。德国人为了维持门面而组织戏剧演出、赛马和兴味索然的庆祝活动，这不过是为了向世界证明法国安然无恙，既然巴黎还活着，这是中央集权制度造成的奇特后果。至于英国人，他们用炸弹把洛里昂、卢昂或者南特夷为平地，但是决定不去碰巴黎。于是我们在这奄奄一息的城市里享受到一种象征性的、死一般的安静。在这块孤岛周围，钢铁和火焰如雨水从天而降；但是，如同我们未被接受参与我们的外省的劳作一样，我们也没有权利分担它们的痛苦。一个象征：这个勤劳、爱动怒的城市变得只是一个象征。我们面面相觑，自己问自己，是否我们本人也成了象征。

这是因为，这四年里，人们抢走了我们的未来。必须依赖别人为生。而对于别人，我们不过是物。英国的广播和报刊无疑对我们表示了友情。但是除非我们太自负或者过于天真，才会相信英国人为了解救我们才打这场伤亡惨重的战争。他们英勇地手执武器捍卫自己的根本利益，我们知道，在他们的考虑中，我们不过是许多因素中间的一项因素。至于德国人，他们想的是怎样用最好的办法把这块土地并入"欧洲"整体。我们感到自己的命运从我们手里滑走；法国像人家放在窗台上的一盆花，天晴时拿出来，天黑了又搬回来，从不征求这盆花本身的意见。

人家知道有一种所谓"丧失自我意识"的病人，他们突然认定"所有的人都死了"，因为他们停止把自己的未来投射到自身之外，因为这样一来他们就停止感到别人的未来。最令人痛苦的，可能正是所有巴黎人都丧失了自我意识。战前，如果我们有时满怀同情看着一个孩子，一个年轻男人或女子，那是因为我们预感到他们的未来，因为我们从他们的手势，从他们脸上的皱褶里隐约猜到他们的未来。因为一个活人首先是一个计划，一项事业。但是占领剥夺了他们的未来。我们再也不能在目送一对情人远去时试图想象他们的命运：我们不比一枚铁钉或门上的插销有更好的命运。我们所有的行为都是暂时的，它们的意义限于它们被完成的那一天。工人在工厂里干一天活算一天：第二天就可能断电，德国可能停止运来原料，人家可能突然决定把他们押送到巴伐利亚或者帕拉丁纳去做苦工；大学生在准备考试，但是谁又敢保证他们准能参加考试呢？我们观看自己，看到的却像是死人。这种非人化，这种把人化为木石的现象实在难以忍受，所以许多人为了逃脱它，为了找回一个未来，就投入抵抗运动。奇特的未来，酷刑、监狱、死亡挡在前面，但是至少这是我们自己用双手创造的未来。不过抵抗运动仅是一种个人出路，而且我们一直知道这一点：没有抵抗运动英国人照样能打赢战争；如果英国人注定要打输的话，有了抵抗运动也无济于事。抵抗运动在我们心目中主要有一种象征价值；因此许多抵抗运动成员是绝望的：他们也是象征。在一座象征性的城市里发动的象征性叛乱；唯有酷刑是真实的。

　　于是我们就被置身局外。对于我们不再打的这一场战争，我们还因不能理解它而感到耻辱。我们从远处看到英国人和俄国人适应了德国的战术，而这期间我们仍在回味我们1940年的失败；我们败得太快，什么也来不及学到。今天不无嘲讽地庆贺我们躲过这场战争的人不能想象，法国人本来多么愿意继续战斗。日复一日，我们看到我们的城市被摧毁，财富被销毁；我们的年青一代萎靡不振，三百万同胞在德国受尽磨难；法国的出生率大为下降。还有什么战役的毁灭性超过这一切？我们本会乐意做出这些牺牲，如果它们能加快我们的胜利的来临，但是现在这些牺牲没有任何意义，毫无用处，或者说它们对德国人有利。还有下面这一点，可能大家都能理解，最可怕的，不是受苦，也不是死去，而是白白受苦，白白死去。

　　在被绝对遗弃的境地中，我们有时看到头顶上掠过盟友的飞机。我们的处境实在古怪，以致警报器宣告这些飞机是敌人。命令毫不含糊：必须离开办公室，关闭店铺，躲进空洞。我们从不服从：我们待在街上，昂首望天。不应该把这一违抗纪律的行动看做徒劳的反抗或者愚蠢的硬充好汉：我们在绝望地注视我们最后剩下的友人。这个坐在驾驶舱里从我们头顶上飞过的年轻飞行员，他以看不见的联系与英国、与美国拴在一起，他代表整个巨大而自由的世界占满了天空。但是他带来的唯一信息却是死亡的信息。人们永远不会知道，我们必须对盟友抱有多大信念，才能继续爱他们，才能和他们一起愿意他们在我们的土地上大肆破坏，才能不顾一切地把这些轰炸机当做英国的脸庞来欢迎。如果炸弹没有命中目标，掉在居民区里，人们就想尽办法来辩解，有时人们甚至指责是德国人扔下炸弹以便挑拨我们和英国人的关系，或者是德国人故意迟发警报。大轰炸时期，我曾在勒阿弗尔一位战俘营的难友家里住过几天。头一天晚上，我们围着一台无线电收音机坐下，一家之主带着既天真又令人感动的庄严神情转动收音机的旋钮；他好像在主持弥撒。正当我们收到BBC的首次新闻节目时，我们听到远处传来隆隆的飞机声。我久不能忘在场一位妇女既惊恐万状又大喜欲狂，她小声说道："英国人来了！"一刻钟内，他们在椅子上端坐不动，不管爆炸声越来越近，全神贯注倾听伦敦的声音；他们觉得飞机里的声音更加实在，而他们头顶上的飞机编队赋予了这个声音以五官四肢。但是这类笃信不移的行为要求精神始终处于紧张状态，还经常要求人们压下心头的愤怒。当洛里昂被夷为平地，当南特市中心被毁灭，当卢昂的腹心受到轰炸时，我们强压下心头的愤怒。但愿你们能猜到这样做需要多大的克制力。有时候怒火无法抑制——然后人们又说服自己不要听凭情绪冲动。我记得1944年7月，我坐火车从商蒂依回巴黎时遭到飞机上的机枪的扫射。这是一列与军事目标完全无关的郊区客车；三架飞机掠过；几秒钟内，头一节车厢里就有三名乘客被打死，十二名受伤。乘客们站在铁道上，看着死者和伤员被放在担架和绿色长椅上抬走——担架不够，人们把附近车站月台上的长椅也搬过来了。激动和气愤之下，乘客们个个脸色煞白，人们咒骂你们，人们责备你们野蛮，不近人情："他们有必要袭击一列无力自卫的客车吗？难道莱茵河那一边的活还不够他们干的？他们最好到柏林去！可不，那边的高射炮想必让他们害怕了，等等。"然后，突然有人找到了解释，"听着，通常他们总是瞄准机车，这样不会伤害任何人。只不过今天人家把机车编在最后；于是他们就朝头一节车厢开枪了，他们飞得那么快，没有发觉这个变化。"大家立即闭口不语，人们心头轻松了，因为飞行员没有犯下不能原谅的错误，因为我们可以继续爱你们。我们经常受到诱惑，很想恨你们，我们必须与这种诱惑斗争，在我们遭受的不幸中，这可不是最小的一项，我还可以作证，那一天，在我们的战胜者德国人讥讽的目光下，我们眼看你们在城市近郊造成的火场上冒起浓烟，我们那时候孤独到了极点。

然而我们不敢埋怨，我们内心有鬼。这一隐秘的耻辱折磨我们，我首先在被俘期间体验到这种耻辱。战俘们是不幸的，但是他们做不到对自己生怜悯之心。他们说："想想，我们将来回去了，人家会怎样对待我们！"他们的痛苦又干又涩，令旁人不悦，还因为他们觉得自己理应受惩，这痛苦就像掺着毒药。他们感到自己愧对法国。但是法国愧对世界。为自己的不幸伤心落泪也能带来安慰。但是当我们到处受到蔑视时，我们又怎么可能怜悯自己呢？和我同一个战俘营的波兰人毫不掩饰他们对我们的轻蔑，捷克人则责怪我们在38年抛弃了他们。有人告诉我，一个从战俘营逃出来的俄国人躲在安茹一名法警家里，他谈到我们时老挂着微笑："法国人，兔子！兔子！"你们自己对我们也不是一直都很温和的，我还记得我们听斯穆茨元帅的某次演说时不得不强行保持沉默。这以后，当然我们转过这样的念头，索性屈辱到底，再增添一些。也许我们本有可能为自己辩护。世界上三个最大的强国花了四年才打败德国；当我们单独抵抗德国的攻击时，我们一上来就被打垮不是自然而然的事吗？但是我们不想辩解，出于为国家赎回荣誉的需要，我们中最优秀的人投入抵抗运动。其他人迟疑不决，内心不安；他们反复咀嚼自己的自卑情结。有一种痛苦人们必须承受：既不能认定自己不该遭此报应，又不能把它当作赎罪手段，你们难道不认为这是世上最难忍受的？

但是，正当我们就要陷入不能自拔的悔恨之中的时候，维希政府成员和合作者们试图把我们推进去，结果反而使我们止步不前了。占领，这不仅是战胜者在我们的城市里长住下来，这也是他们在所有的墙上，所有的报纸上愿意让我们看到的我们自己龌龊不堪的形象。合作者们首先呼吁我们要正视现实。他们说："我们打败了，输要输得漂亮，承认我们的过错吧。"紧接着又说："应该承认法国人轻浮、冒失、爱吹牛、自私。我们一点不了解别的民族。战争是在我们国家分崩离析时突然袭来的。"墙上的幽默招贴嘲笑我们最后的希望。面对如此卑劣的行为，如此拙劣的计谋，我们倒想为自己感到自豪了，可惜，我们刚抬起头就在自己身上重又找到我们真正的悔恨理由。我们就这样整天六神无主，感到不幸却又不敢对自己明言，蒙受耻辱同时羞愧得无地自容。我们的不幸达到顶点，我们每走一步路，吃一顿饭，甚至吸一口空气，都不能不与占领者同流合污。和平主义者们在战前一再向我们解释，一个被侵占的国家应该放弃战斗，作消极抵抗。这话倒是好说，但是为了使消极抵抗有觌，火车司机必须拒绝开车，农民必须拒绝犁地。这样做的话，战胜者可能会感到不方便——虽然他们可以从自己国土上取得给养——可是被占领的民族肯定过了几天就会统统死光。因此必须工作，为民族维持徒具外观的经济组织，不管经历多少毁灭和抢劫，为它保存最低限度的活力。然而最微小的经济活动也对敌人有利。敌人扑到我们身上，把他的吸盘紧贴住我们的皮肤，与我们同生共死。我们的血管里生成的每一滴血都有他们一份。人们关于"合作者"谈论得很多。诚然，在我们中间有真正的法奸，对他们我们不引以为耻；每个民族都有自己的渣滓，总有那么一批不得志、心怀怨恨的人利用灾难或革命得逞于一时。一个民族组合中有吉斯林或拉伐尔这样的人存在本是正常现象，如同自杀率或犯罪率一样。但是我们感到不正常的是国家的处境，全国都在与敌人合作。游击队员是我们的骄傲，他们不为敌人工作；然而农民如果想养活游击队员，就得继续饲养家畜，而其中一半必定被运到德国。我们一举一动都有双重意义：我们永远也不知道应该完全责备自己呢，还是完全赞同自己，一种微妙的毒汁使我们最好的举动也带上毒素。我只举一个例子：火车司机和司炉工是令人钦佩的，他们的冷静、勇气和经常表现的献身精神拯救了成千上万人的生命，他们使载着食物的货车安抵巴黎。他们中大部分人是抵抗者而且证明了这一点。但是他们热心保护法国铁路器材却对德国有利。这些被奇迹般保存下来的机车随时可以被征用；他们搭救下来的人中，也有前往勒阿弗尔或瑟堡的军人；运送食品的列车也载着军用物资。所以，这些本心只想为同胞效劳的人势所必然站在我们的敌人一边，反对我们的友人；贝当把勋章挂在他们胸前时，实际上是德国向他们授勋。从战争开始到结束，我们没有承认自己的行为，我们无法要求对自己行为的后果负责，病毒无所不在，任何选择都是坏的，然而又必须选择，并且对之负责；我们的心脏每一次跳动都加重一分我们的犯罪感，我们为之毛骨悚然。

维希政府一直要求我们团结一致。如果我们能团结起来反对维希政府，我们被迫过的这种卑污生活可能会变得易于忍受一些。但是不幸未必就能使人靠拢。首先，占领使同一个家庭的成员散处世界各地。某位巴黎工厂主把妻子和女儿留在自由区，因此——至少在头两年里——不能见到她们，也不能给她们写信，除非寄明信片；他的长子关在被俘军官营里，他的幼子投奔戴高乐去了。不在巴黎的人似乎没有离开巴黎，我们整整四年沉浸在对远方友人的宝贵回忆里，在想念他们的同时，我们回忆着一去不复返的生的温馨和骄傲。不管我们多么努力，回忆随着岁月的流逝逐渐淡化，亲友的面目变得模糊不清。一开始人们经常谈到被俘的亲友，后来就越来越少了；并非人们不再想念他们，而是因为，他们起先在我们心里有痛苦的、明晰的面目，后来变成敞着大口子的空位置，逐渐与我们的贫血症混为一体。我们像缺少脂肪、糖或维生素一样缺少他们。其缺少程度同样彻底，难分轩轾。同样消失了巧克力或鹅肝酱的回味，对某些阳光灿烂的日子的记忆，对七月十四日巴士底广场的舞会，与情侣的一次散步，海滨的一个夜晚，以及法国的光荣的回忆。我们的生理需要缩小了我们的记忆。因为人什么都能将就，我们又有了新的耻辱：凑合着我们的贫困，我们饭桌上的芜菁甘蓝和我们仍享有的少得可怜的自由，乃至我们干涸的内心活下去，我们变得日益简单化，最后我们只谈论食物，与其说这是出于饥饿或对明天的恐惧，不如说因为寻找食物"来路"是我们唯一够得着去做的事情。

何况占领唤醒了古老的纠纷，加剧了法国人之间本来存在的不和。法国分成北区和南区，使巴黎和外省以及北方和南方之间古老的对立重新复活。克莱蒙—费朗和尼斯的居民指责巴黎人与敌人达成协议；巴黎人责怪自由区的法国人都是"软蛋"，说他们因自己未"被占领"，盛气凌人地显示自私的满足心理。在这一方面，应该说德国人践踏停战条约，把全法国置于占领军直接控制下，倒是帮了我们一个大忙。他们重建了我们民族的团结，但是别的冲突依然存在，例如农民与市民的冲突。农民长期以来一直以为自己受城里人的蔑视，这下轮到他们报复，对城里人趾高气扬了；后者反过来指责他们为黑市提供货源，存心使市民挨饿。政府则火上加油，它发表的讲话一会儿把农民捧到天上，一会儿责备他们把收获隐藏起来。豪华餐厅的倨傲气派更使工人与资产阶级敌对。说实话，光顾这类场所的主要是德国人和一小撮"合作者"。但是这类场所的存在使社会不平等有目共睹。劳动阶级也不可能不知道，主要是他们被征发到德国去做劳工，资产阶级没有或几乎没有被触动。据说这是德国人运用策略的结果，他们有意挑起不和，或者这只是因为工作对德国更有用？我不知道该怎么想。但是这也是我们不能有明确见解的一个标志。我们不知道应该为大学生中的大多数免于流放而庆幸呢，还是应该出于患难与共的精神，希望这一厄运不分区别地打击所有社会阶层。为了面面俱到，需要指出，战败加剧了两代人之间的冲突。四年内，一九一四年的老兵责怪一九四〇年的士兵们打输了战争，而后者又指责他们的前辈丢失了和平的机会。

　　不过你们不要想象法国陷于四分五裂，真相没有那么简单。这些争执主要表现为对一个巨大的、笨拙的团结愿望的阻碍。可能历史上从未有过如此多的善良意愿。人们朦胧地向往着新秩序的来临。雇主就整体来说，倾向于对雇员让步。无论何地，每当两名地铁乘客在拥挤的车厢里互不相让，每当一个不够灵活的骑自行车者与一个躲避不及的行人发生争执，人群里总有人轻声说："这又何苦呢！法国人之间还吵架，当着德国人的面！"但是占领造成的局面本身，德国人在我们之间树立的壁垒以及秘密斗争的需要，使得这些善良意愿在大多数场合派不上用场。所以这四年是一个漫长的、无力实现的团结之梦。当前局势之所以紧急、令人焦虑，也在于此。壁垒倾圮了，我们的命运握在自己手里。是重又复苏的古老纠纷，还是这个巨大的团结愿望将取得胜利呢？你们从伦敦望着我们，请你们大家多少保持一点耐心。占领时期的回忆还没抹掉，我们刚刚醒过来。拿我来说，我在街角遇到一名美国兵时，会本能地突然一惊，我以为他是德国人。反过来，一名躲在窖里的德国军人迫于饥饿出来投降，巴黎解放后半个月他就可以骑自行车在香榭丽舍大街畅行无阻。人们太习惯德国人的存在了，以致对他们视而不见。我们需要许多时间才能忘记过去，而明天的法国还没有露出它的真面目。

　　但是我们首先请你们理解，占领往往比战争更可怕。因为在战争中每个人都可以表现自己是男子汉，而在占领这一暧昧的处境中我们真的不能行动，甚至不能思想。在这个时期——抵抗运动除外——法国大概说不上始终表现得很伟大。但是你们首先应该理解，积极的抵抗必定只能限于少数人。其次，我以为，这一小部分人义无反顾地自愿以身殉难，他们足以补偿我们的种种软弱之处。最后，如果这篇文章能帮助你们衡量我们国家在羞辱，在极度厌恶，在愤怒中忍受的一切，我以为，你们会和我一样认为它有权得到尊重，包括它的过失在内。

反与正

［法国］加缪

阿尔贝·加缪（1913—1960年），法国存在主义小说家和戏剧家，著有《局外人》《鼠疫》《流亡与王国》等小说，以及《误会》《卡里古拉》《正义者》等剧本。此外，《西西弗的神话》等散文随笔作品亦是文学中的精品。1957年加缪获诺贝尔文学奖。

这是一个古怪而孤独的女人。她和各种精灵保持着密切的联系，参与它们的争吵，拒绝见家里的某些人，因为他们在她藏身的那个世界里名声不好。

她从姐姐那儿得到一笔小小的遗产。这五千法郎到了人生快要结束的时候才来，颇使人有困扰之感。应该把这笔钱投在什么地方。几乎每一个人都会使用一笔巨大的财富，可当这笔财富很小的时候，困难就来了。这女人始终不变。她快死了，想使自己那一把老骨头日后有个遮蔽。这时有个真正的机会送上门来。她那个城的公墓里，有一块出租墓地刚刚到期，土地的所有者们在那里起了一座壮观的地下墓室，线条简洁，砌有黑色的大理石，一句话，的确是一件珍宝，他们四千法郎就让给她了。她于是买了这座墓室。这可是一笔稳稳当当的证券，不受金融波动和政治事件的影响。她让人整理了墓坑，随时都可接待她的躯体。一切就绪，她让人用金色的大写字母刻上她的名字。

这件事使她深感满意，竟对这墓产生了一股真情。开头，她来看看工程的进展，后来就每个星期天的下午必到了。这是她唯一的外出和唯一的消遣。快到下午两点钟的时候，她走了很远的路，来到城门，那里就是公墓了。她进了墓室，仔细地关好门，跪在跪凳上。就这样，她面对着自己，比较着过去的她和将来的她。她找到了那一条断链的环，不费力看破了上帝隐秘的意图。通过一种奇特的象征，她有一天甚至恍然大悟：她在世人的眼中已然死了。万圣节那天，她比往日到得晚了些，发现门下虔诚地铺满了紫色堇。原来是一些不相识的同情者，他们非常细心，看到墓前竟没有鲜花，就分担了家人的痛苦，一起来怀念这被遗忘的死者。

现在，我还得再谈谈这些事情。窗户的另一头有一座花园，我只能看见它的围墙。还有光影流动的几丛树叶。往上，仍旧是树叶。再往上，就是太阳了。人们感到外面的空气兴高采烈，世界一片欢乐，然而我却只看见枝叶的影子在我的白色窗帘上晃动。五束阳光耐心地在房间里撒下一股干草的香味儿。一阵微风吹过，窗帘上的影子活跃起来。一片云遮住了太阳，随即又飘走，从阴影中射出了那一瓶金合欢花的灿烂的黄色。这就足够了，只一缕微露的光亮，我的心头就充满了一种模糊的、使人昏昏然的快乐。正是那个一月的午后使我面对世界的反面。空气中还透着寒冷。到处是一片片似可捏碎的阳光，但已蕴含着永恒微笑的种种迹象了。我是谁？我能做什么？我只能投入这枝叶和阳光的游戏之中。化作这一片光，我的香烟在其中燃烧；化作这一股温柔和激情，它们在空气中呼吸。倘若我想认识我自己，那就是在这光的深外。倘若我想理解和享受这种交出了世界的奥秘的滋味，那就是我在宇宙的深处所发现的我自己。也就是说，我自己就是使我从环境中解脱出来的这种极度的感动。

在此之前，我说的是另一些事情，说的是人和他们所购买的坟墓。现在，让我从时间之布上剪下这一分钟吧。有些人在书页中夹一朵花，藏起一次使他们动情的散步。我也散步，但那是一位神祇在抚爱我。生命是短暂的，虚掷光阴就是犯罪。有人说，我是活跃的。然而活跃仍旧是虚掷光阴，因为人在消耗自己。今日乃是一次暂停，我的心前去迎会它自己。如果说那种焦虑仍在压迫着我，那就是感觉到了这不可能知的瞬间正像水银珠一样地从我指间流走。有些人愿意对着世界转过背去，那就由他们吧。我不抱怨，因为我看着我长大。此时此刻，我的全部王国在这世界上。这阳光，这阴影，这炎热，这来自空气深处的寒冷：一切都写在这窗口之中，我透过它看见天空撒下它的完满去迎回我的怜悯，我还会去问某种东西是否正在死去，人是否在受苦吗？我可以说，我一会儿就说，重要的是合乎人情，朴实单纯。不，重要的是真，于是一切尽在其中，例如人情和纯朴。那么当我活在这世界上，我什么时候更真呢？动欲之前我已被满足。永恒在彼，我希望着。现在我所希望的已不再是幸福，而仅仅是自觉。

一个人在观照，另一个人在掘墓，如何将他们分开？如何将人及其荒诞分开？看哪，天微笑了。光在膨胀，夏天快到了吗？这就是那些应该爱的人的眼睛和声音啊。我以我所有的姿态眷恋着世界，我以我所有的怜悯和感激眷恋着人。在世界的这些正与反之间，我不愿选择，我不喜欢人们选择。有些人不愿意别人是清醒的、嘲讽的。他们说："这说明您不善良。"我看不出其间的联系。当然，我听人说某人不道德，我的理解是某人需要一种道德；我听人说某人蔑视智力，我认为他是承受不了怀疑。反正我不喜欢人们作假。睁开双眼正视光犹如正视死亡，这才是大勇。说到底，问题在于如何指明这种对生活的酷爱和这种隐秘的绝望之间的联系。如果我倾听蜷缩在事物深处的嘲讽，它就会慢慢呈现出来。它会眨着小而亮的眼睛说："生活吧，就像……"尽管多方求索，我的全部学问尽在此了。

无论如何，我并不能肯定我说得对。我是否想到人们讲给我听的那个女人，这并无关紧要。她要死了，她还没有咽气，女儿就给她穿衣服入殓。实际上，四肢还没有变硬时，事情似乎更容易些。不过，我们生活在匆匆忙忙的人们中间，这究竟是很可奇怪的。

沙　漠

[法国] 纪德

啊！多少次黎明即起，面向霞光万道、比光轮还明灿的东方——多少次走到绿洲的边缘，那里的最后几棵棕榈枯萎了，生命再也战胜不了沙漠——多少次啊，我把自己的欲望伸向你，沐浴在阳光中的酷热的大漠，正如俯向这无比强烈的耀眼的光源……何等激动的瞻仰、何等强烈的爱恋，才能战胜这沙漠的灼热呢？

不毛之地；冷酷无情之地；热烈赤诚之地；先知神往之地——啊！苦难的沙漠、辉煌的沙漠，我曾狂热地爱过你。

在那时时出现海市蜃楼的北非盐湖上，我看见犹如水面一样的白茫茫盐层。——我知道，湖面上映照着碧空——盐湖湛蓝得好似大海，——但是为什么——会有一簇簇灯芯草，稍远处还会矗立着正在崩坍的页岩峭壁——为什么会有漂浮的船只和远处宫殿的幻象？——所在这些变了形的景物，悬浮在这片臆想的深水之上。（盐湖岸边的气味令人作呕；岸边是可怕的泥灰岩，吸饱了盐

安德烈·纪德（1869—1951年），法国作家，1947年诺贝尔文学奖获得者。代表作有《人间的食粮》《窄门》《伪币制造者》等。

分，暑气熏蒸。）

我曾见在朝阳的斜照中，阿马尔卡杜山变成玫瑰色，好像是一种燃烧的物质。

我曾见天边狂风怒吼，飞沙走石，令绿洲气喘吁吁，像一只遭受暴风雨袭击而惊慌失措的航船；绿洲被狂风掀翻。而在小村庄的街道上，瘦骨嶙峋的男人赤身露体，蜷缩着身子，忍受着炙热焦渴的折磨。

我曾见荒凉的旅途上，骆驼的白骨蔽野；那些骆驼因过度疲顿，再难赶路，被商人遗弃了；随即尸体腐烂，缀满苍蝇，散发出恶臭。

我也曾见过这种黄昏：除了鸣虫的尖叫，再也听不到任何歌声。

——我还想谈谈沙漠：生长细茎针茅的荒漠，游蛇遍地；绿色的原野随风起伏。

乱石的荒漠，不毛之地。页岩熠熠闪光；小虫飞来舞去；灯芯草干枯了。在烈日的暴晒下，一切景物都发出噼噼啪啪的声音。

黏土的荒漠，这里只要有涓滴之水，万物就会充满生机。只要一场雨后，万物就会葱绿。虽然土地过于干旱，难得露出一丝笑容，但这里的青草似乎比别处更嫩更香。由于害怕未待结实就被烈日晒枯，青草都急急忙忙地开花，授粉播香，它们的爱情是急促短暂的。太阳又出来了，大地龟裂、风化，水从各个裂缝里逃遁。大地坼裂得面目全非；大雨滂沱，激流涌进沟里，冲刷着大地；但大地无力挽留住水，依然干涸而绝望。

黄沙漫漫的荒漠。——宛似海浪的流沙；不断移动的沙丘，在远处像金字塔一样指引着商队。登上一座沙丘，便可望见天边另一座沙丘的顶端。

刮起狂风时，商队停下，赶骆驼的人便在骆驼的身边躲避。

黄沙漫漫的荒漠——生命灭绝，唯有风与热的搏动，阴天下雨，沙漠犹如天鹅绒一般柔软，夕照中，则像燃烧的火焰；而到清晨，又似化为灰烬。沙丘间是白色的谷壑，我们骑马穿过，每个足迹都立即被尘沙所覆盖。由于疲顿不堪，每到一座沙丘，我们总感到难以跨越了。

黄沙漫漫的荒漠啊，我早就应当狂热地爱你！但愿你最小的尘粒在它微小的空间，也能映现宇宙的整体！微尘啊，你忆起何种生活，从何种爱情中分离出来？微尘也想得到人的赞颂。

我的灵魂，你曾在黄沙上看到什么？

白骨——空的贝壳……

一天早上，我们来到一座高高的沙丘脚下避阴。我们坐下；那里还算阴凉，悄然长着灯芯草。

至于黑夜，茫茫黑夜，我能谈些什么呢？

这是一次缓慢的航行。

海浪输却沙丘三分蓝，

胜似天空一片光。

——我熟悉这样的夜晚，似乎觉得一颗颗明星格外璀璨。

黎 明

［法国］兰波

阿·兰波（1854—1891年），法国19世纪象征派诗人与散文家。他资质聪颖，15岁就能写作拉丁文诗歌。

阿·兰波的文学活动只有短短的四年，但却留下了140多首诗，对现代派诗歌影响极大。他的主要作品有《醉舟》《元音字母》《彩画集》等诗集，诗散文集有《地狱里的一季》《灵光集》等。

我拥抱了这夏日的黎明。

宫殿前依然没有动静，寂然无声。池水安静地躺着。荫翳还留在林边的大道。我前行，惊醒那温馨而生动的气息，宝石般的花朵睁眼凝望，黑夜的轻翼悄然翔起。

幽径清新而朦胧。第一相遇：一朵鲜花向我道出了芳名。

我笑向那金黄色高悬的瀑布，她散发飘逸，飞越了松林：在那银白色的峰巅，我认出了她——女神。

于是，我撩开她一层又一层的面纱。林中的小径上，我舒展着臂膀。平原上，我把她告示给雄鸡。都市里，她逃匿在钟楼和穹隆之间，像乞丐奔波在大理石的站台，我奔跑着，把她一路追寻。

大路上空，桂树林旁，我用她聚集的绡纱把她轻轻地围裹，我感觉到了一些她那无比丰满的玉体。黎明和孩子一起倒身在幽林之下。

醒来，已是正午。

花

[法国] 兰波

从一级金色的阶梯上——在丝带和青烟的缭绕中，在碧绿的天鹅绒和阳光下青铜般幽光闪闪的晶莹的水面之间——我看到了，在一块由金银、眼睛、香发精心织成的绿茵上，万花吐蕊，争奇斗艳。

一片片黄金嵌在玛瑙上，桃花心木的圆柱稳稳地高擎着一顶翡翠绿的穹隆。白缎的花束，红宝石的纤细的嫩茎簇拥着水的玫瑰。

海与天，宛若睁着蓝眼，化作白雪之形的上帝把簇簇鲜嫩的玫瑰吸引到这大理石般的水面。

扫帚把上的沉思

[英国] 斯威夫特

斯威夫特（1667—1745年），英国杰出的讽刺作家。1704年出版的散文集《一只澡盆的故事》为他赢得了很大的声誉。他的主要散文作品还有《对1708年的应验》《比克斯塔夫先生第一个预言》《盟国的行为》《爱尔兰现状浅见》《一个小小的建议》等。

斯威夫特最大的文学成就是寓言小说《格列佛游记》，这部小说被公认为世界文学的经典名著，对英国和欧洲讽刺文学的发展产生了重要影响。

你看这根扫帚把，现在灰溜溜地躺在无人注意的角落，我曾在树林里碰见过，当时它风华正茂，树液充沛，枝叶繁茂。如今变了样，却还有人自作聪明，想靠手艺同大自然竞争，拿来一束枯枝捆在它那已无树液的身上，结果是枉费心机，不过颠倒了它原来的位置，使它枝干朝地，根梢向天，成为一株头冲下的树，归在任何干苦活的脏婆子的手里使用，从此受命运摆布，把别人打扫干净，自己却落得个又脏又臭，而在女仆们手里折腾多次之后，最后只剩下一支根株了，于是被扔出门外，或者作为引火的柴禾烧掉了。

我看到了这一切，不禁兴叹，自言自语一番：人不也是一根扫帚把么？当大自然送他入世之初，他是强壮有力的，处于兴旺时期，满头的天生好发；如果比作一株有理性的植物，那就是枝叶齐全。但不久酗酒贪色就像一把斧子砍掉了他的青枝绿叶，只留给他一根枯株。他赶紧求助于人工，戴上了头套，以一束扑满香粉但非他头上所长的假发为荣。要是我们这把扫帚也这样登场，由于把一些别的树条收集到身上而得意扬扬，其实这些条上尽是尘土，即使是最高贵夫人房里的尘土，我们一定会笑它是如何虚荣吧！我们就是这样偏心的审判官，偏于自己的优点！别人的毛病！

　　你也许会说，一根扫帚把不过标志着一棵头冲下的树而已，那么请问：人又是什么？不也是一个颠倒的动物，他的兽性老骑在理性背上，他的头去了该放他的脚的地方，老在土里趴着，可是尽管有这么多毛病，还自命为天下的改革家，除弊者，申冤者，把手伸进人世间每个藏污纳垢的角落，扫出来一大堆从未暴露过的肮脏，把原来干净的地方弄得尘土满天，肮脏没扫走而扫的人自己倒浑身受到了污染；到晚年又变成女人的奴隶，而且是一些最不堪的女人，直到磨得只剩下一支根株，于是像他的扫帚老弟一样，不是给扔出门外，就是拿来生火，供别人取暖了。

谈谈懒惰

[英国] 约翰逊

约翰逊（1709—1784年），英国诗人、作家、评论家，18世纪后半叶英国文坛泰斗。约翰逊博学多才，在诗歌、散文、小说、评论方面均有建树。代表作有诗歌《人类欲望的虚幻》、散文《漫游者》、评论《诗人传》和《莎士比亚集·序言》等。此外，他还是著名的《英语辞典》的编纂者，对促进英语的规范化起了重要作用。

许多道德家都曾谈到，人的诸种恶行中，骄傲为最，它以多种多样的形式出现，而又在极其繁复的伪装下隐匿，那种伪装好似掩盖月光的那层翳障，既是月亮的光辉，又是月亮的阴影，它虽可以把月亮藏匿起来，叫我们看不见，又因藏匿得不彻底而叫月亮泄漏了自身。

我虽不打算因骄傲在道德上所产生的这种极度的危害而对之进行贬谪，但我却不相信，不让懒惰那样无可争议地到处自由自在是做不到的。

有些人公开承认懒惰有其可取之处，他们自诩为懒人，正如剧中人巴西里斯"自诩为骄傲者"一样，他们自夸什么事都不做，而且还庆幸自己无事可做；他们每天要睡到不能再睡的时候，而起来的目的也仅在于作那种能使自己再睡的运动而已；他们用双层窗幔来延长黑暗的笼罩，永远也不愿看见太阳，而只"告诉太阳他们如何憎恨阳光"；他们的全部劳力无非是换一下如何方便于懒惰的程度与方式；

他们的白昼之不同于黑夜，只是白昼坐马车或椅子而夜里睡床而已。

这班人真乃是懒惰的公开支持者，懒惰也为他们编织好罂粟花环，而且还把湮没无闻之水倾入他们的杯中，他们于是处于平静而愚钝的状态，忘怀一切，也被人遗忘。他们早已不复存在于人世，活着的人对于他们的死亡只能说，他们只是停止了呼吸罢了。

但是懒惰在许多人的生活中，起着支配作用，而不为人所怀疑；因为，懒惰的恶果只限于懒惰者本身，它容易逗人喜爱，而又不伤及旁人；因此，它就不会像危及财产安全的诈骗行为那样，普遍受到监视；也不会像骄傲那样，必然要在别人的劣势之下，去寻觅自己的满足。懒惰具有一种无声而和平的品质，它既不凭恃夸耀招来妒忌，也不致怀有敌意而引起憎恨；因此，谁都不会忙于去谴责它或者过问其就里。

正如骄傲有时藏匿在谦卑后面一样，懒惰往往为混乱和匆忙所掩盖。凡是玩忽自己职守和实际工作的人，为了保持自己的利益，自然会竭力使头脑忘却自己的荒唐，而辛辛苦苦去做那些并非自己应做的事情。

有些人老是处于准备状态，他们忙于先拟措施，预订计划，收集材料，为主要工作做准备。这班人的确都是受着懒惰的玄妙力量支配的。一个老是寻找工具的工人，肯定是一无所成的。有一位大师曾经告诉我，那种喜欢讲究稀奇的铅笔和颜料的人，在绘画上是很难出人头地的。

还有另一些人，懒惰授之以另一种策略，叫他们可以借此枉度一生，而不会因空闲太多而感到厌烦。这就是：整天缠于琐事，手边总有点什么做着，但做着的琐事只可能引起好奇心而不产生焦虑，整个心情处于运动而悠闲的状态，而远非辛劳费力的苦况。

多年来，我的老朋友叟伯，一直使用这种策略，竟至非常成功。叟伯其人，欲望非常强烈，想象力丰富而敏捷，但这种强烈的欲望和敏捷的想象，恰好又为贪图舒适所抵消，因此，人们很难让他肩负任何困难的工作。尽管如此，他们还是强迫他不能躺下来完全休息，使他对旁人虽然没有大的用处，却叫他至少厌倦自己。

叟伯先生的主要乐趣是交谈，聊起天来或听人聊天，没完没了，但都兴致很高，因为，他仍幻想着他在教着什么或学着什么，从而能暂时免于内疚。

可是，到晚上，他必须回家，他的朋友这才得到安息；早上，人们又都一致谢绝打扰。这样的时刻真叫可怜的叟伯一想到便不寒而栗。但是他却有许多办法来减轻这种令人心烦的短时的苦闷。他曾说服自己重视手工活儿；他曾在许多手艺中观察到严密思维和正确推理的效果。他先想后做，给自己制造了一套木匠工具，用这套工具修理煤箱，真是得心应手。因此，一有机会，他就使用这套工具干些手工活儿。

他又曾学做鞋匠、洋铁匠、水管工、陶工的手艺，但都没有做好，于是决意好好学点这方面的知识来争取合格。但他日常却以研究化学为娱乐。他有个小熔炉，用以做蒸馏实验，这就是他长期以来生活上的慰藉。他提取油类和矿泉，香精和酒精。他明知这些东西对他无用，却经常坐守在那里，计数从曲管流出来的点滴，而忘记了每藩下一滴时那流逝了的光阴。

可怜的叟伯！我常规劝他，他也常常答应要改弦更张。但规劝懒惰者不那么容易，懒惰者听了规劝的话也无动于衷。这篇论文会产生什么效果，我想不出。也许他会读到此文而发笑，并又点燃他的炉中之火；但是我却希望他能丢弃琐事，勤勉地做点有用的事。

怨　歌

[英国] 乔叟

我是世上最可怜的人，对自己的惨景确已束手无策，此刻我开始向她作最后呼吁，唯有她控制着我的生命，可是她对一个真心人竟毫无怜悯，我虽忠诚相待，她仍不惜置我于死地。

难道我一切言行就没有一点能邀得你的欢心吗？啊，完了！我的苦命呀！见我悲叹你反欢笑，因而把我的幸福剥夺殆尽。我好比被抛在一座无情的海岛上，再也无从逃生；甜心呀，为的是我爱你最真切，可是我竟受到了这样的待遇！

的确，我推断出一条真理：如果你的美色与仁德是可以估价的话，由你叫我如何愁苦，我也甘心情愿；原来我是仕途上最渺小的一个行客，竟而妄自尊大，敢于高攀绝顶，何怪乎要遭你冷眼相遇？

啊，我的生命已到达了尽头；我知道死亡就是我的终结。我唯有悲唱一支令人生厌的歌曲：在苦难中我度过这一生。

我虽苦恼已极，但你当初的恩遇和我的深情促使我不顾一切，爱你如命。

如是，绝望伴随着我，我在爱中求

乔叟（1340—1400年），英国诗人，英国人文主义文学的最早代表。代表作为《坎特伯雷故事集》，其重要作品还有叙事长诗《特罗勒斯与克丽西德》，长诗《声誉之堂》《善良女子的故事》《百鸟会议》等。

永／恒／的／经／典

生——岂能求生，我在绝望中只有死亡！你即叫我无辜受难，以至于死，难道我就此放过不问？是呀，诚然如此！我虽因她而不免一死，但我为她颠倒，却是我自作自受；是我自愿听她使唤，岂能归罪于她。

那么，我的烦恼既由自己造成，且自己甘心承受，她并未加以可否，我该可一言道破：即使我不幸而死，却无损于她的德性，我是一条可怜虫，一怨她天生丽质，二怨我看中了她。

如此看来，我苦恼而死，仍是起因于她；此刻只消她愿意讲出一句好话，我便得救。难道她竟眼见我愁痛而自鸣得意吗？啊，人们供她使唤乃至丧命，想必她已司空见惯，且引以为乐了！

可是，有一点很难理解：她既是我心目中的绝代佳人，是自然界所塑造的空前绝后的完善成品，却为何她竟然把慈悲充若粪土呢？这显然是自然界中的莫大缺陷。

然而，天呀，这一切又不是我意中人的差错，我唯有痛责造物主与自然之神。她虽对我缺乏怜悯，我仍不应藐视她心中所好，因为她对人人都是一样；见人们嗟叹，她便哂笑，这原是她的一时高兴；而对她的一切好恶，我只有唯命是从，毫无异议。

虽则如此，我仍将鼓起勇气，埋下一颗愁苦的心，向你恳求，望你施展大恩，倾听我冒昧呈词，俾得表达我的沉痛，至少求你一读我这首诉歌，我一面胆战心惊，唯恐于不知不觉中一言不慎，而反使你心生厌恶。

愿上帝救我的灵魂！天下恨事莫过于因我言语不慎而惹动了你的怒火；其实，直等我身死埋进黄土，你也难遇见一个更为真情的侍者；我只顾向你诉怨，还望你宽恕我，啊，我心头的爱人儿！

不论我前途是生是死，我从来就是，永远也是，你的躬顺真实的侍者；你是我生命之源，也是我生命的终局，是光辉的维娜丝的太阳；自有上帝和我的真心为证，我唯一的意愿是永远爱你如初恋时一般；是生是死我将永无怨言。

这首诉歌，这首伤心曲，作于百鸟择配的圣发楞泰因的节日，现在我献给她，我的一切已归她所有，永远由她支配；虽则她还未垂怜于我，我仍将为她效劳到底，我最爱她一人，即使她置我于死地。

松林一夜

[英国]斯蒂文森

晚饭过后，尽管天色已晚，我还是由布莱马动身出发，从洛泽尔山的一隅登临而上。顺着坎坷多石的牲口道往上走，一路上，我遇到一些下山的牛车三三两两从山林里出来，每辆车上都满载着一株大松树，那是为过冬备的柴。在这料峭寒岭上不用往上走多远，就到了山林的顶头，从那儿往左拐，沿着松林间的曲径走出，我来到一处绿草如茵的幽谷。潺潺溪流从岩石里涌出，形成一股小喷泉，正好为我做个水龙头。"一个颇为神圣、幽静的林荫处，宁芙不常往为，也无斐尼斯出入"。环绕着林间空地的树木虽不是参天古松，却也枝叶扶疏，长得十分茂密。除了东北方隐约的山尖和头顶上的天穹之外，看不到什么别的景物。这里隐秘得像间屋子。野营是安全可靠的。等我安顿妥当，给牲口牡丝太恩喂过饲料，夕阳已向西沉了。我坐下来把双腿塞进睡袋，敞开肚皮饱餐了一顿。等到太阳一落山，我就拿帽子遮住眼睛，很快地睡着了。

罗伯特·路易斯·斯蒂文森（1850—1894年），19世纪末期英国苏格兰散文家，小说家、诗人。最早发表的作品是描写他1876年在法国和比利时旅行的《内河航行》和《驴背旅行》，1883年发表成名作《金银岛》，其他主要作品还有《化身博士》《绑架》及其续篇《卡特林娜》等。

待在家里过夜是死气沉沉、单调乏味的。但在野外，有星辰、露水和花草芬芳的伴随，有大自然景象的变化，时光消磨得十分轻松。如果说把人们窒息在四壁幔帏之中简直是一种慢性杀戮，那么只有在野外露宿的人才可能有恬恬的睡眠。整个夜晚，人们都能够听到大自然深沉而酣畅的鼻息，即使是大自然憩息的时候，她仍然在活动，在微笑。深居简出的人体会不到这样活跃的时刻；沉睡的大地苏醒时，整个露天世界就动起来了。那时节雄鸡首先鸣啼，要说它在宣告黎明来临，不如说它像个快活的更夫在催时辰。牛群在牧场上醒来，羊儿在洒满露珠的山腰上吃草，又把新窝迁到羊齿草丛之中。和鸟兽做伴、漂泊无家的人，睁开惺忪的睡眼，注视着这夜的美景。

我在松林里醒来，口渴得很。半满的水罐就在身边，我一口气把它喝干了，沁人心脾的"圣水"一下肚，顿时感觉到格外清醒。我坐起来，点燃一支烟，头上群星晶莹、璀璨，清晰而不朦胧。银河是淡淡的一片星云。我四周黑黝黝的枞树树梢笔直，亭亭而立。在白色的驮鞍旁，看得到杜丝太恩在栓桩周围挪来绕去，听得到它不停地咀嚼青草的声音。小溪从岩石上淌过，倾吐着不可名状的喁喁话语。除此之外，四下阒然无声。我懒洋洋地躺着，一边抽烟，一边端详人们称之为"穹隆"的天空的色彩，观赏在松林背后，繁星之间呈现出的淡淡红灰色和黯蓝的亮光。

习习微风，与其说是气流，不如说是一副飘然而至的清凉剂，时时吹进林间空地中来。整个夜晚，我这间"大卧室"里的空气因此而保持着清新。相对我们蜷缩其间的房屋而言，野外毕竟是一处更为舒适的温柔乡。造物每夜都在野外提供房屋、床褥，等候人们去享用。我自恃重新为生番蛮族揭示了一个真理，这是被政治经济学家们淹没的事实。至少，我为自己寻得了新的乐趣。

我躺在地上，正沉溺于满足，沉浸在遐想之中，忽听得透过松林传来一阵微弱的声响。开始我以为是远处农舍传来的鸡鸣狗吠声，渐渐地，这声音越来越清晰，我这才意识到是有人正在山谷道上赶路，而且是一边行走一边大声地唱着歌。他的演唱与其说优雅动听，毋宁说是精神感人。那憋足了气的嗓音在山间回荡，葳蕤溪谷中的空气都颤抖起来了。夜半时分仍在外面活动的人都多少有些神秘色彩，此刻的浪漫气氛就更浓了。一边，是这快活的过路人，乘着酒兴，扯着喉咙唱歌；一边，是我，双腿裹在睡袋里，在距离星空仅四五千尺之遥的松林中，独自一人抽着烟。

当我再度醒来时（九月二十九日，星期天），星星大多消失了，只有那些较亮的夜的伴侣仍在头顶上闪烁发光。往东边，我看到地平线上淡淡的朝霞，宛如我昨夜醒来时所见银河的一片雾霭。天快要亮了。我点亮提灯，借着荧荧烛光，穿上靴子，扎好绑腿，弄些碎面包给杜丝太恩吃，又让它喝足了水。然后，点燃酒精灯，为我自己煮了点巧克力。先前我香甜地酣睡时，浓重的夜色长久地笼罩着这林间空地。现在，沿着维瓦雷山顶是一大片橘红、金黄交相辉映的色彩，当太阳喷薄欲出的时候，一阕庄严的乐曲在我心中奏响，我听到了小溪愉快的欢唱。我打量一番四周，是否更美，更加异常。但除了天色之外，黛色的松林，空旷的林地，嚼草的驴子，一切都依然如故。不过晨曦确实使一切焕发出生命的元气，带来一种安宁的气息，使我在心情上感受到一种未曾体验过的振奋。

将那虽不丰裕，但却滚烫的巧克力茶喝完，我在林地周围遛了遛。当我盘桓之际，一股持续的风，如同一声喟然长叹，从东方日边直吹过来。风是凉飕飕的，弄得我都打起喷嚏来了，身旁的树木在风中摇曳着枝叶。往金色的东方，我能看到远处山巅稀疏的松林树尖的微微地晃动。十分钟以后，阳光沿着山峦边缘飞速地伸延，给群山投下一些阴影，带来无限光明。天大亮了。

江上歌声

[英国] 毛姆

威廉·萨默赛特·毛姆（1874—1965年），英国著名小说家，戏剧家。有"英国当代狄更斯"之称。1897年第一部长篇小说《兰贝斯的丽莎》问世。1903年后开始剧本写作，留下近30部剧本，多为家庭婚姻爱情剧，其中最有影响的是《圈子》。小说成就卓著，长篇名著有《月亮和六便士》和《大吃大喝》。

沿江两岸回荡着船夫号子声。桡夫划着收扎起帆樯的高尾舢板，顺流而下；你听，他们喊着嘹亮雄浑的号子。纤夫背着纤绳，逆流而进，五六人拖着小舟，两百人曳着扬帆舢板，越过激流险滩；你听，他们喊着船夫号子，那是更加气喘吁吁的歌唱。船中央，一人站立，不停地擂鼓督阵；他们弓腰曲背，着了魔似地曳着纤绳；极力挣扎，有时就在地上爬行。他们奋力紧拉纤绳，同激流的无情力量抗争。工头在一旁察巡，谁不拼死卖命，那一头破开的竹鞭，便会抽打他赤裸的脊背。人人都得竭尽全力，要不就会前功尽弃。他们喊着激越、高亢的号子——激流曲。语言怎能描述歌声里蕴蓄着多少辛劳。这歌声啊，足以显示那极度劳损的心灵，那紧绷欲绽的筋肉，以及那人类征服自然力量的顽强精神。纤绳可能断裂，舢板纵然旋回，而湍流险滩终将被战胜。劳累的一天结束时，饱餐一顿，或吞云吐雾，或陶醉在悠闲自在的美梦中。然而，最痛楚的歌唱却是码头工扛着沉沉大包，沿着陡峭石阶，走向城垣时哼出的歌声。他们上上下下，走个不停；"嗨哟，啊嗬"，那节奏分明的喊声，就像他们的辛劳一样，永无休止，他们光脚赤膊。汗流浃背。他们的歌声是痛苦的呻吟，是绝望的叹息，是凄惨的悲鸣；简直不是人的声音。它是无限忧伤的心灵的呐喊，只不过带上了点旋律和谐的乐音，而那收尾的音调才是人的最后一声抽泣。生活太艰难，生活太残忍，歌唱是绝望的最后抗议。这就是江上歌声。

远处的青山

［英国］高尔斯华绥

约翰·高尔斯华绥（1867—1933年）是英国小说家、剧作家，英国批判现实主义作家。其作品以十九世纪后期和二十世纪初期的英国社会为背景，描写了英国资产阶级的社会和家庭生活，以及盛极而衰的历史。他的作品语言简练，形象生动，讽刺辛辣。

不仅仅是在这刚刚过去的三月里（但已恍同隔世），在一个充满痛苦的日子——德国发动它最后一次总攻后的那个星期天，我还登上过这座青山吗？正是那个阳光和煦的美好天气，南坡上的野茴香浓郁扑鼻，远处的海面一片金黄。我俯身草上，暖着面颊，一边因为那新的恐怖而寻找安慰，这进攻发生在连续四年的战祸之后，益发显得酷烈出奇。

"但愿这一切快些结束吧！"我自言自语道："那时我就又能到这里来，到一切我熟悉的可爱的地方来，而不致这么伤神揪心，不致随着我的表针的每下滴答，就又有一批生灵惨遭涂炭。啊，但愿我又能——难道这事便永无完结了吗？"

现在总算有了完结，于是我又一次登上了这座青山，头顶上沐浴着十二月的阳光，远处的海面一片金黄。这时心头不再感到痉挛，身上也不再有毒气侵袭。和平了！仍然有些难以相信。不过再不用过度紧张地去谛听那永无休止的隆隆炮火，或去观看那倒毙的人们，张裂的伤口与死亡。和平了，真真的和平了！战争继续了这么长久，我们不少人似乎已经忘记了1918年8月战争全面爆发之初的那种盛怒与惊愕之感。但是我却没有，而且永远不会。

在我们一些人中——我以为实际在相当多的人中，只不过他们表达不出罢了——这场战争主要会给他们留下了这种感觉："但愿我能找到这样一个国家，那里人们所关心的不再是我们一向所关心的那些，而是美，是自然，是彼此仁爱相待。但愿我能找到那座远处的青山！"关于忒俄克里托斯的诗篇，关于圣弗兰西斯的高风，在当今的各个国家里，正如东风里草上的露珠那样，早已渺不可见。即或过去我们的想法不同，现在我们的幻想也已破灭。不过和平终归已经到来，那些新近被屠杀掉的人们的幽魂总不致再随着我们的呼吸而充塞在我们的胸臆。

和平之感在我们思想上正一天天变得愈益真实和愈益与幸福相连。此刻我已能在这座青山之上为自己还能活在这样一个美好的世界而赞美造物。我能在这温暖阳光的覆盖之下安然睡去，而不会醒后又是过去的那种恹恹欲绝。我甚至能心情欢快地去做梦。不致醒后好梦打破，而且即使作了噩梦，睁开眼睛后也就一切消失。我可以抬头仰望那碧蓝的晴空而不会突然瞥见那里拖曳着一长串狰狞可怖的幻象，或者人对人所干出的种种伤天害理的惨景。我终于能够一动不动地凝注着晴空，那么澄澈而蔚蓝，而不会时刻受着悲愁的拘牵，或者俯视那光潋的远海，而不致担心波面上再会浮起屠杀的血污。

天空中各种禽鸟的飞翔，海鸥、白嘴鸭以及那往来徘徊于白垩坑边的棕色小东西对我都是欣慰，它们是那样自由自在，不受拘束。一只画眉正鸣啭在黑莓丛中；那里叶间还晨露未干。轻如羽翼的新月依然隐浮在天际；远方不时传来熟悉的声籁；而阳光正暖着我的脸颊。这一切都是多么愉快。这里见不到凶猛可怕的苍鹰飞扑而下，把那快乐的小鸟攫去。这里不再有歉仄不安的良心把我从这逸乐之中唤走。到处都是无限欢欣，完美无瑕。这时张目四望，不管你看看眼前的蜗牛甲壳，雕镂刻画得那般精致，恍如童话里小精灵头上的细角，而且角端作蔷薇色；还是俯瞰从此处至洵上的一带平芜，它浮游于午后阳光的微笑之下，几乎活了起来，这里没有树篱，一片空旷，但有许多炯炯有神的树木，还有那银白的海鸥，翱翔在色如蘑菇的耕地或青葱翠绿的田野之间；不管你凝视的是这株小小的粉红雏菊，而且慨叹它的生不适时，还是注目那棕红灰褐的满谷林木，上面乳白色的流云低低悬垂，暗影浮动一切都是那么美好，这是只有大自然在一个风和日丽的天气，而且那观赏大自然的人的心情也分外悠闲的时候，才能见得到的。

在这座青山之上，我对战争与和平的区别也认识得比往常更加透彻。在我们的一般生活当中，一切几乎没有发生多大改变——我们并没有领得更多的奶油或更多的汽油，战争的外衣与装备还笼罩着我们，报纸杂志上还充溢着敌意仇恨；但是在精神情绪上我们确已感到了巨大差别，那久病之后逐渐死去还是逐渐恢复的巨大差别。

据说，此次战争爆发之初，曾有一位艺术家杜门不出，把自己关在家中和花园里面，不订报纸，不会宾客，耳不闻杀伐之声，目不睹战争之形，每日唯以作画赏花自娱——只不知他这样继续了多久。难道他这样做法便是聪明，还是他所感受到的痛苦比那些不知躲避的人更加厉害？难道一个人连自己头顶上的苍穹也能躲得开吗？连自己同类的普遍灾难也能无动于衷吗？

整个世界的逐渐恢复——生命这株伟大花朵的慢慢重放——在人的感觉与印象上的确是再美不过的事了。我把手掌狠狠地压在草叶上面，然后把手拿开，再看那草叶慢慢直了过来，脱去它的损伤。我们自己的情形也正是如此，而且永远如此。战争的创伤已深深侵入我们的身心，正如严霜侵入土地那样。在为了杀人流血这桩事情而在战斗、护理、宣传、文字、工事，以及计数不清的各个方面而竭尽努力的人们当中，很少人是出于对战争的真正热忱才去做的。但是，说来奇怪，这四年来写得最优美的一篇诗歌，亦即朱利安·克伦菲尔的《投入战斗！》竟是纵情讴歌战争之作！但是如果我们能把自那第一声战斗号角之后一切男女对战争所发出的深切诅咒全都聚集起来，那些哀歌之多恐怕连笼罩地面的高空也盛装不下。

然而那美与仁爱所在的"青山"离开我们还很遥远。什么时候它会更近一些？人们甚至在我所偃卧的这座青山也打过仗。根据在这里白垩与草地上的工事的痕迹，这里还曾宿过士兵。白昼与夜晚的美好，云雀的欢歌，香花与芳草，健美的欢畅，空气的新鲜，星辰的庄严，阳光的和煦，还有那清歌与曼舞，淳朴的友情，这一切都是人们渴求不餍的。但是我们却偏偏要去追逐那浊流一般的命运。所以战争能永远终止吗？……

　　这是四年零四个月以来我再没有领略过的快乐，现在我躺在草上，听任思想自由飞翔，那安详如海面上轻轻袭来的和风，那幸福如这座青山上的晴光。

良宵妙曲

［英国］赫胥黎

奥尔德斯·赫胥黎（1894—1963年），英国小说家、诗人、剧作家。

他是一个多产作家。自1916年发表《燃烧的轮子》（诗集）开始，40余年间，共写了11部长篇小说，5部短篇小说，7部诗集，4部剧本。此外还有大量的文艺评论和小品文。他的散文集计有《在边缘》《沿途》《新旧文选》《论人性》《目的与手段》《科学、自由与和平》（1946年）等。

没有月亮，满天繁星，六月天的夜晚越发显得有生气。夜里弥漫着从菩提花丛间飘拂过来的阵阵馨香，夹杂着潮湿的泥土气味，浸透了看不见的藤蔓的绿意。周围一片宁静，但这宁静与大海柔和的呼吸合拍，织进了蟋蟀尖细的鸣叫，断续地，持续不断地加强了它自身静谧的极境。远处，有一列火车通过，像一次和缓而漫长的抚摸，带着不可抗拒的温柔，从夜的温暖的肌体上驶过。

要说音乐吗，这是一个欣赏音乐的良宵。但我这儿的音乐关在一个匣子里，像《天方夜谭》故事中被收进瓶里的精灵，只稍一碰就会冲出牢房。我碰了一下这个魔术般的机械（摸黑选了一张唱片，不知道这机械会放出什么音乐），完全出于某种神秘莫测的偶然性，蓦然响起了贝多芬的《庄严弥撒曲》的《祈福》序曲，乐音飘向无月的夜空。

《祈福》。福兮福兮，这支乐曲可说与今晚相宜，与这深沉而富于生气的黑暗合拍，时而单音婉转，时而悦耳的旋律交织，时而乐音停滞欲凝，时而急速冲刺，像时光，像抑扬有致的节奏，像江河日下的生命轨道。这支乐曲仿佛是良宵的另一种形态，像花精从百花中提炼了出来。

在事物的内部，至少有时候是如此，仿佛蕴藏着一种被赋予的自在，一种神秘的赐福，由于偶然的时机或天意，我们才能朦胧地或清晰地，但只在短暂的数瞬之间，感到它的存在。（对于我来说，今宵便是这样的时候。）在《祈福》中，贝多芬传达出了这种感受。他的乐曲便是地中海今夜的化身，或者是蕴藏在今夜内部的自在安宁，或者是这种安宁滤去了一切芜杂，再经过净化而后分离出来的纯晶。

"祈福，祈福……"和着交响乐队的演奏，合唱的歌声一再揭示这个主题，更通过一个独唱歌手在一把小提琴的单独伴奏下，深沉悠远地长段地加以讴歌。（静谧常常为孤单的心灵所感知。）"祈福，祈福……"然后乐音戛然而止，飞腾的精灵重又摄入瓶中，只听见一丝儿昆虫般的嗡声，钢针收拨时发出的刺鸣。

在学校里，当人们教我们理解英语的确切涵义时，总叫我们"用你们自己的话来表达"。譬如说，我们正在读莎士比亚的某个段落，便连同有关的注释——尤其是注释——一股脑儿地灌进我们不情愿下咽的喉咙。于是，我们这些满身墨迹的顽童，一排排坐在那儿，绞尽脑汁地把"绫罗艳衫置柜橱"转述为"漂亮的丝绸衣服放在衣柜里"，或把"生兮死兮"变成"我不知是去寻死还是活下去"。完成之后交卷，执教的老先生便给我们打分，多半按我们用"自己的话"去"表达"诗人原意时的准确程度。

他完全可以给我们打零分，既然他老是给我们布置这种愚蠢的练习，该由他自己去转述一百行诗句。除了莎士比亚本人，无论是谁，他"自己的话"绝不可能"表达"莎士比亚要说的意思。艺术作品的内容不能与其形式分割，它的真和美看似二实则一，尽管令人不可思议。即使是一条玄奥的哲理或一套伦理准则，也同一首爱情诗一样，很接近一件艺术品。用乔依特"自己的话"来表达的柏拉图哲学不再是柏拉图的观点；同样，用比利·森德"自己的话"来宣讲的圣保罗教义，也不再是圣保罗的训导。

"我们自己的话"连用来表达其他字句的意思都难以胜任，要用来说明音乐或某门视觉艺术所具有的独特涵义，就更无能为力了。譬如说，音乐"说"的什么？几乎在所有的音乐会上，你都可以买上一张解说详尽的节目单。但问题恰好在于，解说得太详细具体了。每个评介者各有自己的说法。试想，法老的梦有多少人成功地解释过：约瑟，埃及的预言者，弗洛伊德，里弗斯，艾德勒，荣格，沃尔吉穆斯。经过不同解释，这个梦的"说法"就千差万别了。但这比不上强加于贝多芬的《第五交响乐》的分析，也比不上对《岩间圣母》《西斯廷圣母像》所作的赋予抒情的诠释。被那些连篇累牍、自作聪明的荒唐"释义"所激怒，有的批评家公开声称：音乐和绘画除了它们自身以外，什么也不说明。它们只"表明"诸如：变调、赋格曲，色彩，三度立体形式。认为它们谈了什么关于人类的命运、广袤的宇宙之类的看法，纯粹的艺术家会嗤之以鼻，当做胡说八道。

倘若纯粹的艺术家的说法不谬，那么我们只好把画家和音乐家看作怪物，因为一个人对宇宙不持某种观点是绝不可能的，一个人不表示自己的观点（即使是含蓄的）是很难办到的。这样，画家和音乐家是不是怪物成了一个见仁见智的问题了……得出那种结论是不可避免的。

作曲家和画家并不仅仅在标题音乐和问题画中表示他们对宇宙的看法，在这方面，最纯粹最抽象的艺术创作，也以自身独特的语言表示了明确的倾向性……

评论很快就会到达自身的极限。当评论家"以自己的话"说长道短，竭尽"自己的话"之能事，他最好是让读者去读原作，让他们自己去鉴别，得出自己的结论。那些超越评论极限的评论者要不是愚蠢便是爱好虚荣；他们津津乐道"自己的话"，满以为他们"自己的话"更能揭示事物的本质。除非他们是聪明的哲学家或文艺批评家，能够轻而易举地把批评别人作品的文字变成自己的创造。

适用于绘画的道理同样适用于音乐。音乐以自己独特的音乐用语来"表现"世界，任何想以"自己的话"来复制音乐所表现的内容的努力都注定要失败。我们不能将一支乐曲所包含的真正内容孤立出来，因为真与美是不可能分离的。我们最好以最普通的用语暗示某曲音乐的真与美的性质，引导热心的探索者去欣赏原曲。因此，《庄严弥撒曲》中《祈福》序曲的本质可说是表现接受赐福的恬适心境。我们"自己的话"只能说到如此程度。假如进一步发挥，用我们"自己的话"去描述贝多芬对恬适心境的具体感受，他的感想和认识，我们便会发现自己像节目评介者那样，自作多情地瞎编乱造。只有音乐，贝多芬的音乐而且是这一曲音乐，才能准确地告诉我们贝多芬对恬适心境的、真实感受是什么。假若我们要想知道，就必须听——最好能在一个宁静的六月之夜，以大海的无形呼吸为背景，伴着穿过黑夜的菩提树的芬芳和沙沙声，像一支优雅柔和的乐曲正为另一个感官所领受。

山 口

［德国］黑塞

海尔曼·黑塞（1877—1962年） 德国作家。1946年获诺贝尔文学奖。黑塞在其作品中企图从宗教和哲学的角度探索人类精神解放的途径，他对东方文化深感兴趣，对孔子、老子、庄子的学说评价很高。他的作品善于刻画人物的精神和心理状态，优美地描绘自然景色。他的语言具有极强的音乐性。其重要作品有《彼得·卡门青》（1904年）、《玻璃球游戏》（1943年）等。

风在勇敢的小道上吹拂。树和灌木留在下面，这里只生长石头和苔藓。没人到这里来寻觅什么东西，没人在这里有产业，农民在这上面也没有干草和木材。但是，远方在召唤，眷念在燃烧，眷念在岩石、泥沼和积雪之上筑成这条宜人的小道，通往另一些山谷，另一些房屋，另一些语言和人群。

到了山口的高处，我站住脚。往下的道路通向两侧，水也流向两侧；在这儿高处，紧挨着的、手携手的一切，都找到了各自的道路通往两个世界。我的鞋子轻轻触过的小水潭泻向北方，它的水流入遥远的寒冷的大海。紧挨着小水潭的小堆残雪，一滴滴雪水落向南方，流向利古里亚和亚得里亚海岸汇入大海，这大海的边缘是非洲。但是，世界上所有的水都会重逢，冰海和尼罗河融合成潮湿的云团。这古老、优美的譬喻使我感到这个时刻的神圣。每一条道路都引领我们流浪者回家。

我的目光还可以选择，北方和南方还

都在视野之内。再走五十步，我眼前展开的就只有南方了。南方从浅蓝的山谷里向山上呼出多么神秘的气息啊！我的心多么急切地迎着它跳动啊！对湖泊和花园的预感，葡萄和杏仁的清香，向山上飘来，还有关于眷念和罗马之行的古老而神圣的传说。

　　回忆像远方山谷里的钟声从青春岁月里向我传来。我首次去南方旅行时的兴奋心情，我如何陶醉地吸着蓝色湖畔的花园里浓郁的空气，夜晚时又如何侧耳倾听苍白的雪山那边遥远的家乡的声息！在古代神圣的石柱前的第一次祈祷！第一次像在梦中那样观赏褐色岩石背后泛起白沫的大海的景象！

　　陶醉的心情不复存在了，向我全身心的爱展示美丽的远方和我的幸福的那种愿望，也不复存在了。我心中已不再是春天，而是夏天。陌生人向站在高处的我致意，那声音听来另是一种滋味。它在我胸中的回响更无声息。我没有把帽子抛到空中。我没有歌唱。

　　但是我微笑了，不只是用嘴。我用灵魂，用眼睛，用全身的皮肤微笑，我用不同于从前的感官，去迎那向山上送来芳香的田野，它们比从前更细腻，更沉静，更敏锐，更老练，也更含感激之情。今天，这一切比往昔越发为我所有，同我交谈的语言更加丰富，增加了成百倍的细腻程度。我的如醉的眷念不再去描绘那些想象朦胧远方的五彩梦幻，我的眼睛满足于观看实在的事物，因为它已经学会了观看。从那时起世界已变得更加美丽。

　　世界已变得更加美丽。我独自一人，并且不因为孤单而苦恼。我别无其他愿望。我准备让太阳把我煮熟。我渴望成熟。我准备去死，准备再生。

　　世界已变得更加美丽。

永/恒/的/经/典

农 舍

[德国] 黑塞

　　我在这幢房屋边上告别。我将很久看不到这样的房屋了。我走近阿尔卑斯山口，北方的、德国的建筑款式，连同德国的风景和德国的语言都到此结束。

　　跨越这样的边界，有多美啊！从好多方面来看，流浪者是一个原始的人，一如游牧民较之农民更为原始。尽管如此，克服定居的习性，鄙视边界，会使像我这种类型的人成为指向未来的路标。如果有许多人，像我似地由心底里鄙视国界，那就不会再有战争与封锁。可憎的莫过于边界，无聊的也莫过于边界。它们同大炮，同将军们一样，只要理性、人道与和平占着优势，人们就感觉不到它们的存在，无视它们而微笑——但是，一旦战争爆发，疯狂发作，它们就变得重要和神圣。在战争的年代里，它们成了我们流浪人的囹圄和痛苦！让它们见鬼去吧！

　　我把这幢房屋画在笔记本上，目光跟德国的屋顶、德国的木骨架和山墙，跟某些亲切的、家乡的景物一一告别。我怀着格外强烈的情意再一次热爱家乡的一切，因为这是在告别。明天我将去爱另一种屋顶，另一种农舍。我不会像情书中所说的那样，把我的心留在这里。啊，不，我将带走我的心，在山那边我也每时每刻需要它。因为我是一个游牧民，不是农民。我是背离、变迁、幻想的崇敬者。我不屑于把我的爱钉死在地球的某一点上。我始终只把我们所爱的事物视作一个譬喻。如果我们的爱被勾住在什么上，并且变成了忠诚和德行，我就觉得这样的爱是可怀疑的。

　　再见，农民！再见，有产业的和定居的人，忠诚的和有德行的人！我可以爱他，我可以尊敬他，我可以嫉妒他。但是我为模仿他的德行，已花费了半辈子的光明。我本非那样的人，我却想要成为那样的人，我虽然想要成为一个诗人，但同时又想成为一个公民。我想要成为一个艺术家和幻想者，但同时又想有德行，有家乡。过了很久以后，我才知道不可能两者兼备和兼得，我才知道自己是个游牧民而不是农民，是个追寻者而不是保管者。长久以来我面对众神和法规苦苦修行，可它们对于我却不过是偶像而已。这是我的错误，这是我的痛苦，这是我对世界的不幸应分担的罪责。由于我曾对自己施加暴力，由于我不敢走上解救的道路，我曾增加了罪过和世界的痛苦。解救的道路不是通向左边，也不是通向右边，它通向自己的心灵，那里只有上帝，那里只有和平。

从山上向我吹来一阵湿润的风，那边蓝色的空中岛屿俯视着下面的另一些国土。在那些天空底下，我将会常常感到幸福，也将会常常怀着乡愁。我这样的完人，无牵挂的流浪者，本来不该有什么乡愁。但我懂得乡愁，我不是完人，我也并不力求成为完人。我要像品尝我的欢乐一般，去品尝我的乡愁。

我往高处走去时迎着的这股风，散发着彼处与远方、分界线与语言疆界、群山与南方的异香。风中饱含着许诺。再见，小农舍，家乡的田野！我像少年辞别母亲似地同你告别：他知道，这是他辞别母亲而去的时候，他也知道，他永远不可能完完全全地离开她，即使他想这样做也罢。

莱茵河

［德国］亨利希·伯尔

亨利希·伯尔（1917—1985年）德国小说家。参加过二次大战。战后在科隆学习并工作。1947年加入"四七"社。1951年成为职业作家。1972年获诺贝尔文学奖。他的作品大部分以描绘小人物在德国战争中和战后的悲惨遭遇以及他们思想感情上的苦闷为主。他的矛头针对战争及教会。他的作品在风格上采用现实主义与现代派相结合的方法，具有极强的艺术效果。

莱茵河这个名词是阳性的，它是凯尔特语。莱茵河两岸的城市最早要追溯到古罗马时期。古罗马人运来了石头，用石块铺路、营造宫殿、兵营、庙宇和别墅。随着石头他们还带来了对长治久安的梦想，石头成了他们过去的统治的标志。罗马人给各个德意志皇帝留下的遗训就是：统治意味着建筑与颁布法律。罗马人乘机顺莱茵河而下，沿支流河谷而上运来了大理石块，造好了柱子与柱顶，还带来了法律。莱茵河既是通道，又是边境。但它，不是德国的边境，也不是语言的界线；它分离的不是民族与语言，而是其他的东西。莱茵河并不像俗语所谎称的那样和蔼可亲。直到并不把这条六百米宽的大河看作障碍的近代，莱茵河才证明了自己是一条分界线。一九四五年解放德国时，从此岸冲向彼岸的冒险并不亚于罗马时代的惊人之举。

罗马人，这些富有经验的征服者，他们知道如何驯服这条狂野的、奔腾不息的大河；那就是通过桥，于是他们就造桥。他们建起了桥梁和桥头堡，然而就在莱茵河右岸、在美茵河注入莱茵河之口的北部他们从未站稳过脚跟。桥梁造价昂贵，而且容易摧毁，用斧子与火，炸弹和炸药包很快就能把两岸重新分开。获胜的军队，建造了新桥，并且开始无情地征税：桥头堡宛如针孔，每天都有成千上万的人逐个地从其中穿行。六百米宽的一泻千里的灰色大河隔开了众多的家庭与情侣。从前有两个国王的孩子，在历史的进程中假修女披上了许多外罩——罗马雇佣兵，墨洛温王朝的强盗、科隆选帝侯的上尉，拿破仑的下士、德国国防军的走狗和美军少尉。"证件，证件，许可证！"浅黄色的粉末滴滴涕撒到了衣服上。连一只跳蚤也不许活着渡过莱茵河，尽管它坚韧不拔，历尽艰辛来到了莱茵河边。但这里是分界线，渡口和浮桥在技术上几乎不能与罗马时代同日而语，可是它们却成了权力的工具，财富的源泉。人们渴慕地瞩望着此岸和彼岸。河水太深了。

大河冷酷无情。在莱茵河流域，除了巴塞尔以外，没有一个城市跨越了大河一分为二。这与塞纳河、台伯河、泰晤士河完全不同。布拉格不是华沙、佩斯不是布达，就是最现代化的行政机构也不能完全消除科隆和多伊茨（即罗马时代的桥头堡迪维蒂阿）之间的界限。走过连接科隆和多伊茨的先锋桥得冒很大的风险，而就是在这儿，罗马人建成了他们的第一座桥。一九四五年秋天，莱茵河这条古老的大河携带着泥土流过了惨遭毁灭的科隆城，朝西北方向奔去，与此同时，我们揣着证件和滴滴涕，挤在装甲车与吉普车之间穿过又湿又滑的没有栏杆的大桥，朝着渴慕已久的左岸涌去，大桥的厚木板发出沉闷的吼叫声，这声音与夏特人、克鲁斯克人，布鲁克特勒人和苏伽姆布勒人脚下的大桥发出的隆隆声毫无二致。

莱茵河并不是穿过都市，而是从它们旁边流过，它流经斯特拉斯堡、美茵茨、科布伦茨、波恩、科隆和杜塞尔多夫；由罗马人兴建的古城的中心大多在莱茵河左岸，在这里，罗马人建起了石制房屋，铺着石子的道路和带有围墙的兵营，这使得日耳曼人惊恐万状。罗马人还带来了法律以严惩那些侵占私有财产和篡夺国家领导权的罪人，而日耳曼人对这些东西则视若敝屣；在右岸，最重的罪行就是胆怯；胆小鬼要判处死刑，历经十年的沼泽地里的尸体至今还是日耳曼人判决的见证。一九四五年德军撤退渡过莱茵河时，野蛮的行为终于确定不疑；在右岸，沃丹神君临天下；沼泽地里的污水早已排干，进步战胜了泥沼。然而沃丹神还在统治着德国人；树上和电话线杆上悬挂着逃兵及其支持者的尸体。在中学一年级的拉丁文教科书中写着：把懒惰的日耳曼人的头朝下扔进野生动物园里去。一九四四年秋天，从法国退回的德国国防军的洪流就是在莱茵河边被挡住的；为数不多的桥梁要比成千上万的村庄、小街和林区要容易控制。联军冒着敌人的炸弹渡过了莱茵河，这次进军就是以一座桥梁"雷马根"来命名的。

哥萨克人、西班牙人、瑞典人、罗马人和匈奴人伫立在莱茵河的左岸或右岸，望着这条浩浩荡荡的阻止了他们前进的大江徒唤奈何。拿破仑再次试图使莱茵河成为两个民族的分界线，沿着河的左岸，他清清楚楚地划了一条边境线，由巴塞尔往上直至克累弗。拿破仑的努力注定要失败。民族这个概念太虚弱了，它不能分开被莱茵河分隔的两岸。科隆人、多伊茨人、波恩人和波伊尔人说的是德语，而且当诞生在左岸的人驱车由东往西驶过一座大桥时，他就会百感交集，这些情感要比一个人的年龄更长久。莱茵河是很难作为界线的，这使得拿破仑的企图变得十分愚蠢，也使得莱茵区的分裂主义不受欢迎。莱茵河自南向北奔流不息，它隔开了许多事物，然而仍有许多神秘的连线横贯东西。莱茵河是语言分布区的界线，面包形状的界线和教派的界线，甚至常常是每个教派内部的界线；这儿是特里尔风味，那儿则是科隆风味；这一种天主教是带有田园色彩的，忠顺的，它几乎具有巴洛克风格，相形之下，另一种天主教则散发着都市和更加自由的气息。只要莱茵河被宣布为民族的边界，古老的情感就会复活，这些情感不是纵向，而是横向扎根在这片土地上的。如果人们要解开纵向和横向上究竟有哪些事物被隔开了这个谜，那么所有的文献也不够用。在波恩以北巴洛克风格只是一个梦，它十分陌生，从未作为建筑风格或者生活感情存在过。

默默无闻的莱茵河下游，从波恩直至鹿特丹，是按公里来计算的，它也不是微不足道的。这儿的语言、生活感情和幽默不知不觉地带有尼德兰的色彩；啤酒和白酒是这些对雨和雾了如指掌的民族的饮料，它们在酒馆中比比皆是。这听起来没有多少"莱茵风味"，那些建有布罗伊格尔教堂的静谧的下莱茵乡村也是如此。巴塞尔的狂欢节不是和科隆的嘉年华会一样在莱茵河畔举行的吗？前者千奇百怪，戴的面具是野兽与恶魔，舞蹈的旋律僵硬呆板，后者粗俗不堪，跳的舞蹈十分时髦，讲的笑话带有政治色彩，总具有现实意义然而又十分古老：粗人使上层人物在这个笑料伤人的地区丢人现眼，可是他又以诚实无欺的本能使教会这个官方机构免遭嘲笑。科隆的嘉年华会与巴塞尔的狂欢节迥然不同，然而二者都具有莱茵风味。

今天，判决对左岸和右岸同样有效；稳固的桥梁好像永远把两岸连接了起来；运货驳船欢快而勤勉地、不知疲倦地逆流而上，抑或顺流而下，从巴塞尔开往鹿特丹。再没有海关大炮朝船首发射炮弹以示警告，贪婪的市参议员和破产的选帝侯不再实施堆货法了；拦路抢劫的骑士的城堡已成废墟，尼伯龙根人只是一个伟大的梦幻：被占领成了一种持续的状态，每支军队——即使它说着自己的语言，都被当地人视为占领军，经常有三四支军队说着相同的语言，说着自己的语言，先是他们并肩作战，然后又彼此搏斗，改换阵线，这种情况谁又应付得了呢？

十九世纪才带来了莱茵河的挚友与死敌——游客。莱茵河成了商品。风景变成了叮当作响的银币。莱茵河风景的特征是不可取代的，它是不可磨灭的。千百万人伫立在龙岩上俯视莱茵河谷，莱茵河的面貌依然如故。千百万人站在汽船上仰望骑士城堡的废墟，这些稍加修理的废墟仍然耸立在那儿。诗人们赋诗歌颂这片独一无二的风光。我不知道这意味着什么？即使是乘坐汽船从波恩开往吕德斯海姆，穿过由莱茵河造成和永远存在的广袤阴郁的荒原，僵硬的心，漠然的头脑，坚强的男人，都会变得柔顺和蔼和软弱。莱茵河浩浩荡荡，使两岸发生的一切都成过眼烟云。如果携带泥浆的洪水漫过码头和林荫道冲进了游览地的饭店，如果登岸桥不再往下与舒适的汽船相接而是向上直通淡蓝色的天穹，那么就能听到河水哗哗的威胁声。在波恩的北部，莱茵河从狭窄的群山奔向平原，江面宽阔，它流经战战兢兢的村庄，甚至威胁到了它的秘密女王科隆城。在莱茵河两岸发生和已经发生的一切，仿佛就像一个才延续了两千年之久的笑话，就像第二个，第三个，第四个连续的梦；这儿工业区举目皆是，它们构成了莱茵河的背景，密密麻麻，纠缠不休，愚蠢而乐观地展现在我们面前，然而也只不过是一个黄粱美梦。工厂里排出的污物使莱茵河成了欧洲最脏的河流，却从来没有夺走这条大河的威严；莱茵河是一条既肮脏又雄壮的大河。

很久以来诗人们就确定了什么是莱茵河精神；对于他们来说，莱茵河起于吕德斯海姆，终止于波恩。这段距离还不到莱茵河的十分之一。斯推芳·格奥尔格这个严厉的天才就具有莱茵河的气质，而像伊莉莎白·朗盖瑟尔这样一位柔弱、忧郁、富有幽默感而熟识天使与魔鬼的女诗人也具有莱茵河精神。莱茵河上游烟草种植农的静静的村庄具有莱茵河风味，那些彼此迥异的城市，譬如科隆和杜伊斯堡、杜塞尔多夫和美茵茨也具有莱茵河风味；诗人们所说的"莱茵河精神"从来不是他们歌颂的这段流程的典型特征：种植葡萄得付出艰苦的劳动，而且旅游季节也十分短暂；一年中的大半光阴人们是在狭窄阴凉的村子里度过的，这些村庄以前是城堡封建主的役夫居住点。如果这些村庄爬满了葡萄藤而变得像酒神一般地迷狂，那么莱茵河的眼睛就总是瞟着钱匣子和收支平衡表，而且幽默也早已成了商品，莱茵河流域作过圣母，像模特儿的美丽的少女们，嘴边一定透出一丝冷漠之情，眼中一定射出嘲讽的无情之光。在那些美女的委身相许和缱绻柔情之中还留有一点理智，这理智是随着石头与法律在莱茵河左岸被带到北方的。葡萄酒和歌舞都不能完全洗去这种理智，穿过莱茵河谷的所有军队的士兵都曾体验到了莱茵河畔少女的理智：理智主宰着婚姻，并且贯穿了婚姻的始终。将莱茵河作为爱情的界线，这也许是一种大胆的理论；官方的鸳鸯楼的界线一直沿着莱茵河延伸，这肯定是一种偶然（在这种情形下要特别提到的是作为界线的美茵河和属于例外的港口城市）在莱茵河畔，爱情中的不理智行为受到了理智的约束。就是其他各地所没有的嘉年华会也不能抹掉这些界线。圣母最高贵的品性也有一个拉丁文名称。那就是Ratio（理性）。

菜 汤

[俄国] 屠格涅夫

一个守寡的农妇，死掉了二十岁的独生子，失去了村里最好的劳动力。

一个贵妇人——同村的地主太太，得悉农妇很伤心，在殡葬那天去看望她。贵妇人见她在家。她站在茅屋中间的桌子前面，用右手（左手无力地耷拉着）不慌不忙、从从容容地从熏黑的陶罐底里舀取稀薄的菜汤，一勺一勺喝进肚里。

农妇的脸又瘦又黑，眼睛红肿……但她像在教堂里似的，虔诚地、笔直地站着。

"天啊！"贵妇人心里想，"在这种时候，她还能吃东西……他们这些人心肠真硬！"

贵妇人立即想起，几年前她死了才九个月的女儿，就悲痛得无心去彼得堡郊区租一幢漂亮的别墅避暑，宁愿整个夏天就住在城里！可这农妇还有心思继续喝菜汤呢。

贵妇人终于忍不住了。

"塔姬扬娜！"她说道，"哎呀！我

屠格涅夫（1818—1883年），俄国19世纪著名现实主义作家，一生著有大量的小说、诗歌、剧本、散文和书简，以《猎人笔记》《罗亭》《贵族之家》《前夜》《父与子》《处女地》等小说享誉世界文坛。屠格涅夫晚年写下的82篇散文诗，是他的感怀之作，在对祖国的缱绻、对理想的向往中，流落出淡淡的哀愁。

感到奇怪！难道你不疼爱你的儿子？为什么你的胃口还这么好呢？你怎么还能喝得下这菜汤呢？"

　　"我的瓦西亚死了，"农妇低声说，痛苦的眼泪沿着她凹陷的脸颊流淌下来。"就是说，我的日子也到头了，就像是活活地被人摘了心肝一样。可是菜汤不能糟蹋呀，要知道里面是放了盐的呵。"

　　贵妇人只是耸耸肩膀，就走开了。她当然觉得买盐很便宜。

深 夜

[俄国]布宁

这是一场梦呓，还是酷似梦境的神秘的夜生活？我觉得悲凉的秋月在大地上空浮游已经有许久许久了，现在已到弃绝白昼的一切虚伪和忙碌，好好歇息的时刻。我感觉到整个巴黎，包括最穷苦的贫民窟，都已进入黑甜乡。我睡着了很久，最后，梦终于慢慢地离我而去，就像一个对病人关怀备至而又沉着的医生，在做完救治病人的工作，见到病人终于深深地舒了口气，睁开了眼睛，因为复活而绽出羞怯、愉快的微笑后，便离开病人而去一样。我醒了过来，睁开眼睛，看到自己正置身于静寂、空蒙的夜的王国。

我在五楼自己的卧室内，悄无声息地踏着地毯，信步踱至一扇窗子前。我时而望着这间弥漫着轻盈的夜色的卧室，时而隔着窗子最上边那排玻璃，仰望空中的皎月。每当这种时候，月光便洒满我的脸庞，我也不由得举目久久地端详着月亮的脸庞。月光透过淡白色的花边窗帘，染淡了卧室深处的夜色。在那里是看不到月亮

伊凡·布宁（1870—1953年）被认为是俄国批判现实主义作家中的最后一名代表。他是小说家，也是诗人。1901年出版的诗集《落叶》曾获得普希金奖金。1909年他被选为俄国科学院院士。十月革命胜利以后，他抱着敌对的心理流亡国外（1920年），定居法国。1933年获诺贝尔文学奖。

永/恒/的/经/典

Yong Heng De Jing Dian

的。可卧室的四扇窗子却统统被皓月映得十分明亮，连窗畔的一切也都披上了融融的月色。月光由窗户中投到地板上，绘出了一轮轮青白色的和银白色的拱环，在每个拱环中央，都有一个暗淡的烟色的十字架，一个个十字架伸展到浴满月光的安乐椅和靠背椅子上时，便柔和地折断了。在最靠边的那扇窗子前摆着张安乐椅，坐着我所爱的那个女子，——她穿着一身雪白的衣裳，就像是个情窦未开的小姑娘，她苍白，美丽，由于我们俩所遭受的种种磨难，由于这一切磨难常常使我俩龃龉，反目，她已疲惫不堪。

她今夜为什么也不睡呢？

我在她身边的窗台上坐了下来，却避免去看她……是呀，已经是深夜了——对面那排五层楼的房子已不见一星灯火。那里的窗户全都是黑洞洞的，像是盲人的眼睛。我朝底下望了一眼，如长廊般狭窄、深远的街上，也是黑洞洞的，阒无一人。整个巴黎都是这样。只有微微倾斜地高悬在城市上空的淡白色的明月，没有入睡，形单影只地在迅速飘浮的烟色的云朵间浮游，而同时又一动也不动似的。月亮笔直地俯视着我，它虽然皎洁，却稍有亏蚀，因而略带几分凄楚。一缕缕云烟飘移过它身畔时，都被它照得发亮，仿佛已经融化殆尽，可是离开月亮后，又都凝聚起来，变得又浓又厚。待到飘移过屋脊时，已经完全成了阴郁的、沉甸甸的云堆了……

我已很久没有看到月夜！不免触景生情，心重又回到童年时代在俄罗斯中部冈峦起伏的、贫瘠的草原上所度过的那些遥远的、几乎已遗忘了的秋夜。在那边，月亮曾在我故宅的屋檐下窥视屋内的动静。在那边，我第一次见到并且爱上了月亮温柔苍白的脸庞。我在想象中离开了巴黎，刹那间，好像已登临绝顶，正鸟瞰着辽阔的低地，整个俄罗斯的景物恍惚尽收眼底。我看到了似沙漠般一望无垠的、浮光耀金的波罗的海。看到了在苍茫的暮色中向东方迤逦而去的郁悒的松树之乡，看到了森林、沼泽和小树林，看到了在地势低洼的南方，绵亘着无边无际的田野和平原。数百俄里长的铁路轨道，穿过一座又一座树林，在月光下闪耀着昏沉的光泽。沿铁路线闪烁着各种颜色的睡意蒙眬的灯光，一盏接着一盏，一直延伸至我的故乡。我面前浮现出略有起伏的田野，田野上有幢地主的宅第，古老，单调，破败，可在月光下却显得相当舒适……然而，在我儿时曾窥视过我的卧室，此后又目睹我成为青年，而现在又和我一起伤悼我一事无成的青春的那轮月亮，难道就是眼前的这轮月亮吗？是这轮月亮在明净的夜的王国中抚慰着我吗？……

"你为什么不睡？"我听到她怯生生地问我。

在两人固执地不理不睬了很久之后，她首先开口，使我的心既痛苦又甜蜜。我低声回答说："不知道……可你为什么不睡？"

我们又久久地沉默着。月亮已坠落到屋顶后面，月光深深地照进了我们的卧室。

"原谅我！"我走到她跟前，说道。

她没有回答，用两手捂住了眼睛。

我捏住她的手，把它们从她眼睛上移开。泪珠正顺着她两腮潸然而下，她的眉毛像孩子那样高高地扬起着，抖动着。于是我在她脚边跪了下来，把脸贴到她身上，非但没去止住她的泪水，自己的泪水反而也夺眶而出。

"难道是你的过错吗？"她惶惑地说。"难道这不全是我的过错吗？"

她破涕为笑，笑得快乐而又痛苦。

我对她说，我们两人都有错，因为两人都公然违背了欢乐地生活所必须遵循的戒条，而人活在世上本来应当是欢乐的。我们前嫌尽释，又相互爱恋了，只有共过患难，吃过同样的苦，有过同样的迷误，而同时又一起在瞬息之间找到过极难找到的真理的人，才会这么相爱。只有苍白、忧郁的月亮看到了我们的幸福……

白 桦

[俄国] 叶赛宁

谢尔盖·亚历山大罗维奇·叶赛宁（1895—1925年），俄罗斯田园派诗人。1912年毕业于师范学校，之后前往莫斯科，在印刷厂当一名校对员，同时参加苏里科夫文学音乐小组，兼修沙尼亚夫斯基平民大学课程。1914年发表抒情诗《白桦》，1915年结识勃洛克、高尔基和马雅可夫斯基等人，并出版第一部诗集《亡灵节》。

在我的窗前，
有一棵白桦，
仿佛涂上银霜，
披了一身雪花。

毛茸茸的枝头，
雪绣的花边潇洒，
串串花穗齐绽，
洁白的流苏如画。

在朦胧的寂静中，
玉立着这棵白桦，
在灿灿的金晖里
闪着晶亮的雪花。

白桦四周徜徉着
姗姗来迟的朝霞，
它向白雪皑皑的树枝
又抹一层银色的光华。

行前寄语

［苏联］阿·托尔斯泰

我同家属就要启程回到祖国去了，永久地。如果在这里，在国外，还有我亲近的人的话，那么，我这几句话就是给你们的。我是为了享乐而回去的吗？啊，不是的。俄罗斯正面临着不很轻松的时刻，憎恨的巨浪又复冲击着它，同它敌对的世界正用橡皮棍子武装自己。

这个世界并没有发疯，近五年来世界变得聪明了。现在就连戴角制镜框眼镜的青年投机商人也已经懂得，生活只有三个范围：①美国，在那里，人们在深可没颈的金元堆里浮游着；②欧洲，人们在热烈地梦想着金元；③俄罗斯，一个粗野的，疯狂的国家，那里的人们一反正当的看法，断言"真的就是好的"。

事变总是在它们的力量薄弱的地方告终的。历史的规律像山崩一样可怕。因此，世代注定了要灭亡。

戴角制镜框眼镜的青年人不再听信谎言了。理想主义已经够了！席勒只有在火油灯下，只有在平均运行速度下——每小

阿列克赛·尼古拉耶维奇·托尔斯泰（1883—1945年），苏联作家。十月革命前的作品，主要写俄国贵族地主的破产和堕落。革命后一度侨居国外。1923年回国。代表作长篇小说三部曲《苦难的历程》《两姊妹》《一九一八年》《阴暗的早晨》。

永／恒／的／经／典

时十公里——才能给虚构出来的。金元——这就是生活的权利。它不仅包含着巨大的购买力，而且孕育着新的理想主义的曙光和浪漫主义的奇迹。戴玳瑁边眼镜的青年人坐在咖啡馆里，在小茶几上摊开一张窄长的金元纸币，审视着它，于是眼前出现了一个光辉夺目的幻象：世界之王，杰比·摩根。礼帽帽檐压到眉头，他登上纽约交易所的阶梯，两万只眼睛盯着他那张死气沉沉的长脸。雪茄衔在他左嘴角上。证券暴跌。在富丽堂皇的邸宅里，人们写下临终遗言，然后开枪自杀。工厂纷纷解雇工人。为了防备那倒霉的日子而积下一些钱的可怜的凡夫，披头散发地跑去把证券换掉。

第二天，杰比·摩根戴着压到眉头的礼帽又登上交易所的阶梯。他那张长脸仍然是死气沉沉。雪茄衔在右嘴角上……下券猛涨。在富丽堂皇的邸宅里（另外一些），人们写下临终遗言，然后开枪自杀。市场上不见食品出售，工人们静着疯狂的眼睛，盯着食品店的橱窗，刚才换掉了证券的可怜的凡夫，眼看着钞票在手里腐烂。

假如好好端详一下这张窄长的绿色纸币的话，那么，可以看到的还不止这些奇迹。仔细地看去，还可以看到一群群感染到饥饿和绝望的热病的人，火灾，巍峨的建筑物的四下飞溅的玻璃，枪口冒烟，成团的电车电线，竖满了刺刀的卡车，红旗，黑旗……黑色，黑色笼罩着欧洲。

而在那里（在莫斯科）在三棱的纪念碑上写着："不劳动者不得食。"那里的人们断言，真理在于公道，公道在于每个人都能行使生活的权利；生活的权利便是劳动。国家担负了实现这些原则的任务。这个志向体现在专政上面。国家政权的专政，作用于两个极端之间。战争和有如植物生活一般的静止。国家观念（集体）高于个人观念。集体是指质的概念，而非量的概念（亦即个人的集合）而言。个人是自由的，当他的意志不是用来破坏集体的时候。这便是处在革命的第五个年头，世界大战开始九年以后的俄罗斯。

在这一幅严峻的图画里仿佛含有矛盾，革命（俄罗斯革命）的目的就是把个人从政治、经济和社会等方面的束缚下彻底解放出来。而个人在俄罗斯，比在俄罗斯以外的别国更加服从于集体，情况就是这样。但是，在战斗的时候兵士所寻求的难道是自由吗？他寻求的是胜利。俄罗斯此刻正处在渴望胜利的时候。整个俄罗斯在行动，在突飞猛进，它的存在还具有历史意义的，生活还是流动的，水也没有静止。国家政权在组织着，建设着，任务是艰巨的：俄罗斯伸展在半个世界里。

在俄罗斯，个人正在通过确立和建设强大的国家而走向解放。在欧洲（1923年）个人是自由的，个人在交易所的阶梯上实现自己的自由，干着证券投机的买卖。且让优秀的孤独者们写下优秀的关于精神自由的书籍吧——而戴玳瑁边眼镜的青年人却迫使幻想者们吃着马铃薯皮，明天又迫使他们由于没有食物而呼吸新鲜空气，后天要他们搬运砖头去建造富丽堂皇的邸宅（在那里，青年人当然会开枪自杀，因为有一天他会猜不到杰比·摩根的雪茄衔在哪一边的嘴角上）。

这样，戴玳瑁边眼镜的青年人目前还在购买橡皮棍子："必须坚决地消灭革命"。俄罗斯现在所遭遇到的就是这样的东西，这类乎人的东西。斗争不是迅速的，不是容易的，这是一场旧世界的余孽同新世界的第一代之间的斗争。

我看到了揶揄的微笑。唉，别这样迫不及待嘲笑吧。稍稍等一下吧，要不了一年的。事件上进行得这样神速，就像我们在翻阅一本历史书似的。就在不久以前，人们谈论中的俄罗斯无非还是一个饥饿和恐怖的国家，而现在政府却准备输出两亿普特的余粮。原来分裂成几个部分的国家已经重新集拢起来。就在欧洲工人的力量用来维持自己不致饿死的最起码的权利的时候，俄罗斯工人的力量却正在进行复兴和巩固自己的国家的伟大事业。

在俄国革命中燃起了一抹新的曙光。用货币来代替人的颜面的骇人听闻的时代将要过去。我们总有一天会从这场噩梦里醒过来。海洋不能转瞬干涸，大地也不会在一昼夜失掉绿色的报复。人类不可能一下子无可救药地灭亡。文化的一根枯枝掉落下来，而就在近旁，新的枝条却欣欣向荣。以"人对人——像狼一样"为标志的旧文化堕落到了使用橡皮棍子的地步，它将挣扎，抵抗，但是这个灭亡的时代将是可怕的、无人性的，正像戴着恐怖的纸面具的类乎人的东西一样没有人性。

我是回家过艰苦的生活去的。但是，胜利将属于那些具有真理与正义的热情的人，——属于俄罗斯，属于那些将同它一起行进的、相信新生活的曙光的人民和阶级。到那时候，我们将在自己的和平的住宅的门前看到安静的大地、和平的田野、波浪起伏的庄稼。鸟儿将歌唱和平、安宁和幸福，歌唱在度过了凶年的大地上的幸福的劳动。

闪 电

[苏联] 帕乌斯托夫斯基

构思是怎么诞生的？

构思的诞生和发展各各不一，几乎没有雷同的。因此要回答"构思是怎么诞生的"这个问题，显然不应去寻找笼而统之的答案，而要结合一篇篇具体的短篇小说、长篇小说或者中篇小说来谈。

至于问到需要具备一些什么，构思方能出现，或者用比较枯燥的话来讲，构思的产生必须以什么为先决条件，这倒是比较容易回答的。构思的出现始终是由作家的内心状态孕育出来的。

要解释构思的产生看来，最好的办法是借重比喻。一些极其复杂的事情，若用比喻来加以解释，往往能收拨云见天的效果。

有一次，人们问天文学家金斯我们的地球有多大年纪了。

"你们想象一下，"金斯回答说，"有一座巍峨的大山，比方说吧，高加索的厄尔布鲁士山。你们再设想一下，有一只小麻雀在山顶上无忧无虑地跳来跳去，

帕乌斯托夫斯基（1892—1968年），苏联著名作家。生于莫斯科，曾就读于基辅大学、莫斯科大学，1911年开始发表小说。1932年以中篇小说《卡拉—布加兹》一举成名。此后，相继有《查理·隆谢维尔的命运》《科尔希达》《黑海》《北方的故事》《森林的故事》《英雄的南部》等中篇小说以及《闪烁的彩云》《浪漫主义者》《祖国的炊烟》等长篇小说问世。多卷集自传体小说《一生的故事》是他的压卷之作。

啄着这座山。这只麻雀把厄尔布鲁士山啄光需要多长时间，地球就已存在多长时间了。"

至于有助于领会构思是怎样产生的比喻，就远要简单得多了。

构思好比是闪电。电日日夜夜在地面的上空积累，一旦空气中的电达到了饱和状态，一朵朵洁白的积云就会变成阴森的积雨云，于是从积雨云的稠密的带电的水汽中，便会爆发第一道火花——闪电。

几乎紧接在闪电之后，一场暴雨便会倾泻而下。

构思就如闪电，产生于人的满含思想、感情和记忆的印痕的意识之中。所有这一切是逐步地、慢慢地积累的，等到电位差增大到一定程度时，就必然导致放电现象。这时，意识这个被整个儿压缩的、还多少有点混乱的世界，便会诞生闪电，也就是说诞生构思。

构思之得以产生同闪电之得以产生一样，往往只需要一个极为轻微的推动力。

谁知道这种推动力是什么呢，可能是一次偶然的相逢，可能是印在心中的一句话，可能是一场梦，可能是远方的呼声，也可能是水滴映射出来的阳光或者是轮船的汽笛声。

存在于我们周围世界和我们自己身上的一切，都可能成为这种推动力。

列夫·托尔斯泰看见了一株断掉的牛蒡，便爆发了闪电，产生了描绘哈吉·穆拉特的那部令人惊叹的中篇小说的构思。

然而，托尔斯泰要是从未去过高加索，不知道也没有听说过哈吉·穆拉特的事迹，那么牛蒡就无从触发他这个构思。唯其因为托尔斯泰心里对这个题材已有所酝酿，所以牛蒡才引起了他必要的联想。

如果说闪电好比是构思的话，那么豪雨就是构思的体现。体现为形象与语言的和谐的洪流，体现为书。

但是跟明亮炫目的闪电不同，构思最初往往是模糊不清的。

"当时，这部自由的小说的远景，我虽然透过魔法的水晶，却仍然没有看得分明"。

构思只可能逐步成熟，逐步吸引作家的才智和心灵，逐步趋于周密、趋于复杂化。但是所谓"构思酝酿"的过程却全然不像某些幼稚的人所想象的那种样子。这绝不表现为作家抱住脑袋坐在那里向壁虚构，或者独自一人像个狂人似的口中念念有词地踱来踱去。

不，绝不是这样的！构思的形成和充实是个不间断的过程，每日每时，随时随地，在一切偶然事件中，在劳动中，在我们"转瞬即逝的生命"的喜怒哀乐中，不停顿地进行着的。

要想使构思成熟，作家决不可脱离生活，一味地去"苦思冥想"。相反，只有始终不渝地接触现实，构思才得以绽出鲜花，灌满土地的浆汁。

总的说来，对于作家的工作存在有许多偏见和成见。其中有些庸俗得令人哭笑不得。

被庸俗化得最厉害的莫过于灵感了。

那些一知半解的人几乎总是把灵感曲解为诗人怀着莫名的狂喜，鼓出双眼，仰望天空，要不然就是咬鹅翎笔。

有部叫《诗人与沙皇》的影片，不消说，许多人还记得。在这部片子里，普希金坐在那里先是梦幻般地举目望一阵天空，随后痉挛地抓起笔来挥臂疾书，写了一阵又停下来，仰望苍天，咬鹅翎笔，然后又急急忙忙地奋笔疾书。

我们已看到过不知多少描绘普希金的文艺作品，把他糟蹋得像个亢奋的躁狂者！

在一次美术展览会上，展出了一座普希金的塑像。普希金又瘦又小，头发鬈曲得像电烫过的，目光"充满灵感"。就在这座塑像前，我听到了一段有趣的对话。有个小姑娘皱着眉头，对这位普希金端详了半天后，问母亲道："妈妈，他在那里幻想还是怎么的？"

"是的女儿，普希金伯伯在幻想，"母亲温柔地回答说。

普希金伯伯在不着边际的"幻想"！然而正是这位普希金曾这样谈到自己："我将被人民喜爱，他们会长久记住我的诗歌所激起的善良感情，记住我在这冷酷的时代歌颂自由，并且为倒下的人呼吁宽容。"

而假如"神圣的"灵感"忽然降临"（必定是"神圣的"，而且必定是"忽然降临"）到作曲家身上，那么他就会抬起双眸，从容不迫地为此刻无疑正在他心中进涌而出的如天籁般美妙的乐声打着拍子，那副样子跟莫斯科那座矫揉造作的柴可夫斯基纪念碑毫无二致。

不，灵感绝非如此！灵感乃是人的一种严谨的工作状态。精神的昂扬、焕发，绝非做戏时那种装腔作势、故作亢奋的动作。已成为老生常谈的"创作的甘苦"也是这样。

普希金曾对灵感作过言简而意赅的阐述。他说，"灵感是一种能以活跃地接纳印象，因此也就能以敏捷地理解概念的一种情绪。而这种敏捷的理解力是有助于解释概念的。"他补充说："批评家们把灵感与亢奋混同了起来。"就像读者有时会把真实和貌似真实混同起来一样。

这还是小而言之。尤有甚者是某些画家和雕塑家把灵感同"痴狂状态"混为一谈。这实在是对作家艰苦劳动的无知和不敬。

柴可夫斯基曾经断言，灵感是人像犍牛一样竭尽全力地工作时的一种状态，而绝不是搔首弄姿地挥舞手臂。

请原谅我离开本题谈了上面这些话，但是我上面所谈的决非小小不言的事。因为世上还有鄙俗的人。

每个人一生中至少都出现过几次充满灵感的状态，亦即精神昂扬，生气蓬勃，敏锐她感受现实，思想活跃并意识到自己的创造力的状态。

是的，灵感乃是一种严谨的工作状态，但是它有其自己的诗的色彩，我认为不妨说，有其自己的诗的潜台词。

灵感来到我们身上时，就像夏日明媚的清晨，静夜的雾霭刚刚被它驱散，到处披着晶莹的露珠，丛浓的绿叶由于润湿而益发苍润华滋。它，这清晨，小心翼翼地把有益于健康的凉气拂到我们的脸上。

灵感犹如初恋，这时心由于预感到即将有奇妙的约会，即将见到美丽得难以形容的明眸和微笑，即将作欲言又止的交谈而怦怦地跳动着。

这时我们的内心世界犹如一件调好了弦的魔法的乐器，能够敏锐而正确地奏出生活中的一切声音，即使这声音是最隐秘，最细微的。

关于灵感，作家和诗人写下了许多真知灼见。"诗人敏锐的耳朵刚一接触到神的声音"（普希金），"我那不安的心灵就归于宁静"（莱蒙托夫），"声音正由远而近，于是我的心灵便听命于这忧愁的声音，变得越来越年轻"（勃洛克），费特对于灵感曾作过中肯的形容：

只消推动一下，一条生气蓬勃的大船

就会滑下被落潮熨平了的沙滩，

只消掀起一个浪头，就能使另一个浪头获得生命，

看到轻风从繁花似锦的岸上频频送来流盼。

只消一个声音就能惊破一场忧伤的梦，

使你立即进入神秘而又亲切的意境，

使生活得到喘息，使隐痛化为喜悦，

使初逢的陌生人顷刻间变作了骨肉至亲……

　　屠格涅夫把灵感称作"神的君临"，称作人的思想和感情的豁然开朗。他曾心有余悸地谈起过他在把这种豁然开朗的思想和感情形诸文字时所经受的闻所未闻的痛苦。

　　托尔斯泰对灵感所作的定义看来是最简明的了。他说："灵感就是突然显现出你所能做到的事。灵感的光芒越是强烈，就越是要细心地工作，去实现这一灵感。"

　　尽管我们对灵感所下的定义不尽相同，但是我们都知道灵感是有助于成功的，它不应当没有给人们结出任何果实就悄然逝去。

世界美如斯

［捷克］塞弗尔特

我们没有时间孤独
我们只有欢乐的时间
——阿尔贝·加缪

当我静静地缅怀往事，尤其是当我紧紧闭上眼睛的时候，只要心头一动，脑海里就会浮现出如此之多的善良人的面容。我同他们曾在人生的道路上不期而遇，曾同其中的不少人结下了亲密的友情。回忆迭替着回忆，一个比一个更加美好。我似乎觉得刚刚在昨天同他们谈过话，还感觉得到他们递过来的手上的温热。

我仿佛还听到沙尔达愉快的笑声，托曼的冷嘲热讽以及霍拉的娓娓清谈。在这种时刻，我似乎觉得要是不把同他们相处岁月的一些东西记下来，哪怕是片言只语，一则小故事，或是一段趣闻逸事，那就未免太可惜了。他们都是一些心地极其善良、很有意思的人。在那些同他们建立过友情并对他们的文学生涯颇为熟悉的人中间，我可能属于最后一批了。我也是能

雅罗斯拉夫·塞弗尔特（1901—1986年）当代捷克著名诗人，1984年度诺贝尔文学奖获得者。出生于布拉格郊外工人区的一个无产者家庭。主要作品有《全部的爱》（1923年）、《在T·S·F申台周波里》《夜莺唱得多难听》《信鸽》《从膝上落下的苹果》《维纳斯之手》《别了，春天》《把灯关上》《满是泥土的钢盔》《母亲》《哈雷彗星》《匹卡底里之伞》等。

永/恒/的/经/典

够将濒于湮没的旧事记录下来的最后一个人了，直至有一天我自己也将加入他们在冥冥中的沉默而无形的行列。

他们都已去世，但是我不会废然叹息，尽管眼泪，正如尤维纳利斯所说，是我们的感官中最美丽的部分，——Lacrimaenostri pars optima sensus，要是我在学生时代背下来的句子没有记错的话。然而我不会写回忆录，我家里没有片纸只字的笔记和资料，况且我也缺乏写这类东西的耐心。于是，我只剩下了回忆。还有微笑！

一九二七年一月底，霍拉走进了杜莫夫卡咖啡馆，给我带来了一本他的新出版的诗集《鲜花盛开的树》。这个日期是我在书中他的题词下面发现的。当时我同他谈了些什么，现在当然记不起来了，不过肯定是谈到了某个已经去世的人，也许是谈到了沃尔凯尔吧，因为关于沃尔凯尔的诗我们当时议论得很多。突然，霍拉把送我的书又要了回去，然后他在正文前面第二张空白书页上写了这么几行诗：

阴影笼罩着坟墓，
鼓手与世隔绝。
须知死者也会嫉妒！
颓丧的垂柳以自己的沉默
将人声撕裂。
死者在冥冥中说生者的闲话。

这几行诗显然是霍拉的即兴之作。在几乎半个世纪以后，当我躺在维诺赫拉德医院里时，这几行诗又突然跃入我的脑际。维诺赫拉德医院坐落在维诺赫拉德墓园南墙的对面，从病房的大窗户我看得见许多墓碑和十字架，还有那座低矮、凄凉、式样古怪的建筑物——骨灰堂。

一天傍晚下起了小雪，纪念碑和墙上积了薄薄的一层雪糁，仿佛摄影师为了使昏暗中拍摄的图像轮廓显得鲜明一些，在晦暗的石头浮雕上撒了一把面粉似的。

暮色已深，医院沉浸在夜的寂静中。忽然，我听见身底下传来说话的声音，两个声音不协调地交杂在一起。显然这是某位大夫打开了半导体，另有一位病人忘记关闭每个病房都有的有线广播便进入了睡乡。在这座单薄的现代建筑物里，声音好像来自地底深处，但清晰可闻。我的目光不由自主地投向没有挂窗帘的大窗户，望了一眼窗外的墓园。这两个声音真像是从近在咫尺的墓园里、从地面底下冒出来的。

我连忙驱散了这个幻觉。死者是缄默的，执拗地缄默不语。

因此，还是让我来说他们的闲话吧，说这些长眠地下的故人的闲话。不过，我将友善地、怀着热爱说他们的闲话。

我也要说自己的闲话。

永/恒/的/经/典

Yong Heng De Jing Dian

天使是女的吗？

[捷克] 聂鲁达

扬·聂鲁达（1834—1891年），捷克诗人、小说家、小品文作家、社会活动家。

聂鲁达是捷克现代诗歌的奠基人，他创作的《墓地之花》《诗卷》《宇宙之歌》等6部诗集，对捷克诗歌发展有着深远的意义。

今天来说说这么一件半似轻薄，又半属神圣的事情吧！上帝托付于我的，是将读者从惶恐领向安宁，从黑暗领向光明，从暂时领向永恒。在目前，则是从狂欢节领向斋戒节。说来也是，在即将来临的为期八天的喧嚣的狂欢节之后，在纵情嬉闹之后，接着便是一本正经、灰惨惨的斋戒节了。我这篇文章正是为这些日子和这个转变而撰写的，提供读者思考。

也许事出偶然吧，我不知道她的名字本来就叫米娜呢，还是写信时才用了这么个名字。总之，"米娜"给我写了一封信，要我解答一个"迄今尚无人解答的、令人困惑的问题"：天使是：什么性别？既然人家都说我是百事通，想必这个问题也是清楚的，米娜这么恭维我说。

那好吧，我这就来解答这个问题！不管怎么说，反正一年之中人们谈论天使没有比眼下狂欢节前后谈得更多的了，因而这个问题提得也挺及时。在这里，我不如马上说明我完全赞同米娜小姐的见解，她说："在所有语言中，天使可能都是男性，然而，您难道想象天使是肌肉发达的男子形象吗？……对男子健壮的体魄我致以莫大的敬意；可是'天使'这个概念依我看只能以妩媚、纤秀的女性来体现。"是的，天使是女性！而且我这里只用短短六个字便可无从反驳地立即予以证实，如果……

显而易见，米娜小姐的这番话，道出了大自然明白无误的声音，说明天使与女性之间有着一种不容置疑的亲缘感。这一声音和这种亲缘感在全世界妇女的头脑和心灵里都会唤起共鸣，对此我丝毫也不怀疑。这一点非常重要。同样重要而耐人寻味的是，类似的亲缘感在我们男子身上却一点儿也没有。以我本人为例吧，我就从来不曾把自己看成一个天使般的人——以名誉担保，决计没有！同样，在我走近女人时，我从未期望她们之中有谁会嘴里吐出"安琪儿"这个词儿来。与此相反，我自己倒是每每看到女人便会情不自禁地赞叹："真是名副其实的安琪儿！"同样情况在别的男人身上，肯定也会发生。当然也不无例外。有些男人自称"安琪儿"，是的，甚至用此签名。比如布拉格的某画家、某裁缝、某商店老板、某杂货铺掌柜等等。尽管如此，我们却一点儿不相信他们身上有天使的禀赋！也许他们自己也不相信。

因而，正是我们男人，在看到女人时，会不由自主地联想起天使。

> "林中一座小教堂，
> 立在秀丽的山冈上。
> 一群姑娘走出来，
> 好似天使从天降。"

这是最普通的农民也爱唱的一支歌，我们这些"有文化"的城里人不妨在中午放学时到两年并列的小学校——一所男校，一所女校——附近去站一站。当男孩子一窝蜂地涌出来时，我们怎么说呢？"这一帮土匪！"而当女孩子走出来呢？"小大使一小天使！"恰似诗人科拉尔在十四行诗中写的那样。我们这些"成年男子"不是人人几乎都有过这样的经验，我们有时会跪在某个女任面前，活像跪在天使面前那样，抱着她的腿，仿佛害怕她会飞走似的？毫无疑问，我们这时会不由自主地联想到天使的形象：长着一对鸽子翅膀，象征善良和纯洁，或者孔雀的羽翎，说明天使同女人一样，喜欢打扮和修饰自己。

当然也有人绝对不承认女人身上有任何天使的秉性。女人嘛，他们断言，同咱们一样是人。而且比起咱们来，不如说还相形见绌哩——他们振振有词地说道。好吧，也许是这样。女人看上去跟咱们差不离，这倒是真的。她们有人的模样儿，人的面孔，如此等等。不过，试问有哪个孩子不知道，天使装扮成人的模样儿下来干预人的命运呢？只有魔鬼心里有数！我敢毫不含糊地拿出佐证来，说明天使就其性别而言是女性。至于女人是否便是天使，对此我还难以识别。不少比我年长、德高望重、学识渊博的人士，对此尚且无从识别哩。贝德里希·吕凯尔特在《收割的天使》一诗中，就曾叙述了这么一则故事。一群村姑在月光下跳舞，由于气候炎热，她们身上只穿了夏娃在发明用无花果叶子做时装之前穿用的服装，她们说，反正不会有人来此！却不料，这时偏偏有个人走来了，神父老先生。姑娘们慌了手脚，急忙跑去找裙子；可是年纪最小的那个——年纪最小的总是最机灵——却拦住大家说："这是干什么！穿上裙子他就认出咱们来啦。不如接着跳，别睬他。"神父瞧见她们了，转身回到家里，一面躺到床上，一面感谢上帝，因为他看见了"收割的天使"，这是丰收的好兆头。

这位年事已高、老于世故、对人和天使都有研究的男人尚且如此！这则故事肯定颇有教益。

不过，让我们再稍稍深入一下吧！如果读者看到连一度曾是天使的魔鬼也为女性，他将做何感想呢？这岂非直截了当、铮铮作响地证明，天使是女性吗？我这里不想多说，只随便举出数例供读者思考并自行判断。

生活中有谁说男人是"堕落的天使"呢？

《哥林多后书》第十一章第十四节不是明明写着："撒旦装作光明的天使"呢？这句话不是包含着这么一层意思：撒旦装扮成天使不费吹灰之力吗？因而，每当魔鬼想对圣徒领入歧途时，他不是总装扮成自古以来就装扮的形象——女人的形象吗？

就这方面而言，上文提到的大自然明白无误的声音，即不容置疑的亲缘感，不是又在妇女们的头脑和心灵里再度响起了吗？当我们说："您是天使！"时，她们不是回答说："对，然而是带角儿的"，"带小角儿的"，等等。

世上还有谁比女人更折磨人的呢？

在我们说"小魔鬼、小精灵、小妖精、小鬼怪"之类的时候，我们男人心里想的除却女人之外难道还有别的什么人不成？

一个长期同魔鬼周旋的人，不是终将为魔鬼所俘虏？一个长期同女人周旋的男人，不也是最终将为女人所俘虏？

我国那些古老的、颇有教益的民间谚语岂不发人深省？比如："姿色越是美，越招魔鬼爱。""魔鬼糖多不稀罕，罪孽外面裹糖衣。"又如："顽固不化，魔鬼当家！""魔鬼动了心，不达目的不死心。"再看下面这两句又何其惊人地相似："侍奉上帝，莫要招惹魔鬼！""侍奉上帝，莫要招惹女人。"

魔鬼的牺牲品中，绝大多数不都是女人给他驱赶来的？对此感激不已的魔鬼，不是也反过来给女人出谋献策，正如奈芒契采村实际发生的一件事情那样？在圣托玛什节前夕，村里有个女人纺纱纺到了深夜10时，因此惹恼了一位圣者。后来，不消说准是魔鬼给女人出了点子，才使这位圣者受了欺骗。

就是在上帝的殿堂里，魔鬼不也常常把男人领入歧途，使他神思不属、礼拜上帝不虔诚吗？女人在那里不也如法炮制？

画像上的魔鬼，在波兰不是身穿德国服装、在我国穿黑衣、在意大利穿红衣、在黑人地区穿白衣？这不是足以说明魔鬼的女性特征——热衷于变换服饰吗？

魔鬼娶老婆不是总挑老妇人为妻吗？试问，哪个男人会这样做呢？如此！……

再说下去，读者也许要叫喊起来："所有这一切无非都是可能性和反证。我要看的是确凿的实证！"好吧，这儿就是实证。说明天使是女的！

大家都知道"守护天使"吧，即守护儿童的天使！请问，当你雇佣保姆看孩子时，你是选男性呢，还是女性？读者不禁一愣。不过，他学识渊博，不会儿功夫便醒过神来，说："哎，在东方的印度，就是我们全部早期文化从那儿传来的国家，他们就有男性当保姆的呀。说不定'守护天使'这一历史悠久的古老习俗，正是从印度传到我们这儿来的呢。"

那么好吧——我不会被读者窘住的。正是在八天以前，我在这里曾引用过一首民歌：

> "跳舞多欢畅，
> 乐队他解囊。
> 天使日后来，
> 接他进天堂。"

试问，这里所说的天使岂非女性？

读者不禁又是一愣。好极了，让我来给他最后一击！我将拿出雷霆万钧之力的证据，说明天使确凿是女性。我这就摊牌啦，一张天下无敌的王牌。王牌嘛，便是胜利。

圣书《路加福音》第二章第十三节写道："忽然有一大队武士来到天使的身边。"

影 子

[波兰] 普鲁斯

每当太阳在天空中消失，夜幕便降临在大地上。黄昏——这里夜的大军，具有不可胜数的军团和亿万的士兵，这支强大的军队，从远古的时代起就和世界和睦相处，清晨匆匆离去，傍晚凯旋，从日落到日出主宰着世界。白天如同一支溃败的军队躲藏在隐蔽所里，等待着。

在山岩峭壁之下和城里的地下室里，在森林密布的深处和在湖泊的深底下，这支黑夜的大军在等待着。它藏身于大地的千古岩洞中，藏身于矿井、阴沟、房屋的角落和残垣断壁之中，等待着。它化整为零，仿佛已消散殆尽，但是却挤满了所有的隐蔽之处，树上的每一个小洞，身上衣服的每一条折褶，都是它的藏身之地。它躺在颗颗细小的沙粒之下，就连最纤细的蜘蛛网上也不放过，它在等待着。它从一个地方惊惶逃走，转瞬之间便到了别处藏身，而且不惜采用一切手段，以便能回到它被赶走的地方，占领过去尚未占据过的地区，而把整个大地铺满。

普鲁斯（1847—1912年），波兰作家。早年为报刊撰写随笔、小品，后转向小说创作，1885年发表第一部长篇小说《前哨》，享誉文坛。以后又相继出版小说《玩偶》《女权解放者》《法老》等，进一步确立他在波兰文学史上的重要地位。

永/恒/的/经/典

每当太阳西下，黑暗的大军便以密集的队形从自己的隐身之处，悄悄地、谨慎地走了出来，涌进了房间的走廊、前厅和照明暗淡的楼道。它从橱柜和书桌走出，来到了房间的中央，它穿过窗帘、地下室通道和窗玻璃，渐渐移向了大街。它一声不响地向墙壁和屋顶展开进攻，占领了顶峰，它耐心地抗争着，直到西方出现了玫瑰色的云彩。

再有一刻，整个大地和天空便会突然被黑暗所笼罩。牲畜便会返回厩圈，人们会回到家中。生活有如缺水的植物便会枯燥无味，而开始枯萎。色彩和形体都已模糊不清。惊恐、犹豫和胡作非为将占领世界。

就在这样的时刻，就在华沙的行人稀疏的街道上，出现了一个奇怪的人影。他头上高举着一支小火把，在人行道上匆匆走去，仿佛黑暗在召唤他似的。他在每盏路灯下面停留一会儿，点燃了欢快的亮光，随即又像影子一样消失了。

日复一日，年年如是。无论是春天的田野充满花朵的芬芳，还是七月的暴风雨在逞威，或是秋风在街上喧嚣和掀起尘土飞扬，抑或是冬天的雪花在空中飞舞，只要是夜幕一降临，他就手持小火把，奔走在人行道上点亮路灯，随后又像影子似地消失。

点灯人，你从哪里来？你在何处栖身？我们从未看清过你的身躯，也未听到过你的声音。你有没有妻室或母亲在等待着你的回家？你有没有孩子，他们便把你的提灯放在屋角里，然后便爬到你的膝上，抱住你的脖颈，你有没有能向其倾诉欢乐和苦闷的朋友，或者至少能与之谈谈日常见闻的熟人？

你是否有自己的住所？我们能在哪里找到你？还有你的名字，我们怎么称呼你？你是否也有和我们一样的要求和感情？难道你真是一个无形无体、沉默不言而又不可捉摸的人吗？难道你只是个在黄昏出现，点亮路灯，随后便像影子一样消失不见的人吗？

有人告诉我，你确实是个人，还把你的地址告诉了我，我来到了那所房子，便向房管员问道："那个点燃煤气路灯的人是住在这里的吗？"

"是住在我们这里。"

"哪套房子？"

"就是那边的那间小屋。"

房门上了锁。我从窗口朝里一望，只看到墙边有一张床，床边有一根长木棍，上面挂着那盏提灯，里面却没有那个点灯的人。

"请你至少告诉我，他长相如何？"

"谁知道他哩！"房管员耸了耸肩膀，回答道。"我自己也不大认识他，白天他从来也不待在房间里，"他补充了一句。

过了半年，我又第二次来到了那所房子。

"点灯的人今天在家吗？"

"啊！不在！"房管员答道："而且永远也不会再有他了，他死了，昨天才下葬的。"

房管员陷入了沉思。

我问了他几个细节，便向坟场走去。

"掘墓人，请你告诉我，那个点灯人埋在什么地方？"

"点灯人？"他重复了一下："谁知道他埋在哪里？昨天埋葬了80个死人。"

"不过，他是埋在最穷的人的那个区域。"

"这样的穷人昨天就埋了25个。"

"他的棺材是本色，没有上过漆。"

"这样的棺材昨天就抬来了16副。"

就这样，我既未见过他的相貌，也不知道他的姓名，就连他的坟墓也不知道。他生前死后都是一样：只是黄昏时刻的一个模糊不清的人影，默默无言而又像影子一样捉摸不定。

不幸的人往往在人生的黑暗中摸索前进，有的为职业而操心，有的却堕入深渊，谁也不知道确切的道路。不幸的意外事件、贫穷和仇恨追逐着那些充满迷信偏见的人。点灯的人也是人生黑暗道路上的匆匆过客，他们每个人都把小火炬高举在头上，每个人都在自己的小路上点燃灯光，活着时无人知晓，工作不受到重视，随后便像影子一样消失。

临近的寂静

[匈牙利] 伊耶什

伊耶什（1902—1983年），匈牙利诗人。出身于农民家庭。青年时代参加革命，后流亡国外，并开始文学活动，回国后出版第一本诗集《沉重的土地》。此后，一边从事报刊编辑工作，一边写作诗歌。主要作品有诗集《废墟的秩序》《不可靠的未来》，长诗《三个老头》等，此外，还出版过小说、戏剧、散文多种。

雨穿着薄薄的衣裳，小心翼翼地从大门跑进了花园。阳光在这里吗？雨停住脚步，一边倾听，一边在水珠中凝望着自己，然后卸去重负，悄悄离开了。它并未走远。它的水滴依然时不时地继续飘落。

它究竟在寻找谁呢？所有植物现在重新又开始效忠于太阳。而那些最潮湿的植物更在尽兴尽致地享受着阳光。然而有一只小鸟，就那么一只，停止了歌唱。那只小鸟显然听到了什么风声。它是敏锐的，或者这仅仅是一种礼貌？

我已老了，在觉察到雨的飘临是多么轻盈时，我感到自己更老了。又有一只小鸟停止了歌唱。我甚至感觉到了寂静这轻轻的重奏。一种悄悄临近的寂静。这种寂静为阳光建造了一座舞台，以便给忧郁沉重的人增光添彩。

假如天空

［瑞典］拉格奎斯特

假如天空是面水一般的明镜，不像现在这样单调，蓝得发黑，覆盖着大地，活着也许会更有乐趣。你将在这面镜子里看见世上的人、山峦，挺拔的老树被放大、扭曲、变得千奇百怪，并永远上下颠倒；无数条腿在天宇中乱蹬乱舞。但是，你仍希望看见世界如现在一样；当你觉得生活枯燥乏味、呆板得过于理智或愚蠢，你就会仰视天空，相信这一切只是一个十分奇特的历史。

派·拉格奎斯特（1891—1974年），瑞典诗人，剧作家，小说家。1940年当选为瑞典文学院院士。1951年获诺贝尔文学奖。他的作品中象征主义与表现主义色彩杂然并存，主要表现善与恶的斗争，并坚信人类最终能战胜邪恶。重要作品有《刽子手》《侏儒》《巴拉巴》。

永/恒/的/经/典

大 树

[西班牙] 麦斯特勒思

麦斯特勒思（1854—？）西班牙诗人，戏剧家，散文家。1854年出生于西班牙达鲁尼亚的首府巴塞罗那。他的著名散文集有《海之歌及其他》，《大树》与《夜莺》就选自其中。麦斯特勒思的散文构思精巧，象征性强，引人入胜。

在路旁，有一棵极高的树，它的树顶似乎已经伸进了天空的蔚蓝里。

有人在这树下经过，惊奇地望到了它，喊着道："是多美丽的树啊！"

他就再继续着他的中断了的行程。

后来，有第二个过路的经过，这人也想到了这树是多么美丽，但是并不开口说出这话来，也并不停留地过去了。

一会儿之后，过去了第三个赶路的人，这人简直不曾注意到这树的存在。

最后，来了两个狂人。有一个要爬上树去；可是刚在他差不多达到了最高的枝条的时候，却跌下地来，他的头跌开了。其时，有人看到了，在他的头里什么也没有。

他的同伴也同样地要爬上去；但是，因为比那在前的人有更多的狡猾或是更多的力量，终于爬到了树顶，从那里，他能够注意地望着这世界——很小的，极小极小的！——躺着在他的脚底。

而这世界就宣告了他是天才。

于是继续地过去许多许多的人，他们像那第一个人一样，停留了一会儿，来赞美这天才，喊着道："也许那跌下了的狂人也是一位像这人一样的天才……不过命运不曾加恩于他罢了。"

这些人是有知识的人们。

又过去了更多的人，像那第二个一样，不说什么，也不停下，他们只很殷勤地想着："也许这达到了树顶的人正同那一个跌下的人是一样的狂人……不过命运却加恩于他罢了。"

这些人是聪明的人们。

又过去了更多更多的人，——啊，多得多啦！——这些人，像那第三个一样，继续着他们的行程，一想也不想，简直是不管到那狂人的存在和那天才的存在。

而这些人是最大的多数，他们自名为几乎全人类。——这些人正是建设着和破坏着的人，因为这大地是他们的呀。

夜 莺

[西班牙] 麦斯特勒思

当年青的夜莺们学会了"爱之歌"，他们就四散地在杨柳枝间飞来飞去，大家都对自己的爱人唱着——在认识之前就恋爱了的爱人。

大家都唱给自己的爱人听，除了一只夜莺，他抬起了头，凝望着天空，并不歌唱着的过了一整夜。

"他还不曾懂得那'爱之歌'哩！"——其余的夜莺们互相说着。——他们就用了轻快的声音欢乐地杂乱地唱着讥刺的歌。

他其实是知道那"爱之歌"的，然而唉，这不幸的夜莺却在上面，在群星运行着的青青的天空看见一颗星，她眨着眼睛望着他。

她望着他，慢慢地、慢慢地向下沉着，在黎明之前不见了；这不幸的夜莺望着她，目不转睛地望着——当那颗星下去了之后，他仍是出神地、悲哀地等到夜间。

黑夜来了，这夜莺就歌唱着，用了低低的声音——极低的——向着那颗星；歌声一天一天地响了起来，到盛夏的时候，他已经用响响的声音歌唱着了，很响的——他整夜地唱着，并不望一望旁边。而天上呢，那颗星眨着眼，永远地望着他，似乎是很快乐，地听着他。

等到这爱情的季节一过去，夜莺们都静下了，离开了杨柳树，今天这一只，明天别的一只。这不幸的夜莺却永远地停在最高的枝头，向着那颗星歌唱。

许多的夏季过去了，新爱情赶走了旧爱情，而那"爱之歌"却永远是新鲜的，每一只夜莺都向着自己的新爱人歌唱……但是这不幸的夜莺还是向那颗星唱着。

在夜里，并不注意的，在他的周围，已经有比他更年青的声音歌唱着了。在夜里，简直并不想到他的兄弟们是全都死掉了；这向天上望着的、向那颗星歌唱着的夜莺，从最高的枝头跌下来死了。

那时候，那些年青的夜莺们——每夜每夜向他们的新爱人唱着歌的那些——不再歌唱了，他们用了杨柳叶掩盖了他，说他是一切夜莺中最伟大的诗人。可是他们却永不曾知道，他正是在杨柳树间的一切夜莺中受了最多的苦难的。

从罗丹得到的启示

［奥地利］茨威格

斯·茨威格（1881—1942年），奥地利小说家。生于犹太籍资产阶级家庭。他的作品大多反映资本主义社会道德的败坏和生活的空虚。晚年受希特勒迫害，曾加入英籍，后自杀于巴西。他的主要作品有《阿莫克》《感觉的错乱》《马来的狂人》《罗曼·罗兰传》《我的一生》等。

我那时大约二十五岁，在巴黎研究与写作。许多人都已称赞我发表过的文章，有些我自己也喜欢。但是，我心里深深感到我还能写得更好，虽然我不能断定那症结的所在。

于是，一个伟大的人给了我一个伟大的启示。那件仿佛微乎其微的事，竟成为我一生的关键。

有一晚，在比利时名作家魏尔哈仑家里，一位年长的画家慨叹着雕塑美术的衰落。我年轻而好饶舌，热炽地反对他的意见。"就在这城里"，我说，"不是住着一个与米开朗琪罗媲美的雕刻家吗？罗丹的《沉思者》《巴尔扎克》，不是同他用以雕塑他们的大理石一样永垂不朽吗？"

当我倾吐完了的时候，魏尔哈仑高兴地指指我的背。"我明天要去看罗丹，"他说，"来，一块儿去吧。凡像你这样赞美他的人都该去会他。"

我充满了喜悦，但第二天魏尔哈仑把我带到那雕刻家那里的时候，我一句话也说不出，在老朋友畅谈之际，我觉得我似乎是一个多余的不速之客。

但是，最伟大的人是最亲切的，我们告别时，罗丹转向着我。"我想你也许愿意看看我的雕刻，"他说，"我恐怕这里简直什么也没有。可是礼拜天，你到麦东来同我一块吃饭吧。"

在罗丹朴素的别墅里，我们在一张小桌前坐下吃便饭。不久，他温和的眼睛发出的激励的凝视，他本身的淳朴，宽释了我的不安。

在他的工作室里，有着大窗户的简朴的屋子，有完成的雕像，许许多多小塑样——一只胳膊，一只手，有的只是一只手指或者指节；他已动工而搁下的雕像，堆着草图的桌子，一生不断的追求与劳作的地方。

罗丹罩上了粗布工作衫，因而好像就变成了一个工人。他在一个台架前停着。

"这是我的近作，"他说，把湿布揭开，现出一座女正身像，以黏土美好地塑成的。"这已完工了"，我想。

他退后一步，仔细看着，这身材魁梧、阔肩、白髯的老人。

但是在审视片刻之后，他低语着，"就在这肩上线条还是太粗。对不起……"

他拿起刮刀、木刀片轻轻滑过软和的黏土，给肌肉一种更柔美的光泽。他健壮的手动起来了；他的眼睛闪耀着。"还有那里……还有那里……"他又修改了一下，他走回去。他把台架转过来，含糊地吐着奇异的喉音。时而，他的眼睛高兴得发亮；时而，他的双眉苦恼地蹙着，他捏好小块的黏土，黏在像身上，刮开一些。

这样过了半点钟，一点钟……他没有再向我说过一句话。他忘掉了一切，除了他要创造的更崇高的形体的意象。他专注于他的工作，犹如在创世的太初的上帝。

最后，带着舒叹，他扔下刮刀，一个男子把披肩披到他情人肩上那种温存关怀般地把湿布蒙着女正身像。于是，他又转身要走，那身材魁梧的老人。

在他快走到门口之前，他看见了我。他凝视着，就在那时他才记起，他显然对他的失礼而惊惶。"对不起，先生，我完全把你忘记了，可是你知道……"我握着他的手，感谢地紧握着。也许他已领悟到我所感受到的，因为在我们走出屋子时他微笑了，用手搀着我的肩头。

在麦东那天下午，我学得的比在学校所有的时间都多。从此，我知道凡人类的工作必须怎样做，假如那是好而又值得的。

再没有什么像亲见一个人全然忘记时间、地方与世界那样使我感动。那时，我参悟到一切艺术与伟业的奥妙——专心，完成或大或小的事业的全力集中，把易于弥散的意志贯注在一件事情上的本领。

于是，我察觉我至今在我自己的工作上所缺少的是什么——那能使人除了追求完整的意志而外把一切都忘掉的热忱，一个人一定要能够把他自己完全沉浸在他的工作里。没有——我现在才知道——别的秘诀。

因小失大

[美国] 富兰克林

那时，我是个七岁的孩子。在一个假日里，同伴们往我口袋里装满了铜板。我立即向儿童玩具店跑去。路上，我瞧见别的孩子手里拿着哨子，哨子吹出的声音把我迷住了。我就把铜板统统掏出来，换了一只哨子。我回到家里，一蹦三跳地吹着哨子跑遍全屋，为此颇感得意，不想妨碍了一家人。我把买哨子所付的钱告诉兄姐和堂哥堂姐时，他们说，我付了四个哨子的钱，还对我说，多付的钱本来可以买许多好玩的东西。他们取笑我做了件蠢事，把我气恼得哭了起来。甚至一想到这件事，我所感到的差辱，超过哨子带给我的乐趣。

然而，这件事一直印在我的脑际，后来对我颇有益处。每当别人引诱我去买一些我用不着的东西时，我常常告诫自己，"别对哨子花太多的钱"，我把钱省了下来，及至长大成人，来到大千世界，观察人的举动，我想，我遇到了许许多多"对哨子付出了太多的钱"的人。有的人

本杰明·富兰克林（1706—1790年），18世纪美国最伟大的科学家和发明家，著名的政治家、外交家、哲学家、文学家和航海家以及美国独立战争的伟大领袖。

永/恒/的/经/典

渴望得到宫廷的青睐，把时间浪费在宫廷会议上，放弃休息、自由、美德、甚至朋友以求，我认为，"这种人对他的哨子付了过高的代价"。有的人争名夺利，时常参与政事，忽视自己的本职工作，最后因此而堕落，我认为，"这种人对他的哨子付出的代价实在太高"。

有的守财奴为了敛财致富，不惜置一切舒适、一切与人为善的快乐、别人对他的尊敬和友谊的欢乐于不顾，我说，"可怜的人啊，你为你的哨子付出了过高的代价。"专事寻欢作乐的人，不努力提高自己的志向或社会地位，忽视健康，只沉溺于眼前的良辰美景，我说，"错了，你这样做适得其反，在自找苦吃；你对你的哨子付出了过高的代价。"有的人热衷于修饰仪表，讲究衣着，欲置备美轮美奂的住宅、精雕细琢的家具和富丽堂皇的马车又力所不能及，结果债台高筑，"哎呀，"我感叹道，"他对他的哨子付出了太高太高的代价。"总而言之，人类一切痛苦之事，大都由于对事情的错误估价，亦即"对他们的哨子付出过高的代价"——因小失大。

英国乡村

[美国] 欧文

一位异邦人士而欲对英人的性格有所了解。绝不可以将自己的见闻局限于其首都一地。他必须深入农村；必须走访各地的乡镇村屯；观看那里的古堡、别墅、田舍、茅屋；穿越树篱绿径；瞻谒乡村教堂；另外各类守夜赛会以及村间的喜庆宴乐他也都应赶赴一观；他还必须对一般人的生活状况、风俗习性乃至其喜怒哀乐等等都有所理解。

在某些国家，都市便是这个国家的繁华富庶所在，是那里文采风流典章人物的荟萃之地，而乡村则属较为粗陋的地方。在英国，情形刚刚好相反，大都会只是上流社会的临时聚集之所或定期会晤之地；他们一年一度地来到这里，恣情尽性于种种声色耳目之娱，而数月一过，他们又重返其恬静自适的乡居生活，按此社会的各个阶层遍布于全帝国的每个角落。即使是穷乡僻壤，也完全见得着社会上的各色人等。

事实上，英国人对农村有着一种天然

华盛顿·欧文（1783—1859年），美国前期浪漫主义作家、散文家。他一生著作宏富，《纽约外史》是他的第一部重要作品，此外，他还写了颇具影响的游记散文《布雷斯勃列奇田庄》。散文故事《游客谈》，传记文学《华盛顿传》等优秀作品，它们都因内容新颖而又富民族特色赢得国际声誉。他也因此获"美国文学之父"的光荣称号。

感情。他们对于大自然的美最能领略，对于农田之事与乡居之乐也爱好最深。这种情愫仿佛是得诸天授。即使许多城中居民，虽然自幼出生成长于高楼闹市之间，一旦下到农村，却和那里毫不隔膜，能肩得起各类农田操作，一般富商也多在城郊附近筑有舒适的别墅，而他们从灌园种花、栽植果木中所得的乐趣之大与在这方面所下的辛苦之勤，往往殊不下于他们在城市里的操奇计赢，兴发利市。即使是那些命运不济，不得不在喧嚣嘈杂的市廛之中度其年华的人，也总要尽量在自己的周围植些花木，增添幽趣。城中哪怕最阴暗龌龊的地方，那里客厅的窗台上也总是摆满鲜花；家中一切可供栽植之地都辟作草圃花坛；每片空场则建成小型园林，而且构筑精雅，空翠怡人。

如果我们所接触的英人不出城市范围，我们对他们的印象便一定不佳。在这座大都会时，他不是杂务猬集，一心陷在公事当中，便是被那赴不完的约会弄得精力分散，感情枯竭。因而他每每给人以毫无空闲和心不在焉的感觉。这时即使你找见了他，他也是未及交谈，便又匆匆离去；当他正和你谈某一件事时，他的思想早又转到别处；而当他前来看望你时，他一边盘算的却是如何尽量缩短时间，以便趁中午以前再去几处人家。住在伦敦这类大的都市，什么人也要变得自私和乏趣的。至于在一些偶尔临时的会面当中，那便除了几句浮泛的客套之外，更是难得多说，这时他们的貌似冷酷只是他们性格的一个表面——至于蕴乎于其中的种种宽厚仁蔼品质一时还不暇充分焕发流溢出来。

但是乡间却是英人的天然感情得以真正发挥的广阔天地。这里他甘心情愿从城市的一切拘谨和客套之中摆脱出来，一反其平日的沉默习惯而变得欢欣舒畅。这时他丢掉一切束缚，而把上流社会的种种赏心乐事全部聚集在自己身边。他的别业之中具备着各方面的有利条件，无论潜心读书、艺术享受与野外活动，在这里样样都办得到。书画音乐乃至犬马与各类打猎器械在这里件件俱不缺乏。另外他不论对自己对客人都不加任何限制，而是本着其东道之谊，尽量提供种种娱乐的方便而已，以使客人得以各随所好，自得其乐。

英人在其农田耕作上以及所谓的园林景观上所表现的才情之高，实在无法比拟。他们对于自然人有研究，对于她的一切形式之美与配合之妙可说领会深刻，烂熟于胸。大自然的这种天生风韵在其他国中只不过被浪抛或散见在各处荒郊僻野之间，但在这里却被敛藏收聚在人们的家园附近。他们似乎把天地间的一切仙姿灵态旖旎风光全都捕捉在手，然后凭其点化之妙，使之再现于自己的宅边篱旁。

英国园林景物的妍丽确实天下无双。那里真是处处芳草连天，翠绿匝地，其间巨树蓊郁，浓荫翳日；在那悄静的林薮与空旷处，不时可以瞥见结队漫游的鹿群、四处窜逸的野兔与突然扑簌而起的山鸡；一湾清溪，蜿蜒迂回，极具天然曲折之美，时而又汇潴为一带晶莹的湖面；远处幽潭一泓，林木倒映其中，随风摇漾，把水面的落叶轻轻送入梦乡，而水下的鳟鱼，往来疾迅，正腾跃戏舞于澄澈的素波之间；周围的一些破败的庙宇雕像，虽然粗鄙简陋，霉苔累累，却也给这个幽僻之境平添了某种古拙之美。

这些还不过是园林之胜的一斑；其中最使我艳羡不置的则是英人那种善于把许多平淡之极的普通住处点缀入妙的独具匠心。几间粗陋的房屋，一片毫无佳胜的窄地，一旦到了一位有艺术气质的英国人手里，都不愁把它变作一座人间福地。凭着他那精于去取的明敏目光，他马上便相中了这里的一切可能，于是整个布局在他可谓已胸有丘壑。原来的荒芜贫瘠在他的手下迅速变得葱茏可爱；然而这一切效果又仿佛得之天然。某些树木的当植当培，当剪当伐；某些花卉的当疏当密，杂错间置，以成清荫敷秀，花影参差之趣；何处须巧借地形，顺势筑坡，以收芳草连绵、菌茵席地之效；何处又宜少见轩敞，别有洞天，使人行经其间得以远眺天青，俯瞰波碧：所有这一切确曾煞费意匠心血，但同时又丝毫不露惨淡经营的痕迹，正像一帧名作名作脱稿之前那画师的奇绝而浑成的点睛之笔。

富人雅士的精筑别业之美又浸假而传至下层社会，因而在整个乡间蔚成风气。甚至以种地为生的贫苦农民，家中不过茅屋数椽，土地有限，也无不力争上游，把个居处内外精心美化。他们家家把树篱剪得整齐，门前蓄上美丽草坪，小巧的花坛周围环以黄杨，壁上爬满忍冬，花萼葳蕤，悬垂檐下，倩影罩窗，窗台之上盆花簇簇，五色绚烂，环室则广植冬青；置身其间，恍然有冬去春回之感，而进入室内，熊熊壁炉之侧却又清荫片片，满眼凉绿，与炉火相映成趣；这一切都无不是风气所渐，上行下效而致。如果诗人所歌咏的爱神也肯降尊光莅人间草舍茅屋的话，那怕唯有英国的农民之家当得起仙人一顾。

乡间劳作并无丝毫低下可鄙之处。它将不断把人带入到宏伟壮丽的天然景物之中，于是在那最为纯洁与最为高尚的外界影响的陶冶之下，不能不使他们的心灵深受启迪。一个生长在这种环境的人，简单和粗糙则或许有之。但却不会是俗不可耐。因此一位风雅之士在与乡村里的这些人们交谈时，往往并不觉其有任何反感之处，这与他们和城市下层人们往来时所获得的印象迥乎不同。这时他往往一反平日的矜持与缄默，不顾地位差别，而甘愿与人共享那里的纯朴之乐。另外，乡间的那些娱乐也的确使人们易于接近；逐猎时的号角声与犬吠声最容易把人们的感情融成一片。这点，我认为，正是英国的贵族乡绅与一般村民之间尚没有完全陷入其他国家的田园作家之中的那种不可终日的原因之一；而后者尽管身上压迫重重，生计竭蹶，然而面对这财富与享受在分配上的如此不公却一般来说积怨较小，其原因想也在此。

这点同样也见之于文学方面：那流贯于全部英国文学之中的丰厚的乡土感情；农村事物在作家笔端的频频出现；那些自乔叟的《花与叶》以来，英国诗人关于自然风光所作的巨量精彩描写，因而使那青葱欲滴的田园景色至今余香盈溢，浥透我们的书卷几案，这一切也无不与社会上下层之间的交往频仍有关。其他国家的田园作家对于大自然仿佛只是偶一光顾，另外对它的风貌的领略也较嫌一般；但是英国诗人与大自然却能朝夕相处，曲心绸缪——他们寻访过她那幽邃隐秘的居处，研究过她那最变幻无定的神情，因而即使天地间再细微不过的事物——一枝临风摇曳的柔条——一片扑簌坠地的落叶——一滴鸣溅溪涧的清露——一缕发自野花的幽香——一朵猩红绽露凌晨吐放的雏菊——这一切都逃不脱那多情而细腻的观察者的目光，然后信手拈来，著成饶有佳谛的优美篇什。

才俊之士在农事上所表现的一番热忱对于该国的面貌确实不无巨大影响。这个岛国的地势一般本来过嫌平直，如若不靠人工点缀，只能予人以平庸单调之感。但是今天则不然，全境到处宫堡错叠，园林遍地，仿佛珠嵌翠饰一般，极擅景观之盛。这里的天然景物原不属于宏伟壮丽一类，它的秀美主要来自那恬澹幽细的田园风光。这里的每座古老农舍、每间苔痕满阶的茅屋都是一幅美丽的图画；这里的往来通路迂回曲折，丛林绿篱时隐时现，无边的绮丽光风逶迤不绝，夺人魂魄，行经其中，不能不令人心旷神怡。

然而英国景物的最大迷人之处却在浸透于期间的一种道德之美。这种美感在人们心中所唤起的联想则是秩序，是安详，是审慎与持重，是历时悠久的传统与自古尊崇的风习。这里的每件事物似乎都是在这种安定和平的环境下长期孕育所形成。这里的古老教堂便属于早期建筑，门廊低矮厚重，钟楼挺拔巍峨，门窗嵌满五色玻璃，彩饰华美，而又保护完好，迄今无损，而周遭则碑物林立，为纪念昔日的将士与闻人所建，这些，便当今这块国土主人的祖先，而累累坟冢又是它历代坚毅茁壮的自由民的见证，至今他们的子孙仍然耕种着同一的土地，崇奉着同一的信仰；这里的牧师住宅，形状最为奇特不一，其中一部分显属过去建筑，但长期以来，数易其主，兼之风尚不同，许多地方早因屡经翻修面目全非；自这里的墓地出来，一路平畴绿篱，景色宜人，土地虽各自有主，但依照乡间旧习，人们也尽可自由通行；及至邻村，枳篱茅舍，古雅可爱，绿树荫下，草地处处，想必是当年先人们的游乐嬉戏之地；附近古旧巨宅一座，超然独立，大有卵翼全境之势：总之，这些随处可见的寻常景观处处都给人以一种淡泊宁静、安全无虞之感，同时也是淳朴之风与乡土之情赖以世代相传的不绝渊源。凡此种种，都与这个国家的道德风尚关系深厚。

每逢星期日的清晨，当那优美的钟声正一阵阵地飘过田野，村里农民个个服装鲜艳，肤色红润，欢欣愉快地结伴走向通往教堂的绿径时，那景象看来实在令人心悦，尤其动人的是农村的夕暮，这时家家都高高兴兴地欢聚在自己的家宅门前，赏玩光景，而周围的一切点缀装饰，一草一木，无不是出于自己的亲手所栽，置身其间，也颇怡然自得。

正是这可爱的家园之乐，这对自己乡土景物的温馨恬适的感情给人们带来了最谦和的美德与最淳朴的乐趣。这点，在一位现代英国诗人的笔下表达得最为透辟，这里合当引来作结，以足本篇未尽之意。诗云：

不论是那堡邸之内的豪华的殿堂，
都市嵯峨的拱顶，绿树荫翳的别墅，

还是那乡镇村落之间的千家万户，
其中居住着不愁吃着的中产阶级，
还是那溪涧林麓之旁的蓬门庐舍，
这一切都汇集成西岛的无限风光，
而西岛也正为这风光而驰名远近。
但是它的最大妙处却在家室之乐；
它温柔敦厚，仿佛一只纯洁的白鸽
（何况更有荣誉与爱抚在一旁呵护）
它能把飞遍天上人间觅到的快乐，
完全聚集在这个小小的安乐之窝；
它能在逃脱掉那整个的世界之后，
自成一个世界，而且是极乐世界；
这里除渴望邀获上苍的垂怜以外，
一切快然自足，再不须要其他见证，
它像潜藏在深山隐处的一朵小花，
时而嫣然一笑，但却始终仰面向天。

寂 寞

[美国] 梭罗

　　这是一个愉快的傍晚，当全身只有一个感觉，每一个毛孔中浸润着喜悦。我在大自然里以奇异的自由姿态来去，成了她自己的一部分。我只穿衬衫，沿着硬石的湖岸走，天气虽然寒冷，多云又多风，也没有特别分心的事，那时天气对我异常地合适。牛蛙鸣叫，邀来黑夜，夜莺的乐音乘着吹起涟漪的风从湖上传来。摇曳的赤杨和白杨，激起我的情感使我几乎不能呼吸了；然而像湖水一样，我的宁静只有涟漪而没有激荡。和如镜的湖面一样，晚风吹起来的微波是谈不上什么风暴的。虽然天色黑了，风还在森林中吹着，咆哮着，波浪还在拍岸，某一些动物还在用它们的乐音催眠着另外的那些，宁静不可能是绝对的。最凶狠的野兽并没有宁静，现在正找寻它们的牺牲品；狐狸、臭鼬、兔子，也正漫游在原野上，在森林中，它们却没有恐惧，它们是大自然的看守者，——是连接一个个生气勃勃的白昼的链环。

　　等我回到家里，发现已有访客来过，他们还留下了名片呢，不是一束花，便是一个常春树的花环，或用铅笔写在黄色的胡桃叶或者木片上的一个名字。不常进入森林的人常把森林中的小玩意儿一路上拿在手里玩，有时故意，有时偶然，把它们留下了。有一位剥下了柳树皮，做成一个戒指，丢在我桌上。在我出门时有没有客人来过，我总能知道，不是树枝或青草弯了，便是有了鞋印，一般说，从他们留下的微小痕迹里我还可以猜出他们的年龄、性别和性格；有的掉下了花朵，有的抓来一把草、又扔掉，甚至还有一直带到半英里外的铁路边才扔下的呢；有时，雪茄烟或烟斗味道还残留不散。常常我还能从烟斗的香味注意到八十杆之外公路上行经的一个旅行者。

　　我们周围的空间该说是很大的了。我们不能一探手就触及地平线。蓊郁的森林或湖沼并不就在我的门口，中间总还有着一块我们熟悉而且由我们使用的空地，多少整理过了，还围了点篱笆，它仿佛是被从大自然的手里夺取得来的。为了什么理由，我要有这么大的范围和规模，好多平方英里的没有人迹的森林，遭人类遗弃而为我所私有了呢？最接近我的邻居在一英里外，看不到什么房子，除非登上那半里之外的小山山顶去瞭望，才能望见一点儿房屋。我的地平线全给森林包围起来，专供我自个享受，极目远望只能望见那在湖的一端经过的铁路和在湖的另一端沿着山林的公路边上的篱笆。大体说来，我居住的地方，寂寞得跟生活在大草原上一样。在这里离新英格兰也像离亚洲和非洲一样遥远。可以说，我有我自己的太阳、月亮和星星，我有一个完全属于我自己的小世界。从没有一个人在晚上经过我的屋子，或叩我的门，我仿佛是人类中的第一个人或最后一个人；除非在春天里，隔了很长久的时候，有人从村里来钓鳘鱼，——在瓦尔登湖中，很显然他们能钓到的只是他们自己的多种多样的性格，而钩子只能钓到黑夜而已——他们立刻都撤走了，常常是鱼篓很轻地撤退的，又把"世界留给黑夜和我"，而黑夜的核心是从没有被任何人类的邻居污染过的。我相信，人们通常还都有点儿害怕黑暗，虽然妖巫都给吊死了，基督教和蜡烛火也都已经介绍过来。

然而我有时经历到，在大自然的任何事物中，都能找到最甜蜜温柔，最天真和鼓舞人的伴侣，即使是对于愤世嫉俗的可怜人和最最忧悒的人也一样。只要生活在大自然之间而还有五官的话，便不可能有很阴郁的忧虑。对于健全而无邪的耳朵，暴风雨还只是伊奥勒斯的音乐呢。什么也不能正当地迫使单纯而勇敢的人产生庸俗的伤感。当我享受着四季的友爱时，我相信，任什么也不能使生活成为我沉重的负担。今天佳雨洒在我的豆子上，使我在屋里待了整天，这雨既不使我沮丧，也不使我抑郁，对于我可还是好的呢。虽然它使我不能够锄地，但比我锄地更有价值。如果雨下得太久，使地里的种子，低地的土豆烂掉，它对高地的草还是有好处的，既然它对高地的草很好，它对我也是很好的了。有时，我把自己和别人作比较，好像我比别人更得诸神的宠爱，比我应得的似乎还多呢；好像我有一张证书和保单在他们手上，别人却没有，因此我受到了特别的引导和保护。我并没有自称自赞，可是如果可能的话，倒是他们称赞了我。我从不觉得寂寞，也一点不受寂寞之感的压迫，只有一次，在我进了森林数星期后，我怀疑了一小时，不知宁静而健康的生活是否应当有些近邻，独处似乎不很愉快。同时，我却觉得我的情绪有些失常了，但我似乎也预知我会恢复到正常的。当这些思想占据我的时候，温和的雨丝飘洒下来，我突然感觉到能跟大自然做伴是如此甜蜜如此受惠，就在这滴答滴答的雨声中，我屋子周围的每一个声音和景象都有着无穷尽无边际的友爱，一下子这个支持我的气氛把我想象中的有邻居方便一点的思潮压下去了，从此之后，我就没有再想到过邻居这回事。每枝小小松针都富于同情心地胀大起来，成了我的朋友。我明显地感到这里存在着我的同类，虽然我是在一般所谓凄惨荒凉的处境中，然则那最接近于我的血统，并最富于人性的却并不是一个人或一个村民，从今后再也不会有什么地方会使我觉得陌生的了。

　　"不合宜的哀恸消蚀悲哀；在生者的大地上，他们的日子很短，托斯卡尔的美丽的女儿啊。"

　　我的最愉快的若干时光在于春秋两季长时间的暴风雨当中，这弄得我上午下午都被禁闭在室内，只有不停止的大雨和咆哮安慰着我；我从微明的早起就进入了漫长的黄昏，其间有许多思想扎下了根，并发展了它们自己。在那种来自东北的倾盆大雨中，村中那些房屋都受到了考验，女佣人都已经拎了水桶和拖把，在大门口阻止洪水侵入，我坐在我小屋子的门后，只有这一道门，却很欣赏它给予我的保护。在一次雷阵雨中，曾有一道闪电击中湖对岸的一株苍松，从上到下，划出一个一英寸，或者不止一英寸深，四五英寸宽，很明显的螺旋形的深槽，就好像你在一根手杖上刻的槽一样。那天我又经过了它，一抬头看到这一个痕迹，真是惊叹不已，那是八年以前，一个可怕的、不可抗拒的雷霆留下的痕迹，现在却比以前更为清晰。人们常常对我说，"我想你在那儿住着，一定很寂寞，总是想要跟人们接近一下的吧，特别在下雨下雪的日子和夜晚。"我喉咙痒痒的真想这样回答，——我们居住的整个地球，在宇宙之中不过是一个小点。那边一颗星星，我们的天文仪器还无法测量出它有多么大呢，你想想它上面的两个相距最远的居民又能有多远的距离呢？我怎会觉得寂寞？我们的地球难道不在银河之中？在我看来，你提出的似乎是最不重要的问题。怎样一种空间才能把人和人群隔开而使人感到寂寞呢？我已经发现了，两条腿无论怎样努力也不能使两颗心灵更形接近。我们最愿意和谁紧邻而居呢？人并不是都喜欢车站哪，邮局哪，酒吧间哪，会场哪，学校哪，杂货店哪，烽火山哪，五点山哪，虽然在那里人们常常相聚，人们倒是更愿意接近那生命的不竭之源泉的大自然，在我们的经验中，我们时常感到有这么个需要，好像水边的杨柳，一定向了有水的方向伸展它的根。人的性格不同，所以需要也很不相同，可是一个聪明人必须在不竭之源泉的大自然那里挖掘他的地窖……有一个晚上在走向瓦尔登湖的路上，我赶上了一个市民同胞，他已经积蓄了所谓的"一笔很可观的产业"，虽然我从没有好好地看到过它，那晚上他赶着一对牛上市场去，他问我，我是怎么想出来的，宁肯抛弃这么多人生的乐趣？我回答说，我确信我很喜欢我这样的生活；我不是开玩笑。便这样，我回家，上床睡了，让他在黑夜泥泞之中走路走到布赖顿去——或者说，走到光亮城里去——大概要到天亮的时候才能走到那里。

对一个死者说来，任何觉醒的，或者复活的景象，都使一切时间与地点变得无足轻重。可能发生这种情形的地方都是一样的，对我们的感官是有不可言喻的欢乐的。可是我们大部分人只让外表上的、很短暂的事情成为我们所从事的工作。事实上，这些是使我们分心的原因。最接近万物的乃是创造一切的一股力量。其次靠近我们的宇宙法则在不停地发生作用。再其次靠近我们的，不是我们雇用的匠人，虽然我们欢喜和他们谈谈说说，而那个木匠，我们自己就是他创造的作品。

"神鬼之为德，其盛矣乎"。

"视之而弗见，听之而弗闻，体物而不可遗"。

"使天下之人，斋明盛服，以承祭祀，洋洋乎，如在其上，如在其左右"。

我们是一个实验的材料，但我对这个实验很感兴趣。在这样的情况下，难道我们不能够有一会儿离开我们的充满了是非的社会，——只让我们自己的思想来鼓舞我们？孔子说得好，"德不孤，必有邻。"

有了思想，我们可以在清醒的状态下，欢喜若狂。只要我们的心灵有意识地努力，我们就可以高高地超乎任何行为及其后果之上；一切好事坏事，就像奔流一样，从我们身边经过。我们并不完全是纠缠不清在大自然之内的。我可以是急流中一片浮木，也可以是从空中望着下面的因陀罗。看戏很可能感动了我；而另一方面，和我生命更加攸关的事件却可能不感动我。我只知道我自己是作为一个人而存在的；可以说我是反映我思想感情的一个舞台面，我多少有着双重人格，因此我能够远远地看自己犹如看别人一样。不论我有如何强烈的经验，我总能意识到我的一部分在从旁批评我，好像它不是我的一部分，只是一个旁观者，并不分担我的经验，而是注意到它：正如他并不是你，他也不能是我。等到人生的戏演完，很可能是出悲剧，观众就各自走了。关于这第二重人格，这自然是虚构的，只是想象力的创造，但有时这双重人格很容易使别人难于和我们作邻居，交朋友了。

　　大部分时间内，我觉得寂寞是有益于健康的。有了伴儿，即使是最好的伴儿，不久也要厌倦，弄得很糟糕。我爱孤独。我没有碰到比寂寞更好的同伴了。到国外去厕身于人群之中，大概比独处室内，格外寂寞。一个在思想着在工作着的人总是单独的，让他爱在哪儿就在哪儿吧，寂寞不能以一个人离开他的同伴的里数来计算。真正勤学的学生，在剑桥大学最拥挤的蜂房内，寂寞得像沙漠上的一个托钵僧一样。农夫可以一整天，独个儿地在田地上，在森林中工作，耕地或砍伐，却不觉得寂寞，因为他有工作；可是到晚上，他回到家里，却不能独自在室内沉思，而必须到"看得见他的家里人"的地方消遣一下，照他的想法，是用以补偿他一天的寂寞；因此他很奇怪，为什么学生们能整日整夜坐在室内不觉得无聊与"忧郁"；可是他不明白虽然学生在室内，却在他的田地上工作，在他的森林中采伐，像农夫在田地或森林中一样，过后学生也要找消遣，也要社交，尽管那形式可能更加凝练些。

　　社交往往廉价。相聚的时间之短促，来不及使彼此获得任何新的有价值的东西。我们在每日三餐的时间里相见，大家重新尝尝我们这种陈腐乳酪的味道。我们都必须同意若干条规则，那就是所谓的礼节和礼貌，使得这种经常的聚首能相安无事，避免公开争吵，以至面红耳赤。我们相会于邮局，于社交场所，每晚在炉火边；我们生活得太拥挤，互相干扰，彼此牵绊，因此我想，彼此已缺乏敬意了。当然，所有重要而热忱的聚会，次数少一点也够了。试想工厂中的女工，——永远不能独自生活，甚至做梦也难于孤独。如果一英里只住一个人，像我这儿，那要好得多。人的价值并不在他的皮肤上，所以我们不必要去碰皮肤。

我曾听说过，有人迷路在森林里，倒在一棵树下，饿得慌，又累得要命，由于体力不济，病态的想象力让他看到了周围有许多奇怪的幻象，他以为它们都是真的。同样，在身体和灵魂都很健康有力的时候，我们可以不断地从类似的，但更正常、更自然的社会得到鼓舞，从而发现我们是不寂寞的。

我在我的房屋中有许多伴侣；特别在早上还没有人来访问我的时候。让我来举几个比喻，或能传达出我的某些状况。我并不比湖中高声大笑的潜水鸟更孤独，我并不比瓦尔登湖更寂寞。我倒要问问这孤独的湖有谁做伴？然而在它的蔚蓝的水波上，却有着不是蓝色的魔鬼，而是蓝色的天使呢。太阳是寂寞的，除非乌云满天，有时候就好像有两个太阳，但那一个是假的。上帝是孤独的，——可是魔鬼就绝不孤独；他看到许多伙伴；他是要结成帮的。我并不比一朵毛蕊花或牧场上的一朵蒲公英寂寞，我不比一张豆叶，一枝酢浆草，或一只马蝇，或一只大黄蜂更孤独。我不比密尔滨，或一只风信鸡，或北极星，或南风更寂寞，我不比四月的雨或正月的融雪，或新屋中的第一只蜘蛛更孤独。

在冬天的长夜里，雪狂飙，风在森林中号叫的时候，一个老年的移民，原先的主人，不时来拜访我，据说瓦尔登湖还是他挖了出来，铺了石子，沿湖种了松树的；他告诉我旧时的和新近的永恒的故事；我们俩这样过了一个愉快的夜晚，充满了交际的喜悦，交换了对事物的惬意的意见，虽然没有苹果或苹果酒，——这个最聪明而幽默的朋友啊，我真喜欢他，他比谷菲或华莱知道更多的秘密；虽然人家说他已经死了，却没有人指出过他的坟墓在哪里。还有一个老太太，也住在我的附近，大部分人根本看不见她，我却有时候很高兴到她的芳香的百草园中去散步，采集药草，又倾听她的寓言；因为她有无比丰富的创造力，她的记忆一直追溯到神话以前的时候，她可以把每一个寓言的起源告诉我，哪一个寓言是根据了哪一个事实而来的，因为这些事都发生在她年轻的时候。一个红润的、精壮的老太太，不论什么天气什么季节她都兴致勃勃，看样子要比她的孩子活得还长久。

太阳，风雨，夏天，冬天，——大自然的不可描写的纯洁和恩惠，他们永远提供这么多的康健，这么多的欢乐！对我们人类这样地同情，如果有人为了正当的原因悲痛，那大自然也会受到感动，太阳黯淡了，风像活人一样悲叹，云端里落下泪雨，树木到仲夏脱下叶子，披上丧服。难道我不该与土地息息相通吗？我自己不也是一部分绿叶与青菜的泥土吗？

是什么药使我们健全、宁静、满足的呢？不是你我的曾祖父的，而是我们的大自然曾祖母的，全宇宙的蔬菜和植物的补品，她自己也靠它而永远年轻，活得比许多的老伴儿们更长久，用他们的衰败的肥胖更增添了她的康健。不是那种江湖医生配方的用冥河水和死海海水混合的药水，装在有时我们看到过装瓶子用的那种浅长形黑色船状车子上的药瓶子里，那不是我的万灵妙药，还是让我来喝一口纯净的黎明空气。黎明的空气啊！如果人们不愿意在每日之源喝这泉水，那么，啊，我们必须把它们装在瓶子内；放在店里，卖给世上那些失去黎明预订券的人们。可是记着，它能冷藏在地窖下，一直保持到正午，但要在那以前很久就打开瓶塞，跟随曙光的脚步西行。我并不崇拜那司健康之女神，她是爱斯库拉彼斯这古老的草药医师的女儿，在纪念碑上，她一手拿了一条蛇，另一只手拿了一个杯子，而蛇时常喝杯中的水；我宁可崇拜古希腊神话中的大神朱庇特的执杯者希勃，这青春的女神，为诸神司酒行觞，她是朱诺和野生莴苣的女儿，能使神仙和人返老还童。她也许是地球上出现过的最健康、最强壮、身体最好的少女，无论她到哪里，那里便成了春天。

我的梦中城市

[美国]德莱塞

西奥多·德莱塞（1871—1945年），美国作家。1900年开始文学创作，《嘉丽妹妹》和《珍妮姑娘》是他最早的两部长篇小说。1923年出版散文集《一个大城市的色彩》；1925年发表长篇小说《美国的悲剧》。他的作品还有长篇小说《堡垒》和《欲望》三部曲（《金融家》《巨人》《斯多噶》），中短篇小说集《女性群像》以及政论《悲剧在美国》《和艺术家呼吁》等。

它是沉默的，我的梦中城市，清冷的、静穆的，大概由于我实际上对于群众、贫穷及像灰砂一般刮过人生道途的那些缺憾的风波风暴都一无所知的缘故。这是一个可惊可愕的城市，这么的大气魄，这么的美丽。这么的死寂。有跨过高空的铁轨，有像峡谷的街道，有大规模升上壮伟城市的楼梯，有下通深处的踏道，而那里所有的，却奇怪得很，是下界的沉默。又有公园、花卉、河流。而过了二十年之后，它竟然在这里了，和我的梦差不多一般可惊可愕，只不过当我醒时，它是罩在生活的骚动底下的。它具有角逐、梦想、热情、欢乐、恐怖、失望等等的哗鸣。通过它的道路、峡谷、广场、地道，是奔跑着、沸腾着、闪烁着、朦胧着，一大堆的存在，都是我的梦中城市从来不知道的。

关于纽约，——其实也可以说关于任何大城市，不过说纽约更加确切，因为它曾经是而且仍旧是大到这么与众不同的，——在从前也如在现在，那使我感到兴味的东西，就是它显示于迟钝和乖巧，强壮和薄弱，富有和贫穷，聪明和愚昧之间的那种十分鲜明而同时又无限广泛的对照。这之中，大概数量和机会上的理由比任何别的理由都占得多些，因为别处地方的人类当然也并无两样。不过在这里，所得从中挑选的人类是这么的多，因而强壮的或那种根本支配着人的，是这么这么的强壮，而薄弱的是那么那么的薄弱——又那么那么的多。

我有一次看见一个可怜的、一半失了神的而且打皱得很厉害的小小缝衣妇，住在冷街上一所分租房子厅堂角落的夹板房里，用着一个放在柜子上的火酒炉子在做饭。在那间房的四周，也有着充分空间可以大大地跨三步。

"我宁可住在纽约这种夹板房里，不情愿住乡下那种十五间房的屋子。"她有一次发过这样的议论，当时她那双可怜的没有颜色的小眼睛，包含着那么的光彩和活气，是我在她身上从来不曾看见过，也从来不再见到的。她有一种方法贴补她的缝纫的收入，就是替那些和她自己一般下等的人在纸牌、茶叶、咖啡渣之类里面望运气，告诉许多人说要有恋爱和财气了，其实这两项东西都是他们永远不会见到的。原来那个城市的色彩、声音和光耀，就只叫她见识见识，也就足够赔补她一切的不幸了。

而我自己也不曾感觉到过那种炫耀吗？现在不也还是感觉到吗？百老汇路，当四十二条街口，在这些始终如一的夜晚，城市是被西部来的如云的游览闲人所拥挤。所有的店门都开着，差不多所有酒店的窗户都张得大大，让那种太没事干的过路人可以看望。这里就是这个大城市，而它是醉态的，梦态的。一个五月或是六月的月亮将要像擦亮的银盘一样高高挂在高墙间，一百乃至一千面电灯招牌将在那里眨眼。穿着夏衣戴着漂亮帽子的市民和游人的潮水；载着无穷货品震荡着去尽无足重轻的使命的街车；像嵌宝石的苍蝇一般飞来飞去的出租汽车和私人汽车。就是那轧士林也贡献了一种特异的香气。生活在发泡，在闪耀；漂亮的言谈，散漫的材料。百老汇路就是这样的。

还有那五马路，那条歌唱的水晶的街，在一个有市面的下午，无论春夏秋冬，总是一般热闹。当正二三月间，春来欢迎你的时候，那条街的窗口都拥塞着精美无遮的薄绸以及各色各样的缥缈玲珑的饰品，还再有什么能一样分明地报告你春的到来吗？十一月一开头，它便歌唱起棕榈机、新开港以及热带和暖海的大大小小的快乐。及至十二月，那么同是这条马路上又将皮货、地毯，跳舞和宴会的时候，陈列得多么傲慢，对你大喊着风雪快要来了，其实你那时从山上或海边回来还不到十天哩。你看见这么一幅图画，看见那些划开了上层的住宅，总以为全世界都是非常的繁荣、独出而快乐的了。然而，你倘使知道那个俗艳的社会的矮丛，那个介于成功的高树之间的徒然生长的乱莽和丛簇，你就觉得这些无边的巨厦里面并没有一桩社会的事件是完美而沉默的了！

我常常想到那庞大数量的下层人，那些除开自己的青春和志向之外再没有东西推荐他们的男孩子和女孩子，日日时时将他们的面孔朝着纽约，侦察着那个城市能够给他们怎样的财富或名誉，不然就是未来的位置和舒适，再不然就是他们将可收获的无论什么。啊，他们的青春的眼睛是沉醉在它的希望里了！于是，我又想到全世界一切有力的和半有力的男男女女们，在纽约以外的什么地方勤劳着这样那样的工作——一爿店铺，一个矿场，一家银行，一种职业。——唯一的志向就是要去达到一个地位，可以靠他们的财富进入而留居纽约，支配着大众，而在他们认为是奢侈的里面奢侈着。

你就想想这里面的幻觉吧，真是深刻而动人的催眠术哩！强者和弱者，聪明人和愚蠢人，心的贪馋者和眼的贪馋者，都怎样的向那庞大的东西寻求忘忧草，寻求迷魂汤。我每次看见人似乎愿意拿出任何的代价——拿出那样的代价——去求一啜这口毒酒，总觉得十分惊奇。他们是展示着怎样一种刺人的颤抖的热心。怎样的美愿意出卖它的花，德行出卖它的最后的残片，力量出卖它所能支配范围里面一个几乎是高利贷的部分，名誉和权力出卖它们的尊严和存在，老年出卖它的疲乏的时间，以求获得这一切之中的不过一个部分，以求赏一赏它的颤动的存在和它造成的图画。你几乎不能听见他们唱它的赞美歌吗？

假如给我三天光明

[美国] 海伦·凯勒

我们都曾读到过这样激动人心的故事。故事的主角能活下去的时间已经很有限了，有的可以长到一年；有的却只有二十四小时。对于这位面临死亡的人打算怎样度过这最后的时日，我们总是感到很有兴趣的——当然，我说的是可以有选择条件的自由人，而不是待处决的囚犯，那些人的活动范围是有限的。

这一类的故事使我们深思，我们会想道：如果我们自己也处于同样的地位，该怎么办？人都是要死的，在这最后的时辰，应当做一点什么？体验点什么？和什么人往来？在回首往事的时候，什么使我们感到快乐？什么使我们感到遗憾呢？

我常想，如果每一个人在刚成年时都能突然聋盲几天，那对他可能会是 种幸福。黑暗会使他更加懂得视力之可贵；寂静会教育他懂得声音的甜美。

我曾多次考察过我有眼睛的朋友，想让他们体会到他们能看到些什么。最后，我有一位很要好的朋友来看我，她刚从森

海伦·凯勒（1880—1968年），美国一个传奇式的人物。一岁半时，因患猩红热变成聋盲人。7岁时，莎莉文老师教她用手触摸认字，并学会用嘴说话。后求学于剑桥女校和拉德克利夫学院，以优秀成绩毕业。1902年，她出版了第一本书《我生命的故事》，自此40年中，她写成了十多本著作，显示出惊人的毅力和渊博的学识。

林里散步回来。我问她发现了什么。"没有什么特别的。"她回答。好在我对这类的回答已经习惯了，因为很久以来，我就深信有眼睛的人所能看到的东西其实很少。否则，我是难以相信她的回答的。

我问我自己，在树林里走了一个小时，却没看到什么值得注意的东西，这难道可能么？我是个瞎子，但是我光凭触觉就能发现数以百计的有趣的东西。我能摸出树叶的精巧的对称图形，我的手带着深情抚摸银桦的光润的细皮，或者松树的粗糙凸凹不平的硬皮。在春天，我怀着希望抚摸树木的枝条，想找到一个芽蕾，那是大自然在冬眠之后苏醒的第一个朕兆。我感觉到花朵的美妙的丝绒般的质地，发现它惊人的螺旋形的排列——我又探索到大自然的一种奇妙之处。如果我幸运的话，在我把手轻轻地放在小树上时，还能偶然感到小鸟在枝头讴歌时所引起的欢乐的颤动。小溪的清凉的水从我撒开的指间流过，使我欣慰。松针或绵软的草叶铺成的葱茏的地毯比最豪华的波斯地毯还要可爱。春夏秋冬——在我身边展开，这对我是一出穷无尽的惊人的戏剧。这戏的动作是在我的指头上流过的。

我的心有时大喊大叫，想看到这一切。既然我单凭触觉就能获得这么多的快乐。视觉所能展示于人的，又会有多少！但是很显然，有眼睛的人看见的东西却很少。他们对充满这大千世界的色彩、形象、一动态所构成的广阔的画面习以为常。也许对到手的东西漠然置之，却在追求自己所没有的东西，是人之常情吧。但是，在有光明的世界里，视觉的天赋只是被当成一种方便，而不是当作让生命更加充实的手段，这毕竟是令人非常遗憾的事。

为了最好地说明问题，不妨让我设想一下，如果我能有，比如说，三天的视力，我最希望看到什么东西。在我设想的时候，你也不妨动动脑子，设想一个如果你也只能有三天视力，你打算看见些什么。如果你知道第三天的黄昏之后，太阳便再也不会为你升起的话，你将如何使用这宝贵的三天呢？你最渴望看见的东西是什么呢？

如果由于某种奇迹，我能获得三天视力，然后再回到黑暗中去的话，我将把这段时间分作三个部分。

在第一天，我将看看那些以他们的慈爱、温情和友谊使我的生命值得活下去的人。首先我一定要长久地打量我亲爱的老师安妮·沙莉文·梅西太太。是她在我孩提时代来到我的身边，为我开启了外部世界的大门。我不但要细看她的面部的轮廓，让它存留在我的记忆里，而且要研究她那张面孔，找出生动的证据，说明她在完成对我的教育这项艰苦的任务时所表现出来的温和与耐性。我要从她的眼里看见她性格的力量。那力量使她坚强地面对困难。我还要看到她在我面前常常流露的对人类的同情。如何通过"灵魂的窗户"眼睛看到朋友的心灵深处，我是不懂得的。我只能通过指尖探索到人们面部的轮廓。我能感到欢笑、悲伤和许多明显的感情。我是通过触摸他们的面部认识我的朋友的……

我很熟悉在我身边的朋友，因为成年累月的交往让他们把自己的各个侧面都呈现在我的面前。然而对于偶然结识的朋友，我却只有通过握手，通过指尖摸他唇上的话句，和他们在我的掌心里的点划，得到一点不完全的印象。

你们有眼睛的人只需通过观察细微的表情：肌肉的震颤、手的动作，便能迅速地把捉住另一个人的基本性格，那是多么轻松，多么方便啊！

但是，你曾想过用你的眼睛去深入观察朋友或熟人的内在性格没有呢？你们大部分有眼睛的人，对人家的面孔是不是经常只随意看到一点外部轮廓就放过去了呢？……

有眼睛的人对身边的日常事物很快就习以为常了。他们实际上只看到惊人的和特别触目的部分。而且就是在特别触目的景象面前，他们的眼睛也是懒惰的。每天的法庭记录都说明"证人"们的眼睛是多么的不准。同一个事件有多少个"证人"，就会有多少个不同的印象。有的人比别的人看到的多一些，然而能把他们视觉范围内的东西全看到的人却寥寥无几。

啊！如果我有三天视力，我能看到多少东西啊！

第一天我一定很忙，我要把我所有的亲爱的朋友请来，久久地观看他们的面孔，把体现他们内心美的外部特征深深地印在我的心上。我还要细看婴儿的面庞。我要观察在个体认识到矛盾之前的强烈的天真的美那一矛盾是随着生命的发展而发展的。

我还想观察找那儿条忠心耿耿的狗的眼睛——庄重、老练的小苏格兰、小黑，还有高大结实、善解人意的大丹麦狗赫耳加。它们曾以热烈、温柔和快活的友谊给了我极大的安慰。

在最忙的第一天，我也想去看一看家里的琐碎简单的事物。我想看看我脚下的地毯的温暖的色彩，看看墙上的画，看看那些我所熟悉的琐碎的东西。是它们把一所房屋变成了家的。我的眼睛会带着敬意停留在我听读过的凸文书籍上，但是我恐怕会对对印刷出来给有眼睛的人读的书感到更加强烈的兴趣。因为在我的生命的漫长的黑夜之中，我所读过的书和别人为我"读"的书，已经构筑成了一座巨大的灿烂的灯塔。为我照亮了人的生命和精神的最深邃的航道。

在我有眼睛的第一天的下午，我要在树林里作一个漫长的散步，用大千世界的种种美景刺激我的眼帘。我要竭尽全力在几小时之内吸取那光辉广阔的场面——那对有眼睛的人永远展现的场面。在我从林间散步回来的路上。我走着的小径会从田野旁经过。我可以看到温驯的马翻耕着土地（说不定只看到一部拖拉机！），也可以看到那些紧靠泥土生活的人们怡然自得的神情。我还要祈祷让我看到一个绚丽多彩的落日。

黄昏降临之后，我还会体察到一种双重的欢乐。我能借助人造的光明来看到世界，在大自然命令出现黑暗的时候，人类却凭自己的聪明才智创造出了光明，延长了自己的视力。

在我有视力的第一个晚上，我大概会睡不着觉。我心里一定会充满了，对白天的丰富的回忆。

第二天——我有视力的第二天，我将和黎明同时起身，去观看那把黑夜变成白昼的令人惊心动魄的奇景。我要怀着敬畏的心情观看那宏伟浩瀚的、光华灿烂的景色，太阳就是用它唤醒了沉睡的地球的。

我要拿这一天迅速地纵观世界，观察它的过去和现在。我要看到人类进步的奇迹，看到万花筒一般的各个历史时代。我怎么能在一天之内看到这样众多的事物呢？当然得靠博物馆。我曾多次参观过纽约的自然历史博物馆。我曾用手触摸过那儿的展品。但是，我也曾希望用我的眼睛看见在那儿展出的地球和它的居民的简要的历史；我要看到在自己的天然环境里生长的动物和不同人种的人；看到恐龙和乳齿象的庞大的骸骨，它们在个子矮小但脑力强大的人类征服动物界之前许久曾在大地上漫游。我还要看到有关动物、人类、人类的工具的生动实际的展览品。人类利用工具在地球上为自己开辟了安全的家园。我还要看到自然史上的一千零一个其他方面。

我不知道本文的读者中有多少人曾在那动人的博物馆里看到过各类生物的广阔画面。当然，有许多人没有这样的机会，但是我相信不少人虽有这样的机会却没有加以使用。博物馆的确是一个值得你使用眼睛的地方。你们可以在那儿多日流连，得到丰富的教益。但我却只有想象中的三天，因此只能匆匆地看过就离开。

下一站我要到都会美术博物馆去。自然历史博物馆揭示了世界的物质面，美术博物馆则反映出了人类精神的千姿百态。在整个人类历史中，对于艺术表现的要求和对于吃、住、繁衍的要求一样强烈。在这儿，美术博物馆的宽大的展览室将通过古埃及、古希腊和古罗马的艺术展示出这些民族的精神世界。古尼罗河土地上的男女神灵的雕像，我的手指对它们是很熟悉的。我也曾触摸过巴底农神庙的壁饰浮雕的复制品。我曾体会到冲锋陷阵的雅典勇士们有节奏的美。阿波罗、维纳斯和萨莫特雷斯的有翅膀的胜利女神雕像，都是我指头尖上的朋友。荷马那疙里疙瘩的有胡须的面庞使我感到分外亲切，因为他也懂得瞎了眼睛的痛苦。

我的指头曾在古罗马和后世的生动的大理石雕像上流连。我曾抚摸过米开朗基罗的动人的英雄摩西的石膏像。我曾触摸到罗丹作品的气魄；我曾对哥德人的木雕所表现的虔诚肃然起敬。我能懂得这些能触摸到的艺术品，但是，它们本是用来看，而不是用来摸的。它们的美至今对我隐蔽着，我只能猜想。我能赞叹希腊花瓶的单纯的线条，但是它的形象装饰我却无法感受。

因此，在我有眼睛的第二天，我将通过观看人类的艺术去探索人类的灵魂。过去我凭触觉感受到的东西，现在我要用眼睛去看到了。更为绝妙的是整个绚丽的绘画世界——从带着平静的宗教献身精神的意大利原始绘画到具有狂热的想象的当代绘画，都将在我面前呈现出夺目的光彩。我要深入地观看拉斐尔、达·芬奇、提香、伦勃朗的画。我要饱览维隆尼斯的温暖的色调，研究厄尔·格勒柯的神奇，把捉珂罗笔下的大自然的新颖形象。啊，有眼睛的人们，在历代的艺术作品中，你们可以看到多么丰富的意义和美啊！

我在艺术殿堂的短暂的巡礼中所能看到的不过是向你们开放的艺术世界

的很小的一部分。我只能获得一个浮光掠影的印象。艺术家们告诉我，要想深入、真切地欣赏艺术，必须训练眼睛；要通过经验衡量线条、构图、形体和色彩的优劣。如果我有眼睛，我将多么乐于从事这种迷人的研究啊！然而，我却听说，在你们许多有眼睛的人眼中，艺术的世界却是一片没有被探索、照亮的混沌。

我离开都会美术博物馆时，一定十分留恋，那儿有通向美的钥匙——被那样地忽视了的美。不过，有眼睛的人们要寻求通向美的钥匙，并不一定要到都会美术博物馆去。

同样的钥匙在小型博物馆甚至在小型图书馆架上的书中也等待着他们。然而，在我所幻想的有限的有眼睛的时间里，我必须选择可以在最短的时间内打开最巨大的宝藏的钥匙。

在我有眼睛的第二天晚上，我要用来看戏或看电影。就是目前我也经常"看"各种戏剧表演。只是演出的动作得靠一个同伴拼写到我的手心里。我多么想用自己的眼睛看到身穿伊丽莎白时代丰富多彩的服饰的迷人的哈姆雷特或易于冲动的福斯泰夫啊！我会多么密切地注视着漂亮的哈姆雷特的每一个动作和粗壮的福斯泰夫的每一个步伐！由于我只能看到一个剧，我难免会感到莫衷一是，因为我想看的剧有好几十个。你们有眼睛，愿看哪一个都可以。我不知道你们有多少人在看戏看电视或其他节目时曾经感觉到视力这个奇迹，对它表示感谢？让你欣赏到演出的色彩、动作和美的正是它呢！

我在用手触摸的范围之外，便无法欣赏有节奏的动作。对于巴芙洛娃的娴雅优美，我只能模糊地想象，虽然我也懂得一点节奏的快感，因为我常在音乐震动地板时感到它的节拍。我很能想象节奏鲜明的动作一定会形成世界上最美妙的形象。我常用手指抚摸大理石雕像，依稀懂得一点这种道理。既然这种静止的美都如此可爱，那么。如果能看到运动中的美又会是多么令人销魂陶醉！

我最甜蜜的记忆之一是约瑟夫·杰弗逊在表演他心爱的李卜·范·温克尔的某些动作和台词时让我触摸了他的面孔和双手。那使我对戏剧的世界有了个朦胧的印象。当时我的快乐我将永远难忘。有眼睛的人们随着戏剧的开展所能看见和听到的交替出现的行动和语言，能给他们多少乐趣啊！可是啊，这种乐趣我却无法体会！我只需看到一次演出，以后便可以在心里想象出一百个剧本的动作。这些剧本我曾读过或通过手语体会过。

因此，在我所想象的我有眼睛的第二天，戏剧文学的伟人形象将从我的眼里挤走全部的睡意。

第三天早上，我将再一次迎接黎明。我渴望获得新的美感，因为我深信，对于那些真正能看见的有眼睛的人来说，第一天的黎明都永远会显示出一种崭新的美。

这一天，按我所设想的奇迹的条件看来，已是我有眼睛的第三天，也就是最后一天了。要看的东西太多，我不会有时间感到遗憾或渴望的。第一天我用在有生命和无生命的朋友身上了；第二天向我展示了人类和自然的历史；今天，我要到忙于生活事务的人们的地方去看看当前的日常世界。还能有什么比纽约更纷纭繁复的地方么？纽约就是我的目的地。

我的家在森林山，坐落在长岛一个小巧幽静的郊区，那儿在葱茏的草地、树木和花朵之中，有整洁玲珑的住宅，有妇女们和孩子们的活动和欢笑。这是个平静的安乐窝，男人们在城里工作一天之后，便回到这里来。我从这里驱车出发驶过横跨东河的花边一样的钢架桥梁。我会得到一个令我赞叹的新印象，它向我显示出人类心灵的力量和聪明。河里船舶往来如织，轧轧地响着，有飞速的快艇，也有喷着鼻息的没精打采的拖驳。如果我时间还很多的话，我要花许多时日来观察河上的有趣的活动。

我往前看，在我眼前升起的是纽约城千奇百怪的高楼大厦——好像是一座从童话中升起的城市。闪光的塔楼、巍然耸立的钢铁和石头的壁垒，多么叫人惊心动魄！——就是众神为自己修造的宫阙也不过如此！这一幅活跃的图画是数以百万计的人们日常生活的一部分。可是我不知道有多少人看过它第二眼？我估计人数很少。人们对这宏伟的景象是看不见的，因为对它太熟悉。

我匆匆忙忙地登上一座巍峨的高楼——帝国大厦，因为不久前我曾在那里通过我的秘书的眼睛"看"到了脚下的城市。我急于要把我那时的想象和现在的实现相印证。我深信我对即将展现在我眼前的宏伟图景不会失望，因为它对于我来说是另一个世界的幻象。

现在我开始周游这座城市了。首先，我要站在一个闹市的角落里，凝望着行人，不做别的事。我要从他们的眼神里看到他们生活的某些侧面。我看到，做笑，便感到高兴；我看到坚强的决心，便感到骄傲！我看到痛苦，也不禁产生同情。

我沿着五号大街漫步，我要放眼纵观，不看个别的对象，只看那沸腾的、五彩缤纷的场面。我相信在人群中往来的妇女的服装，一定是万紫千红、色彩绚丽的，叫我永远也看不厌。但是如果我有眼睛的话，我也会像别的妇女一样，只对个别服装的式样和剪裁发生过多的兴趣，而忽略了人群中的色彩的美艳。我还深信，我会流连于橱窗之间，久久不肯离开，因为展出在那儿的货品一定是琳琅满目，美不胜收的。

我离开五号大街，又去观光全城。我到公园大街去，到贫民窟去，到工厂去，到孩子们游玩的公园去。我去参观外国人的居住区，这是身在国内却又出国旅行的办法。为了深入探索，加强我对人们的工作和生活的理解，我将永远对一切快乐和痛苦的形象睁大我的双眼。人和事的种种形象将充满我的心。我的眼睛绝不会把任何东西视作无足轻重而轻易放过。我的目光所到之处，都要探索和紧紧地把捉。有些场面欢乐，它使我的心也充满欢乐；但是也有痛苦的场面，痛苦得叫人伤感。对种种痛苦的场面，我绝不会闭上眼睛，因为那也是生活的一部分。对它闭上了眼睛，也就是闭上了心灵和思想。

我有眼睛的第三天快结束了。也许我还应当把剩下的几个小时作许多严肃的追求。但我担心在那最后的晚上，我又会跑到戏院去看一场欢笑谐谑的戏。这样，我便能欣赏到人类精神中喜剧的情趣。

我暂时获得的视力到半夜就要结束了，我又将陷入无尽的黑夜之中。在短短的三天内，我是不可能看到我想看到的一切的。只有当黑暗再度降临到我身上之后，我才会懂得我看到了多少东西。不过，我的心里仍然充满光明的回忆，因此没有时间感到遗憾。此后我每触摸到一样东西，都会想起它的样子，从而唤起一段美妙的回忆。

我是个瞎子，我对有眼睛的人只有一个建议：我要劝告愿意充分使用视力这种天赋的人，要像明天你就会变成瞎子一样充分使用你的眼睛。同样的设想也可以用于其他的感官。要像明天你就会变成聋子一样，聆听话语中的音乐、鸟儿们的歌唱和交响乐队雄浑的乐章。要像明天你的触觉就会消失一样去抚摸你想抚摸的一切。要像你明天就会失去嗅觉和味觉一样去品味花朵的馨香和食物的美味。充分地使用你的感官吧！陶醉于大自然通过你天赋的不同知觉对你显示出的种种快感和美感中去吧，不过，在一切感官之中，我仍深信视觉是最令人快乐的。

永／恒／的／经／典

日本素描

[美国] 福克纳

威廉·福克纳（1897—1962年）美国作家，第一次世界大战期间，福克纳在空军服过役。战后入大学，其后从事过各种职业并开始写作。在艺术上，福克纳受弗洛伊德影响，大胆地进行实验，采用意识流手法、对位结构以及象征隐喻等手段表现暴力、凶杀、性变态心理等，他的作品风格千姿百态、扑朔迷离。

1949年，"因为他对当代美国小说作出了强有力的和艺术上无与伦比的贡献"，福克纳获诺贝尔文学奖。

引擎早被关死。阴沉的云团向高处徐徐退远，你怎么也不会有速度之感。直到你突然瞥见了飞机的影子从蓬松的山峦急速掠过，这时，你才感到了速度，看飞机和它的影子没命地相互追逐，样子像是执意想头碰头地一起撞毁。

窜出云层，飞机再一次往下抛出自己的影子，这一次是一个岛上了。它看着像陆地，与机窗外任何初见的陆地相仿，不过你总明白这是岛屿，似乎你一睁眼就看见了它夺目的、让海怀抱的两肋，像看幻灯片似地清晰。这远比在旷然的大海发现威克岛，甚至关岛，有更多奇迹般的快意。终究这里坐落着一个文明的，富于风化纲纪的，源远流长的人类同质体。

它看得见，听得到，讲得出，也写得下：这人与人的交流，是用话说得出的；你听得到，也看得见。但到了我这个西方人的眼睛中、耳朵里，这种交流就是对牛弹琴了，因为它与我眼睛平时所习见的风马牛不相及；也找不到衡量它的尺度，没哪样好让记忆和习惯含糊其辞："喔，这好像是那个表示房子、家庭或幸福的词；"这交流不仅玄奥，而且简直是藏头诗，似乎噼里啪啦的字符、音节不光贮存着信息，还蕴藉着更关键、更迫切的意义，指点着某种终极智慧，或者寄托了人类救赎的玄机的知识。那么就让我浅尝辄止吧。西方人的记忆里没有量它的规尺；既然没有倾听的心灵，就让耳朵去收听这些叽里喳啦、呜里哇啦吧，像听孩子们嘴里鸟儿的啼唤，女人、少女嘴里哼出的音乐。

这些脸，梵高和莫奈一定会一见倾心的：它们是朝圣者挂着圣杖，肩着被席，面蒙奔波的灰垢，迎晨曦向神庙拾级攀登的那种；那夹袍卷到大腿根的俗家弟子，也许是帮佣吧，蹲在寺院门前等着敲开，或已经敲开这一天的日子——他这样的脸；也是在门下兜售花生、让游客去喂鸽子的老妇的脸：一张倦于挨日子，倦于搜索过去的脸，似乎一生太仓促，每一呼吸的吐纳都是急需，好让连绵的细皱纹来得及蚀刻她的脸；这经久耐磨的脸，现在竟成了她的慰藉，终于能将种种伤痛哀愁拦在它的背后，逍遥于心死意灰，丧夫失子，苦度难熬的尘念俗意之上：总算有个从没读过福克纳的人了，不知道，也不在乎他来日本干吗？至于他对海明威的看法什么的，更是屁也不想放一个。

他，忙得来不及操心自己是否幸福。那个脏劲！他有五岁了吧，可看来与自己的过去毫无联系，显然跟爹妈也是毫无联系的，只自顾自在阴沟里玩扔下的烟头。

群山怀中的湖面上，刮着凛凛的劲风，像在大风口似的。有那么一阵，我们揣想，收起主桅上的帆篷已为时过晚，可其实还来得及呢。这只是一艘小艇，但在西方人眼里，它俨然是中国平底船，经得住风浪，硬是跟别的船不一样，由美式舱外发动机推动。舱里，油纸伞下，女人裹在和服中。如果是在阳光明媚的泰晤士河上，这样的伞将毫不起眼，可这是在疾风裹挟下的湛蓝的湖中央，它的脆弱与刚强，就宛若台风旋涡中的一只蝴蝶。

艺妓的发髻墨云般黑亮，头盔般扣在她厚施脂粉的脸上，又像近卫军的高顶熊皮帽，威临、加冕在这娇弱的身子那有分寸的、仪式般的姿势上，它的沉重叫人替她娇嫩的脖子捏一把汗。这涂画而成的脸，板着，冰封了一切表情，甚至超然于一切训练有素的矫揉造作：粉盖，死样的面具后面掩藏了某种迅捷、活泼和机灵：甚或不止机灵：俏皮：甚或还不止俏皮：冷嘲热讽，一种善演喜剧的天赋，可是这还不止：善演滑稽戏，善作讽刺画：为了挖空心思，不择手段地向人类报复。

和服。它罩住了从喉咙到脚踝的一切，人插进里面像插一朵花那样有女人味，这女人味或许还像放孩子进摇篮。手是可以裹在双袖中的，那时，全身就似一只完整的圣杯，其谦卑，昭示着它的女人味，在这一种女人味中，裸体也仅能展示哺乳动物的雌性而已。这样的谦卑招摇着它的桀骜不驯，似玉指轻弹粉红的玫瑰，抛下阳台窗下——这谦卑，还有什么能比它更高傲的呢，难怪它是女人最贴心的财产；她当能用生命来捍卫它。

忠诚。衬衣和裙子这样的西式服装，让她成了无处着墨的年轻的矮胖女人；然后，裹在和服里，她熟巧稳定的快速碎步，显然也让她走进了女性魅力的遗产中她自己的那一份。当然她还能分享得更多。她还分享了这块土地上女人的其他品格，这些品格并不是通过衣服而赋予她们的：忠诚，坚贞，守信，不图回报——至少人们希望如此。她不会讲我的语言，我也不会她的。可两天后，她晓得我有天一亮就睡不着的乡下人习惯，于是，以后每天清晨睡眼初开，就见到阳台桌上已经端放的咖啡托盘；她知道我散步回来爱在空气新鲜的房里用早餐，于是一切就绪：那一天的房间已准备好，桌子收拾干净了，晨报等待主人去读；她无言地问我今天为何没有衣服要送洗，无言地征得我的同意给我钉纽扣儿，补袜子；她管我叫聪明人，老师，背后与别人谈起我，我又两者都不是了。她因我作了她的房东而自豪，但愿由于我全力争取不辜负她那份自豪，用礼貌去愧对她的忠诚，能称了她的意。这块国土上多的是散漫的忠诚，于是，她这样的忠诚，即使一点点，也是忽视不得的。但愿所有的忠诚各得其所，至少也能被人珍惜，像我努力去做的那样。

这一方稻田与我在本土看到的稻田一模一样，阿肯色斯，密西西比，路易斯安那都有，不过那儿经常与棉花套种。这一块要更小一些，种得也密集得多，就这样它一直延伸到那行长在灌溉渠边的豆垄。这里手工做的事在我们那儿是让机器代劳的，我们那儿机器比人多；自然是一样的，不同的是经济。

连名字也有相同的：乔纳生，瓦因什普，迪里修斯；八月稠密的浓叶被农药喷成灰暗，用药也是我们那种。到此，相同之处戛然而止：裹在纸卷里的苹果缀满枝头，终于，整棵树在西方人的眼中顿时生辉，像西方仪礼中那棵圣诞树那么富于象征性，富于欢庆和礼节意义。只是这树还更意味深长：西方人一家一树，常常很做作，活活地从泥里拔来，用节日里讲究的小玩意儿来装点，然后让它干死，似乎树并不是礼俗的主人公，而是祭坛上的牺牲品；可是这里，不是一户一树，而是所有的树都得到修剪打扮，它们礼赞着比基督更古老的神祇——得墨忒耳、刻瑞斯两位谷物女神。

旅程已接近终点，让我更简洁，明快点儿吧！黄菊花，一如密西西比的黄菊花，总勾起人对泥土、秋日和干草热的思念；它们有高高的竹篱笆映衬。

景色美丽，人的面孔更美丽。

年轻姑娘的鞠躬轻盈柔顺，有的是恰到好处的优雅，同样姿势的平身，使满脸陡增红光，柔中之刚，比这个严整的文化所允许她的，要多得多，真像柳枝之于劲风，后者的威严充其量也只能逞一逞能而已。

他们手中的工具令人想起诺亚营造方舟的那种，可房子骨架的搭起、支撑，都用不着榫合处的钉子，甚至在其他地方也彻底不用钉子，不知是哪路魔法，连对付着弄个栖身之所还能生出这般艺术，这些精工巧思，我们西方人的先辈想必有过，定是在不断的迁徙途中失传了。

总是水呀水的，水声，水花和水滴声，看样子，这是一个尊奉水的民族了，就像有的民族，尊奉着被他们称为命运的那种东西。

人民善良的呀，你客人走南闯北，三个字可打发："多务魔"（多关照），"撒凯"（酒），"阿里嘎多务"（谢谢）。

明天此时，飞机就要起飞了；再一会儿，它的摆脚轮将挣脱地面，未及收起轮子，飞机就会死命地掩着自己的影子钻进云层，穿过它，这片土地，这方岛屿将不见了踪影，但虽说眼睛将不再忆及，心里，却会永远记起。还剩最后一句话："沙扬那拉"。

克拉克河谷怀旧

[美国] 海明威

欧内斯特·海明威（1899—1961年），以简洁清新的文风著称于世。他的小说《永别了武器》（1929年）、《丧钟为谁而鸣》（1940年）、《老人与海》（1952年）等是举世闻名的杰作。1954年曾获诺贝尔文学奖。本篇是具有典型海明威个性的散文作品，浓郁的情感隐藏在冷峻的文字后面，慢慢挖掘、细细品味，方能咂摸出个中韵致。

夏末，大鳟鱼告别了上游的水坑，游到了溪河中央，正要顺流而下，到大峡谷的深水里过冬。因此，九月的头二周，正是垂钓的好时节。此地的鳟鱼肥壮、滑嫩、亮光光的。几乎所有的鳟鱼都跳着咬钩。你要是放两把鱼钩，多半能同时钓着两尾鳟鱼。要在湍急的溪流中摆弄好上了钩的鱼，那技巧就不能是一般的娴熟。

夜凉如冰。你若在半夜醒来，会听见郊狼的嗥声。白天，你不必过早到溪边去。一夜的寒风吹彻了溪水。太阳要几近正午才能照到溪河上。只有到那时，鳟鱼才肯出来捕食。

清晨，你可以骑马到野外溜溜；要不，就坐在小屋前，任阳光照在身上，慵懒地远眺河谷对岸。那儿，饲草割了，草地一片萎黄，在一排颤杨映衬下，平平展展的。这会儿到了秋天，颤杨也黄了。远方，起伏的群山上，鼠尾草一片银灰色。

河的上游，耸立着两座山峰，引航峰和二指峰。月底，我们可以到那儿去猎山羊。你坐在阳光里，心里惊叹着，群山远远望去竟有如此端正的形状：线条清晰、轮廓分明。于是，你记起了从遥远的地方望到的山影。这情景不同于你停车地方的嶙峋的山崖，不同于你跨过的起伏不平的滑岩，也不同于那突出的狭长的石块。你汗涔涔地从这块通到山峰后面的石头上摸行着，不敢朝下边望一眼；你绕过线条圆滑而规则的山峰，来到一片空地上。下边，山腰上有一块绿草茵茵的凹地。一只老公羊正带着三只小公羊在凹地上的野桧林里吃草。

老公羊一身紫灰，只有臀部是白色的。它抬起头时，你能看见它头上的那对犄角又大又厚实。你躺在三里外的一块背风的岩石后面，用一副蔡斯望远镜细细搜寻着这高地上的每一寸风光。当你望着碧油油的野桧丛时，老公羊暴露在你的视线里的，正是它臀部的那撮白毛。

这会，你坐在小屋前面。你还记得朝山下射去的子弹。小公羊们直起身子，转过头来注视着老公羊，等着它站起来。它们看不见高处的你，也没有嗅出你的气味。枪声没有惊动它们，它们以为只是又滚下去了一块卵石。

曾记当年，我们在林溪的源头盖了一间木屋。我们每次外出，大灰熊总是撞开了屋门。那年的雪姗姗来迟，这头熊因此不肯冬眠。整个秋天，它不是扯开木屋的门，就是毁坏陷阱。它精明绝顶，白天，你不断会见到它。你还记得，后来，小锤溪溪头的高地上，来了三头大灰熊。你听到木头断裂的声音，以为是母麋在奔跑。跟着，它们出现在眼前，在零零碎碎的日影里，偷偷地、轻悠悠地跑着；下午的太阳照在它们身上，短而硬的鬃毛闪烁着柔和的银光。

你记得，秋天，麋鹿一天天肥胖起来，公牛离你那么近，它抬头时，你能看到它胸脯肌肉的起伏。但是，你仍看不见它藏在密林中的头。你听到了深沉而高亢的叫声，听见了山谷那边的应和声。你想起了你放弃的一只只畜牲的头。你没有朝它们开枪。它们全令你心旷神怡。

你记得那些初学骑马的孩子们，不同的马，不同的骑法。他们是那么热爱着这片乡土。你记得最初踏上这块土地时的情形。那年，你开着新买的平生第一辆车来这儿，一下待了四个多月，因为你得等沼泽地上的路冻得结结实实，车子才能开出去。你该没忘记：一次次的猎狩，一次次的垂钓；该没忘记烈日下的策马扬鞭，还有灰蒙蒙的货车车厢。在寒意袭人的深秋，你骑着马，默默地跟在牛群的后面，朝高坡上走去；你发觉，它们像野鹿一样，既狂蹦乱窜，又温顺恬静；只是当它们全被聚拢在一起，朝山下低矮的田野赶去的时候，才高声嘶喊咆哮起来。

然后，就到了冬天。树枝上光秃秃的。大雪漫天飞扬，你看不见路；马鞍湿了，结了一层冰，你照样在雪地上踏出一条道儿，不停地挪动着双脚，朝山下走去。你到了牧场，一边品尝着撩人的、热乎乎的威士忌，一边在旺烈的炉火旁换上干净衣服。乡村真美。

再到湖上

[美国] 怀特

大概在1904年的夏天，父亲在缅因州的某湖上租了一间露营小屋，带了我们去消磨整个八月。我们从一批小猫那儿染上了金钱癣，不得不在臂腿间日日夜夜涂上旁氏浸膏，父亲则和衣睡在小划子里；但是除了这一些，假期过得很愉快。自此之后，我们中无人不认为世上再没有比缅因州这个湖更好的去处了。一年年夏季我们都回到这里来——总是从八月一日起，逗留一个月时光。我这样一来，竟成了个水手了。夏季里有时候湖里也会兴风作浪，湖水冰凉，阵阵寒风从下午刮到黄昏，使我宁愿在林间能另有一处宁静的小湖。就在几星期前，这种愿望越来越强烈，我便去买了一对钓鲈鱼的钩子，一只能旋转的盛鱼饵器，启程回到我们经常去的那个湖上，预备在那儿垂钓一个星期，还再去看看那些梦魂萦绕的老地方。

我把我的孩子带了去，他从来没有让水没过鼻梁过，他也只有从列车的车窗里，才看到过莲花池。在去湖边的路上，

爱·布·怀特（1899—1985年），原名爱勒文·布鲁克斯。出版的散文集有《我的罗盘上的方位》《角落上的第二棵树》《随笔选集》；儿童故事有：《夏洛特蜘蛛网》《天鹅的喇叭》等，并与瑟伯合著幽默文集《性是必需的吗？》。

永／恒／的／经／典

Yong Heng De Jing Dian

我不禁想象这次旅行将是怎样的一次。我缅想时光的流逝会如何毁损这个独特的神圣的地方——险阻的海角和潺潺的小溪，在落日掩映中的群山，露营小屋丛和小屋后面的小路。我缅想那条容易辨认的沥青路，我又缅想那些已显荒凉的其他景色。一旦让你的思绪回到旧时的轨迹时，简直太奇特了，你居然可以记忆起这么多的去处，你记起这件事，瞬间又记起了另一件事。我想我对于那些清晨的记忆是最清楚的，彼时湖上清凉，水波不兴，记起木屋的卧室里可以嗅到圆木的香味，这些味道发自小屋的木材，和从纱门透进来的树林的潮味混为一气。木屋里的间隔板好薄，也不是一直伸到顶上的，由于我总是第一个起身，便轻轻穿戴以免惊醒了别人，然后偷偷溜出小屋而到清爽的气氛中，驾起一只小划子，沿着湖岸上一长列松林的阴影里航行。我记得自己十分小心不让划桨在船舷上碰撞，唯恐打搅了湖上大教堂似的宁静。

这处湖水从来不该被称为渺无人迹的。湖岸上处处点缀着零星小屋，这里是一片耕地，而湖岸四周树林密布。有些小屋为邻近的农人所有，你可以住在湖边而到农家去就餐，那就是我们家的办法。虽然湖面很宽广，但湖水平静，没有什么风涛，而且，至少对一个孩子来说，有些去处看来是无穷遥远和原始的。

我谈到沥青路是对的，就离湖岸不到半英里。但是当我和我的孩子回到这里，住进一间离农舍不远的小屋，就进入我所稔熟的夏季了，我还能说它与旧日了无差异——我知道，次晨一早躺在床上，一股卧室的气味，还听到孩子悄悄地溜出小屋，沿着湖岸去找一条小船。我开始幻觉到他就是小时的我，而且，由于换了位置，我也就成了我的父亲。这一感觉久久不散，在我们留居湖边的时候，不断显现出来。这并不是种全盘新的感情，但是在这种场景里越来越强烈。我好似生活在两个并存的世界里，在一些简单的行动中，在我拿起鱼饵盒子或是放下一只餐叉，或者我在谈到另外的事情时，突然发现这不是我自己在说话，而是我的父亲在说话或是摆弄他的手势，这给我一种悚然的感觉。

次晨我们去钓鱼。我感到鱼饵盒子里的蚯蚓同样披着一层苔藓，看到蜻蜓落在我的钓竿上，在水面几英寸处飞翔，蜻蜓的到来使我毫无疑问地相信一切事物都如昨日一般，流逝的年月不过是海市蜃楼。一无岁月的间隔。水上的涟漪如旧，在我们停船垂钓时，水波拍击着我们船舷有如窃窃私语，而这只船也就像是昔日的划子，一如过去那样漆着绿色，折断的船骨还在旧处，舱底更有陈年的水迹和碎屑——死掉的翅虫蛹，几片苔藓，锈了的废鱼钩和昨日捞鱼时的干血迹。我们沉默地注视着钓竿的尖端，那里蜻蜓飞来飞去。我把我的钓竿伸向水中，短暂而又悄悄避过蜻蜓，蜻蜓已飞出二英尺开外，平衡了一下又栖息在钓竿的梢端，今日戏水的蜻蜓与昨日的并无年限的区别——不过两者之一仅是回忆而已。我看看我的孩子，他正默默地注视着蜻蜓，而这就如我的手替他拿着钓竿，我的眼睛在注视一样。我不禁目眩起来，不知道哪一根是我握着的钓竿。我们钓到了两尾鲈鱼，轻快地提了起来，好像钓的是鲭鱼，把鱼从船边提出水面完全像是理所当然，而不用什么抄网，接着就在鱼头后部打上一拳。午餐前当我们再回到这里来游泳时，湖面正是我们离去时的老地方，连码头的距离都未改分厘，不过这时却已刮起一阵微风。这地方看来完全是使人入迷的海湖。这个湖你可以离开几个钟点，听凭湖里风云多变，而再次回来时，仍能见到它平静如故，这正是湖水的经常可靠之处，在水浅的地方，如水浸透的黑色枝枝丫丫，陈旧又光滑，在清晰起伏的沙底上成丛摇晃，而蛤贝的爬行踪迹也历历可见。一群小鱼游了过去。游鱼的影子分外触目，在阳光下是那样清晰和明显。另外还有来宿营的人在游泳，沿着湖岸，其中一人拿着一块肥皂，水便显得模糊和非现实的了。多少年来总有这样的人拿着一块肥皂，这个有洁癖的人，现在就在眼前，年份的界限也跟着模糊了。

上岸后到农家去吃饭，穿过丰饶的满是尘土的田野，在我们橡胶鞋脚下踩着的只是条两股车辙的道路，原来中间那一股不见了，本来这里布满了牛马的蹄印和薄薄一层干透了的粪土。那里过去是三股道，任你选择步行的；如今这个选择已经减缩到只剩两股了。有一刹那我深深怀念这可供选择的中间道。小路引我们走过网球场，蜿蜒在阳光下再次给我信心。球网的长绳放松着，小道上长满了各种绿色植物和野草，球网（从六月挂上到九月才取下）这时在干燥的午间松弛下垂，日中的大地热气蒸腾，既饥渴又空荡。农家进餐时有两遭点心可资选择，一是紫黑浆果做的馅饼，另一种是苹果饼馅；女侍还是过去的普通农家女，那里没有时间的间隔，只给人一种幕布落下的幻象——女侍依旧是十五岁，只是秀发刚洗过，这是唯一的不同之处——她们一定看过电影，见过一头秀发的漂亮女郎。

夏天，啊夏天，生命的印痕难以磨灭，那永远不会失去光泽的湖，那不能摧毁的树林，牧场上永远永远散发着香蕨木和红松的芬芳，夏天是没有终了的；这只是背景，而湖岸上的生活才正是一幅画图，带着单纯恬静的农舍，小小的停船处，旗杆上的美国国旗衬着飘浮着白云的蓝天在拂动，沿着树根的小路从一处小屋通向另一处，小路还通向室外厕所，放着那铺洒用的石灰，而在小店出售纪念品的一角里，陈列着仿制的桦皮独木舟和与实景相比稍有失真的明信片。这是美国家庭在游乐，沈逃城市里的闷热，想一想住在小湖湾那头的新来者是"一般人"呢还是"有教养的"人，想一想星期日开车来农家的客人会不会因为小鸡不够供应而吃了闭门羹。

对我说来，因为我不断回忆往昔的一切，那些时光那些夏日是无穷宝贵而永远值得怀念的。这里有欢乐、恬静和美满。到达（在八月的开始）本身就是件大事，农家的大篷车一直驶到火车站，第一次闻到空气中松树的清香，第一眼看到农人的笑脸，还有那些重要的大箱子和你父亲对这一切的指手画脚，然后是你座下的大卡车在十里路上的颠簸不停，在最后一重山顶上看到湖面的第一眼，梦魂萦绕的这汪湖水，已经有十一个月没有见面了。其他宿营人看见你去时的欢呼和喧哗，箱子要打开，把箱里的东西拿出来。（今天抵达已经较少兴奋了，你一声不响地把汽车停在树下近小屋的地方，下车取了几个行李袋，只要五分钟一切就都收拾停当，一点没有骚动，没有搬大箱子时的高声叫唤了。）

恬静、美满和愉快，这儿现在唯一不同于往日的，是这地方的声音，真的，就是那不平常的使人心神不宁的舱外推进器的声音。这种刺耳的声音，有时候会粉碎我的幻想而使年华飞逝。在那些旧时的夏季里，所有马达是装在舱里的，当船在远处航行时，发出的喧嚣是一种镇静剂，一种催人入睡的含混不清的声音。这是些单汽缸或双汽缸的发动机，有的用通断开关，有的是电花跳跃式的，但是都产生一种在湖上回荡的一种催眠声调。单汽缸噗噗震动，双汽缸则咕咕噜噜，这些也都是平静而单调的音响。但是现在宿营人都用的是舱外推进器了。在白天，在闷热的早上，这些马达发出急躁刺耳的声音。夜间，在静静的黄昏里，落日余晖照亮了湖面，这声音在耳边像蚊子那样哀诉。我的孩子钟爱我们租来使用舱外推进器的小艇，他最大的愿望是独自操纵，成为小艇的权威，他要不了多久就学会稍稍关闭一下开关（但并不关得太紧），然后调整针阀的诀窍。注视着他使我记起在那种单汽缸而有沉重飞轮的马达上可以做的事情，如果你能摸熟它的脾性，你就可以应付自如。那时的马达船没有离合器，你登岸就得在恰当的时候关闭马达，熄了火用方向舵滑行到岸边。但也有一种方法可以使机器开倒车，如果你学到这个诀窍，先关一下开关然后再在飞轮停止转动前，再开一下，这样船就会承受压力而倒退过来。在风力强时要接近码头，若用普通靠岸的方法使船慢下来就很困难了。如果孩子认为他已能完全主宰马达，他应该使马达继续发动下去，然后退后几英尺，靠上码头。这需要镇定和沉着的操作，因为你如很快把速度开到一秒钟二十次，你的飞轮还会有力量超过中度而跳起来像斗牛样地冲向码头。

我们过了整整一星期的露营生活，鲈鱼上钩，阳光照耀大地，永无止境。日复一日，晚上我们疲倦了，就躺在为炎热所蒸晒了一天而显得闷热的漱隘卧室里，小屋外微风吹拂使人嗅到从生锈了的纱门透进的一股潮湿味道。瞌睡总是很快来临，每天早晨红松鼠一定在小屋顶上嬉戏，招到伴侣。清晨躺在床上——那个汽船像非洲乌班基人嘴唇那样有着圆圆的船尾，她在月夜里又是怎样平静航行，当青年们弹着曼陀铃姑娘们跟着唱歌时，我们则吃着撒着糖末的多福饼，而在这到处发亮的水上夜晚乐声传来又多么甜蜜，使人想起姑娘时又是什么样的感觉。早饭过后，我们到商店去，一切陈设如旧——瓶里装着鲦鱼，塞子和钓鱼的旋转器混在牛顿牌无花果和皮姆牌口香糖中间，被宿营的孩子们移动得杂乱无章。店外大路已铺上沥青，汽车就停在商店门前。店里，与往常一样，不过可口可乐史多了，而莫克西水、药草根水、桦树水和菠萝水不多了，有时汽水会冲了我们一鼻子，而使我们难受。我们在山间小溪探索，悄悄地，在那儿乌龟在太阳曝晒的圆木间爬行，一直钻到松散的土地上，我们则躺在小镇的码头上，用虫子喂食游乐自如的鲈鱼，随便在什么地方，都分辨不清当家做主的我，和与我形影不离的那个人。

有天下午我们在湖上，雷电来临了，又重演了一出为我儿时所畏惧的闹剧。这出戏第二幕的高潮，在美国湖上的电闪雷鸣下所有重要的细节一无改变。这是个宏伟的场景，至今还是幅宏伟的场景。一切都显得那么熟稔，首先感到透不过气来，接着是闷热，小屋四周的大气好像凝滞了。过了下午的傍晚之前（一切都是一模一样），天际垂下古怪的黑色，一切都凝住不动，生命好像夹在一卷布里，接着从另一处来了一阵风，那些停泊的船突然向湖外漂去，还有那作为警告的隆隆声。以后铜鼓响了，接着是小鼓，然后是低音鼓和铙钹，再以后乌云里露出一道闪光，霹雳跟着响了，诸神在山间咧嘴而笑，舔着他们的腮帮子。之后是一片安静，雨丝打在平静的湖面上沙沙作声。光明、希望和心情的奋发，宿营人带着欢笑跑出小屋，平静地在雨中游泳，他们爽朗的笑声，关于他们遭雨淋的永无止境的笑语，孩子们愉快地尖叫着在雨里嬉戏，有的新的感觉而遭受雨淋的笑话，用强大的不可毁的力量把几代人连接在一起。遭人嘲笑的人却撑着一把雨伞趟水而来。

当其他人去游泳时，我的孩子也说要去。他把水淋淋的游泳裤从绳子上拿下来，这条裤子在雷雨时就一直在外面淋着，孩子把水拧干了，我无精打采一点也没有要去游泳的心情，只注视着他，他的硬朗的小身子，瘦骨嶙峋，看到他皱皱眉头，穿上那条又小又潮湿和冰凉的裤子，当他扣上泡涨了的腰带时，我的下腹为他打了一阵死一样的寒战。

野兽的肖像

[美国] 米沃什

是什么水泥和铅的斯芬克斯击开了他们的头颅吞噬了他们的脑筋和想象？莫洛！孤独！污秽！丑陋！垃圾箱和得不到的金元！在楼梯下面尖叫的孩子们！在军队里哭泣的青年们！在公园里流泪的老人们！

莫洛克！莫洛克！梦魇似的莫洛克！薄情者莫洛克！心灵的莫洛克！人类严厉的裁判者莫洛克！

不可思议的监狱莫洛克！交叉大腿骨的没有灵魂的囚房和忧愁的国会莫洛克！建筑物就是判决的莫洛克！庞大的战争石碑莫洛克！不省人事的政府莫洛克！

头脑是纯粹机械的莫洛克！血液是奔流的金钱的莫洛克！手指是十支军队的莫洛克！胸膛是吃人的发电机的莫洛克！耳朵是冒烟的坟墓的莫洛克！眼睛是一千扇瞎窗的莫洛克！摩天楼竖在长街上像无垠的耶和华的莫洛克！工厂在雾中做梦并咯咯作响的莫洛克！

烟囱和天线为城市加冕的莫洛克！爱

米沃什（1911—2004年），波兰裔美籍作家，批评家。主要作品有诗集《白昼之光》《诗的论文》《波别尔王和其他的诗》《中了魔的古乔》《无名的城市》《日出和日落之处》《诗歌集》，长篇小说《权利的攫取》《伊斯塞谷》，以及为数众多的散文、随笔、文学理论与文学批评著作。由于他的创作表现了"人道主义的态度和艺术特点"，1980年荣获诺贝尔文学奖。

情是无穷的油腻的石头的莫洛克！灵魂是电力和银行的莫洛克！贫穷是天才的鬼魅的莫洛克！命运是一层没有性别的氢气云的莫洛克！名字就是"头脑"的莫洛克！

——阿伦·金斯伯格《嚎叫》

唱着惠特曼的歌，把他从里到外翻转过来，阿伦·金斯伯格就是每个人。一个人不论受过教育与否，他的身体在金属、玻璃、混凝土或者视觉或触觉不能包容的合成材料所构成的一大块冰冷的、闪光的、十分坚固的厚板面前都会退缩不前，他在那片装甲后面藏着的力量面前也会退缩不前。就这样，一只适应于植物的粗糙和多孔结构的毛毛虫，在一辆汽车打过蜡的车篷顶上便感到茫然失措了；一只蜜蜂撞击玻璃窗的古怪努力，说明它与一种近乎凝固空气的透明障碍相遇，是多么没有准备。一块厚板、一堵墙壁或者一架蒸汽压路机开始自行运动，它的运动是独特的、在数学上必然的，它越来越大的逼近了——于是你在一场被碾碎的梦幻之后出一身冷汗醒了过来。当然，从飞机上看，这片大陆是荒凉的，是一只洪水以前的野兽的皮肤，亚麻色，浅蓝色，黄色，有时露出了树林的毛皮；有时一小时过去了，也无从证明下面的陆地住着人，只见这儿那儿城市的霉层加厚了，夜间流散出五颜六色的光，东部、西部和中西部三个特大城市的庞大的霓虹蜂窝。当然，美国还有一层灌木丛、绿树草坪、木头房子、篱笆、锈车上面摇晃的野草。但是，莫洛克的标志仍然无处不在，所有城市只是一个城市。所有公路只是一条公路，所有商店只有一爿商店。旅行一千里也索然无味，因为不论你到哪儿，你都会碰上那同一堵移动的墙。

为什么一个人要发抖，退缩，缩进他自己脆弱的、被威胁的肉体呢？说到底，他周围一切都是他的创造，他的作为，他把它从他自身纳入存在，当做自己的矛盾来对待。但是，那不是真的——他，个人，摸得到自己，他的眼睛和头发的颜色显现在镜中，却不能承担一个表示原因的角色，他是对的。要负责任的不是他，而是他身上作为一种典型统计量而行动的另一个人；他为旁人所掌握，又想掌握旁人，以最合乎人性的方式，屈从于他的需要和欲望，创造出某种非人性的，超出人性之外的、转而反对他的需要和欲望、逃避他的控制的东西。这个东西就站在他的面前，虽然似乎是他所有，但却不是，它"在外面"。我为自然说了一大堆话，不是偶然的。这片大陆的魔鬼们最大的诡计，它们从容的报复，在于放弃自然，承认它是不能保卫的；但是，代替自然，却出现了那种文明，它对于它的成员似乎就是自然本身，赋有另一种自然的几乎一切特征。它对于我，一个孤单的有形质的人，正是异己的，敌对的，就其对意义的反对态度而言，是不可测知的；它以其自身的规律统治着，那规律和我的规律不是一回事。区别在于，就自然引人入胜地呈现自身，随时准备屈从。我们能够从山里挖隧道，灌溉干渴的平原，在牛羊放牧处种植果园和葡萄园。新自然包含如此巨大的能量和成就，以致其中浓缩着比个人大得多的威力，它把我、你、每个人都弄得软弱无能，处处闪避，仅靠唱机音乐和炉火孤身自处。

　　一加一加一在什么程度上才能影响那个新的第二自然并给它以方向，是这里无法探究的，因为事先就排除了一篇政治论文的任何假象。软弱无能不仅在于意识，而且可以毫不夸张地说，比意识更其深刻。意识越高级，就越能了解齿轮的相互啮合，自动永存的机械，一度划归汹涌激流的河道和已经溢出故旧河道的激流之间的不相适应就变得越加清楚。思想风尚，标语口号，在这种那种旗号下面团结人民的纲领，都被它们沉默接受的短暂性从内部给削弱了。这一切曾经有过许许多多，但都被消化了，坍塌了，被具有第二自然的全部冷漠性的庞然大物吸收了；它们越有变化，就越显得一模一样。一种低级意识相信公民学教科书，但是它们只满足于一算术，满足于一加一加一，毫不注意隐藏在算术后面的复杂的决定因素。然而，正是在意识的门槛下面，有一种怀疑，也许是农民出身吧，怀疑有任何变化的可能性——幕后什么地方的强有力者经常不断的阴谋，似乎预先决定了一种社会秩序，像季节一样有规律性。但是，这是幼稚的；高级意识知道，没有这样的阴谋，机能为机能而产生机能，使高级意识感到恐惧的正是这种非人的铁板一块，它的冰川似的前进步伐。

　　软弱，热血，一个人（不是概念上的人，而是某个特定的人）又怎么能够反抗它呢？人作为一个独特的生物，和人作为一个零、那个无心而成物的共同创造者，其间的界线从来没有这样明确过；也许创作一篇有普遍意义的寓言，正是美国、欧洲的私生子的内心冲动吧。

孤 独

[美国] 亨利·大卫·梭罗

亨利·大卫·梭罗（1817—1862年），美国作家及自然主义者。其作品主张对不公正的政府进行非暴力抵抗运动，并产生了广泛的影响。梭罗于1960年入选美国伟人名人堂。

梭罗的作品《瓦尔登湖》是美国文学经典。其主要作品还包括：《远足》《缅因州的森林》《科德角》《马萨诸塞州的早春》《夏天》《冬天》《秋天》《作品集》。

在这美妙的黄昏，我的身心融为一体，大自然的一切尤显得与我相宜。夜幕降临了，风儿依然在林中呼啸，水仍在拍打着堤岸，一些生灵唱起了动听的催眠曲。伴随黑夜而来的并非寂静，猛兽在追寻猎物。这些大自然的更夫使得生机勃勃的白昼不曾间断。

我的近邻远在一英里开外，举目四望，不见一片房舍，只有距我半英里地的黑黢黢的山峰。四周的丛林围起一块属于我的天地。远方邻近水塘的一条铁路线依稀可辨，只是绝大部分时间，这条铁路像是建在莽原之上，少有车过。这儿更像是在亚洲或非洲，而不是在新英格兰，我独享太阳、月亮和星星，还有我那小小的天地。

然而，我常常发现，在任何自然之物中，我们都可以找到天真无邪，令人鼓舞的伙伴。对于生活在大自然之中的人来说，永远没有绝望的时候。我生活中的一些最愉快的时光，莫过于春秋时日阴雨连绵独守空房的时刻。

人们常常问我："你一个人住在那儿一定很孤独，很想见见人吧，特别是在雨雪天里。"我真想这样回答他们："我们赖以生存的地球不也只是宇宙中的一叶小舟吗？我为什么会感到孤独呢？我们的地球不是在银河系之中吗？"将人与人分开并使其孤独的空间是什么？我觉得使两颗心更加亲近的不是双腿。试问，我们最喜欢逗留何处？当然不是邮局，不是酒吧，不是学校，更非副食商店；纵使这些场所使人摩肩接踵。我们不愿住在人多之处，而喜欢与自然为伍，与我们生命的不竭源泉接近。

我觉得经常独处使人身心健康。与人为伴，即便是与最优秀的人相处也会很快使人厌倦。我好独处，迄今我尚未找到一个伙伴能有独处那样令我感到亲切。当我们来到异国他乡，虽置身于滚滚人流之中，却常常比独处家中更觉孤独。孤独不能以人与人的空间距离来度量。一个真正勤勉的学生，虽置身于拥挤不堪的教室之中，也能像沙漠中的隐士一样对周围一切视而不见，听而不闻。整天在地里锄草或在林中伐木的农夫虽只孤身一人却并不感到孤独，这是因为他的身心均有所属。但一旦回到家里，他不会继续独处一方，而必定与家人邻居聚在一起，以补偿所谓一天的"寂寞"。于是，他对此感到不可思议：学生怎么能整夜整天地单独坐在房子里而不感到厌倦与沮丧。他没能意识到，学生尽管坐在屋里却正像他在田野中锄草，在森林中伐木一样。

社会已远远背离"社会"一词的基本意义。尽管我们接触频繁，但却没有时间从对方身上发现新的价值。我们不得不恪守一套条条框框，即所谓"礼节"与"礼貌"，才能使这频繁的接触不至于变得不能容忍而诉诸武力。在邮局中，在客栈里，在黑夜的篝火旁，我们到处相逢。我们挤在一起，互相妨碍，彼此设障，长此以往，怎能做到相敬如宾？毫无疑问，相互接触的适当减少决不会影响我们之间的重要交流。假如每平方公里的土地上只住一个人——就像我现在这样，那将更好。人的价值不在其表面，我们需要的是深刻的了解，而非频繁而浅薄的接触。

身居陋室，以物为伴，独享闲情，尤当清晨无人来访之时。我想这样来比喻，也许能使人对我的生活略知一斑：我不比那嬉水湖中的鸭子或沃尔登湖本身更孤独，而那湖水又以何为伴呢？我好比茫茫草原上的一株蒲公英，好比一片豆叶，一只苍蝇，一只大黄蜂，我们都不感到孤独。我好比一条小溪，或那一颗北极星；好比那南来的风，四月的雨，一月的霜，或那新居里的第一只蜘蛛，我们都不知道孤独。

巨人树

[美国] 约翰·斯坦贝克

我在巨人树身边过了两天，这儿没有旅店，没有带着照相机的吵闹的人群，只有一种大教堂式的肃穆。也许是那厚厚的软树皮吸收了声音造成这寂静的吧；巨人树耸立着，直达天顶，看不到地平线。黎明来得很早；一直保持黎明时的样子直到太阳升得老高，辽远天空中的羊齿植物般的绿叶才把阳光过滤成金绿色，分作一道道、一片片的光和影。太阳刚过天顶，便是下午了，紧接着黄昏也到了。黄昏带来一片悄语的阴影，跟上午一样，很漫长。

这样，时间变了，平时的早中晚划分也变了。我一向认为黎明和黄昏是安静的，在这儿，在这座水杉林里，整天都很安静。鸟儿在朦胧的光影中飞动，在片片阳光里穿梭，像点点火花，却很少喧哗。脚下是一片积聚了两千多年的针叶铺成的垫子。在这厚实的绒毯上听不见脚步声。我在这儿有一种远离尘世的隐居感，在这儿人们都凝神屏气不敢说话，生怕惊扰了什么——怕惊扰了什么呢？我从孩提时代

约翰·斯坦倍克（1902—1968年），美国小说家。代表作有长篇小说《愤怒的葡萄》以经济大萧条时期为背景，描写了广大农民失去土地的悲惨生活，还反映了个体农民成为工人后同资本家的斗争。其他优秀作品还有《煎饼坝》《鼠和人》《长峡谷》《月亮下去了》《我们的不满的冬天》等。他于1940年获普利策小说奖金；1962年诺贝尔文学奖奖金。

永／恒／的／经／典

起，就觉得树林里有某种东西在活动——某种我所不理解的东西。这似乎淡忘了的感觉立即回到我的心里。

夜黑得很深沉，头顶上只有一小块灰白和偶然的一颗星星。黑暗里有一种呼吸，因为这些控制了白天，占有了黑夜的巨灵是活的，有存在，有感觉，在它们深处的知觉里或许能彼此交感！我和这类东西（奇怪，我总无法把它们叫作树）来往了大半辈子。我从小就赤裸裸地接触它们。我能懂得它们——它们的强力和古老。但是没有经验的人类到这儿来却感到不安。他们怕危险，怕被关闭、封锁起来，怕抵抗不了那过分强大的力。他们害怕，不但因为水杉的巨大，而且因为它们的奇特。怎能不害怕呢？这些树是上侏罗纪的一个品种的最后子遗，那是在遥远的地质年代里，那时水杉曾蓬勃繁衍在四个大陆之上。人们发现过白垩纪初期的这种古代植物的化石。它们在第三世纪新世和第三纪中新世曾覆盖了整个英格兰、欧洲和美洲。可是冰河来了，巨人树无可挽回地绝灭了，只有这一片树林幸存下来。这是个令人目眩神骇的纪念品，纪念着地球洪荒时代的形象。在踏进森林去时，巨人树是否提醒了我们：人类在这个古老的世界上还是乳臭未干，十分稚嫩的，这才使我们不安了呢？毫无疑问，我们死去后，这个活着的世界还要庄严地活下去，在这样的必然性面前，谁还能作出什么有力的抵抗呢？

思 乡

[美国] 约翰·斯坦贝克

今天整天都有为在伦敦休假的美国军队安排的活动，能为客人做的都做到了。今天早晨有干草车，有运动、舞蹈和讲演，还要游览名胜古迹。英国人、加拿大人和其他国家的人格外友好。各个公园里的小乐队演奏《星条旗》《南方军歌》《家、甜蜜的家》。能做的真是都尽力而为了，这是一个犯了最颓丧的思乡病的城市。

一个演讲人口齿清楚、简明短促地用英语说："在这个对你们很宝贵的日子里，我们再一次欢迎你们。"——台下这时却有人想起美国南方的政客，正唾沫星子乱飞，喷出热情和波旁威士忌的酒气，扯着嗓子解说旗布覆盖的讲台上那只鹰的标记，可听众却渴望吃到西瓜和土豆色拉。

集会主持人说："我们将到伦敦塔去，从某种意义上说，它是英国文明的摇篮，"——在美国，这时是胖子赛跑、两人三足赛跑，手托着鸡蛋的大汤匙跑的女人的尖叫声，一个大炭炉里烤肉的香气。

乐队在特拉发加广场动听地演奏着一首庄严而令人起敬的进行曲——而在康尼岛，尖叫的孩子们的骚乱中，满是冰淇淋、花生和浸湿的雪茄烟头的气味，波浪（三分之一是水，三分之二是人）在柚子皮之间挤来拥去；下等夜总会音乐的叽嘎声和轰轰声。

士兵们在伦敦列队游行，他们像衣冠机器一样行进。老大的个头儿，直挺挺的，就像他们的步枪和摆动的手直挺挺的一样。在国内，这些头戴插着凋零的鸵鸟毛的帽子，身穿库存军服的骑士们，昨天夜里还是屠夫、小银行的职员和山纳，可是现在他们步子七零八落，跟在一面大军旗后面蹒跚地走着，闪亮的刺刀东倒西歪地倚在肩头，这些骑士们。

好客的伦敦人拿出奶酪、水果、馅饼和葡萄酒、蛋糕、饼干和茶、果酱、酸橙和杜松子酒、苏格兰威士忌和水。还有啤酒——在国内，红肠面包的芥末从下头淌出，沾到你的衣袖上；汉堡包内夹着的生洋葱从圆面包里漏出来；爆玉米因调有黄油黏糊糊的；活动架子堆着酒劲很大的威士忌和几大桶啤酒、巧克力蛋糕和辣子蛋。不过主要是带洋葱的汉堡包，你想要什么？芥辣菜？莳萝？马乃斯？还是都要？

冷漠的姑娘舞跳得很帅，她们又漂亮又和气。她们在被服厂活儿很重，这份工作倒是使得她们衣冠楚楚，尽管唇膏难买，香水也是瓶底剩的，可她们又整洁、又漂亮、又和气、在美国，这时是汽车后座里的热吻，在晒得火烫的葡萄藤覆盖的门廊上打蚊子。小酒店里自动唱机吼叫着，低音捶击着空气。你若问什么，姑娘懂得巧言以对。这些本没有什么意思，不过合在一起就颇有风味。一切都调和在一起。

这是个犯思乡病的时候，到圣诞节会更厉害，壮观、华美、趣味都无法驱除乡愁。什么戏也比不上"奥迪翁"的同场演出的戏，什么吃的也比不上"乔斯"半夜的三明治，哪里的姑娘也比不上在"罂粟"当侍者的金发马吉。

回国以后，他们会在很长时间内对伦敦感到有些厌倦，他们会记起异国的奇遇和陌生的食物。皮开迪利和萨沃伊、白塔、诺曼底酒吧，以及索霍区大街也会在谈话时挂在嘴边。他们会热情地和也曾到过那里的士兵对一对笔记。冷漠的姑娘将幻化成奇妙的浪漫经历。孤寂的一点热情被当做酒神节狂欢留在记忆里。他们将记得那些他们见过却不懂的东西——圣保罗教堂顶上铅灰色天空中悬着阻塞气球；滑铁卢车站，雷思教堂门口山积的沙袋；令人胆寒的警报和空中偷袭……

然而今天，一九四三年七月四日，他们在思乡的迷惘里踟蹰街头，除了自己家人的音容笑貌，这一切他们都视而不见，听而未闻。

自命英雄

[美国] 约翰·斯坦贝克

自命英雄抚弄纪念碑并拽着英雄们的裤子。是石头的也罢，是青铜的也罢，反正他们在他的抚弄之下都活起来了。有的还耸立在交通路口的中央，那是不好动手摸的。但公园里的那些却立得正巧。他绕着他们蹑行或者在灌木丛里窥伺。当最后一位游人归去了时，他就跳出来，灵巧地一跃，跨上纪念碑底座并站到英雄身旁。在那里他站上一会儿以鼓起勇气。他满怀尊敬，因而并不一上来就伸手抓。他也考虑什么地方对他最有利。单单把手放在石像铜像的一个凸处上是没什么意思的，他需要的是用手指拽住点什么，要不然他就没法自命什么了。他需要褶子，抓到了这样一条，他就久久不松手，他觉得好像正用上下牙咬住了它一般。他感觉到伟大转到他的身上并且欣喜地打起嗝来。现在他知道了他本来是什么以及他能达成什么。现在他决定要从头越了，于是他用尽心力自命为英雄，此刻他力量多得浑身灼热，明天他就开始当自己是个英雄。

自命英雄不会爬得更高，他自觉这样不得体。他本来可以一跃跨上石像的肩膀并跟英雄说几句悄悄话；他本来可以揪住石像的耳朵并贬低英雄。要是这样那他就卑鄙到了极点。他满足于他应有的平庸的位置。他还是一直忙于找裤褶儿以抓牢一些。但如果他更加使上心力，如果他一夜也不耽误，并且设想越来越完美的话，那么总有一天，在一个大白天，他迅猛地一跃而上，并当着睽睽众目中兴灾乐祸地向英雄头上吐唾沫。

永/恒/的/经/典

183

大黄蜂之死

［美国］罗伯特·芬奇

过去的半小时我一直在观察一只蜘蛛和一只大黄蜂之间奇特的冲突，而我无意中成了这场冲突的挑起者，最近我在自己的书房里发现了好几只大黄蜂，大概是从天花板尚未涂上灰泥的石板条的缝隙中爬出来的，它们嗡嗡叫，撞击玻璃门窗。平常我总是设法用一张纸或一本书将它们赶出房门，但今天上午一桩又一桩琐事搅得我心神不定，所以当这些大昆虫中又有一只像一道黄黑相间的电光嗡嗡飞来，在我书桌上方发出咝咝声沿着玻璃窗慢慢向上爬时，我竟心不在焉地用一张卷起的公共汽车时刻表把它打落到窗台上，它受了重伤但仍活着。

我的窗台上杂乱地堆放着平常的东西和用来研究和保存昆虫及其他当地野生生物的仪器设备——各种小罐子，一个显微镜盒子，一套解剖工具，一个年深日久曾筑在我们前门灯上的北美洲鸟巢，一把养鱼缸唧筒，一些珊瑚和海草等——全都是几个月没用过的了，眼下以这些东西为依托，张着几副大而凌乱的蜘蛛网，在一个角落，一张形状不规则、具有三向度的大蛛网占据着四分之一立方尺的空间，挨打的大黄蜂正巧掉进这张网里，大约落在这松散网络的中心，引出了蛰居在角落里的一只长约一厘米、难以形容的褐色家蜘蛛。大黄蜂尾部朝下悬在这一根蛛丝上，无力地转动着，同时它黄底有条纹的腹部不断抽动，作本能的攻击。这动作不能真正称为防卫，因为大黄

罗伯特·芬奇（1943— ），美国自然学家、作家。他的著作大都与马萨诸塞州的科德角有关，探究自然对人的意义及自然与人的关系等，主要有《共同的立场，一个生物学家的科德角》《边远地区——科德角外围之行》。

蜂无疑已伤势过重，但看上去它仿佛决意临终前对任何可能迫近自己的敌人尽力予以打击。对昆虫来说同我们人类一样，防卫似乎不是建立在生存的能力之上，而是基于至死不肯宽恕的坚强决心。

那只蜘蛛顺着蛛丝匆匆爬过去了解情况，在距那只硕大的昆虫——体积是她自己的三至四倍——大约一英寸处停下，她抱着一种类似"啊，老天爷，为什么我如此走运呢？"的态度，就像一个捕鱼人突然发现自己用来捉比目鱼的钓线钩上一条受伤的鲨鱼。

无论她短暂的踌躇是否反映出这种情绪，蜘蛛立即动手设法保住她的体积特大的捕获物。她先对大黄蜂虚张声势发动几次佯攻，显然看出它只会徒劳无功地将刺伸出缩回，于是她便更加从容不迫地逼近，在那头悬着的野兽周围转一圈，然后突然袭击，咬住它的"脖子"。

这时我忙去取来放大镜，全神贯注做更仔细的观察。蜘蛛确实一次又一次像是牢牢钉在大黄蜂的头和胸部之间——据我推断，这一部位可能更容易让蜘蛛注入致命的毒液。

当蜘蛛叮在大黄蜂身上时，她的腿和身子纹丝不动，更造成这一印象：此刻某种紧张而隐蔽的活动正在进行。果真如此，那么这种行动大见成效，因为短短一两分钟之内大黄蜂的腹部便几乎完全停止抽动，唯有它后腿的踢蹬表明它还活着。

在这个过程中，蜘蛛的动作依然小心翼翼，而且亦很轻柔，不像我拍打大黄蜂那样粗暴笨拙。相反，她仿佛在体贴入微地照顾它，尽可能温柔小心地结束它的挣扎和痛苦，在放大镜下她的弓形腿显得像微型、透明、弯曲的麦秆吸管，在关节处有浅黑的色素斑点。

此刻这蜘蛛似乎已使大黄蜂成为她自己的——她的东西、她的财产，而她的动作则变得更自信，洋洋自得，与先前对比几乎是敷衍了事。她似乎不再把大黄蜂当做与蛛网不相干的身外之物，而是将它看成蛛网的一个组成部分，随时可以被同化。她现在好像开始绕着那只瘫痪的昆虫翩翩起舞，后腿朝网中央的猎物有节奏地频频踢伸。我没看见任何蛛丝从他的腹部吐出，而且她的腿似乎也没有真正碰到腹部的吐丝器，然而渐渐地一张薄膜般的网犹如一层极薄、雾状、有光泽的织物，出现在大黄蜂身体中段的四周。

她总是用几秒钟结网，接着爬高一两英寸，将一缕细丝搭在顶上方的那片蛛网上。我起初以为她只是把大黄蜂固定住，使它不再摇摇欲坠，可是当她重复几次这种动作后，我发现她每爬高一次，大黄蜂亦朝斜上方移动几毫米。

很快我就明白了，蜘蛛正胸有成竹、不慌不忙地挪动那只硕大的昆虫；用自己织的网作为一套滑轮组，通过表面上看来杂乱无章的丝织网络提升和移动她的猎物。

在一轮又一轮结网和提升动作之间，蜘蛛有时暂停片刻并再次逼近大黄蜂。现在后者已完全静止不动，它的一片长着深色翅脉的翅膀紧贴在有条纹的肋部。她总是头朝下（不结网时蜘蛛通常是这种姿势）靠在大黄蜂头上，蜘蛛再次纹丝不动，仿佛心醉神迷，好像把嘴紧贴在猎物嘴上作长时间的死亡之吻。这两只昆虫每次这样缠绵十到十五秒钟，然后蜘蛛继续做提升加固工作。是蜘蛛又在注射毒液呢，还是她一边移动黄蜂一边开始从它依然活着的躯体内吮吸汁液？一会儿是猎获物与它的获者之间亲密无间，静卧不动的接触；一会儿是占有者一本正经，忙忙碌碌地摆弄呆滞的占有对象，这现象震撼了我的心灵，我简直看得入了迷。

总的说来，这只蜘蛛将大黄蜂从原来的落点向旁边挪动了两英寸，向上提升了一英寸，移出了整副蛛网的中央部分，接近了窗框。此刻她悄悄地蜷缩在大黄蜂身后，或许用它来隐蔽自己以等待另一猎物，我离开这个角落，搁下放大镜，因专心观察如此精力集中的活动和不动感情的表演而感到异常疲乏。在蜘蛛身上有某种其他昆虫所不具备的特性，似证明它们不是真正的昆虫，而属于更古老的一个种类，我喜欢家里的蜘蛛，但太仔细地观看它们可实在叫人受不了。

我回过头来瞧瞧窗子的一角，只见刚才那出戏的角色仍然待在那儿，再次以微型舞台造型出现。一切默默无声，那蜘蛛仍蜷伏在被她弄成木乃伊的猎物后面，这伺机而动的策略由于蜘蛛历来使用已致完美，在埋伏等待中记忆和希冀不起作用，存在着的仅只是永恒的现在和将种种可能性精妙地串在一起的无声建筑所构成的一片寂静。

郁金香

[墨西哥] 德佩雷拉

透过一扇窗子，人们可以看到很多东西。我就曾经坐在自家的窗前，一面绣着花边，一面目睹了女邻居的罗曼史。

我的邻居是一个织花边的女工。她人长得漂亮，但家境贫寒。她有两个追求者和一株栽在蓝瓷花盆里的郁金香。

我邻居和我住的那条街很背静，所以既无车辆来往，也很少有行人。过往人等全是当地的住户。像巴黎所有的街巷一样，那条街很窄，几乎每家的阳台上都挂有色彩鲜艳的宽红边遮阳布帘。

前面已经说过，我的邻居很穷，所以，她家的阳台上没有挂帘子。不过，太阳并未能阻止姑娘时常到阳台上去照看她的郁金香。

那株没有几片叶子的柔弱小花，是我邻居时刻记挂在心的事情。每天晚上她都把它搬进卧室，怕它会受到北风的摧残；清晨再重新搬出来；中午阳光炽烈的时候，她就用一小块麻布给罩起来。她不时地跑进跑出，不是掸去沾染枝叶的尘土、

玛丽娅·德佩雷拉（1872—1968年），墨西哥女作家。她创作了大量的诗歌、小说、散文。散文多以人物为题材，善于发掘人性的美。

永/恒/的/经/典

摘掉偶然发现的枯叶，就是浇水捉虫。

在当地的条件下，郁金香是长不好的，只有在炎热的地方，它才能长得枝繁叶茂。正是由于这个原因，我的邻居才对她的盆花那么精心地加以照料。早在好几个月之前她就把种子埋进了土里，直到现在它才初具样子，开始抽芽发枝，尽管还很柔弱、单薄，但毕竟还是就要开花了。

从姑娘挨近花盆时脸上流露出来的欣喜神态，我猜想这株花的枝头一定已经长出了第一个花骨朵儿了。

后来，我从这位漂亮的女工跟她楼上的邻居——她的追求者之一——的谈话中得到了证实。

"您一定非常高兴吧。几个月的苦心总算有了结果。很快您就能亲手摘下一朵美丽的郁金香啦。您打算把它和您的心一起送给谁呢？"

姑娘非常羞怯地回答："可能什么人也不给，我绝不会把这朵朝思暮想的鲜花给摘下来的。它应该就在原来的枝头上凋谢。我还没有蠢到那种地步，让自己花费的如此巨大的心血毁之于一个短暂的瞬间。这是一个原因，再说我还没想过要把我的心和这朵郁金香一起送给别人呢。"

"您瞧，我的好邻居，时间不饶人哪。春天已经到了，这可是谈情说爱的大好时机。您看那些小鸟，没有一只是独自飞翔的。您再瞧瞧这些花盆，全都在开花了。还有什么可说的呢？就说您这迟迟不开的郁金香吧，今天，终于结了一个花骨朵儿。我的好邻居！您就可怜可怜我吧，您就痛痛快快地答应接受我做您的丈夫吧！"

女工的脸上泛起了红晕。

"你需要的不是妻子，而是理智。"

"如果您爱我，我就会有理智的。"

姑娘楼下的邻居是一个拘谨而又漂亮的小伙子，此刻，也正好站在自家的阳台上。他听了两个人的对话之后，皱了皱眉头，但却没动声色，因为他也爱着那个花边女工。

我是在绣花的时候，从窗口发现这个不善交际的小伙子的秘密的。不过，时至今日，他和心中的恋人一共也没有说过几句话。

我觉得他既腼腆又内在，既敏感又多情。

很久以前，我偶然发现，有一次，他趁女邻居不在的空隙，把一封信扔到了她的阳台上。

他是否收到了回信，我不得而知；不过每当姑娘来到阳台上的时候，他几乎连仰起头来跟她表示爱慕之情的勇气都没有，只能简单地寒暄几句。
"天气真好，小姐！"

"是啊，真好；对我的郁金香来说，可真是再好不过了。""您不再为它担心啦？""不啦，已经不担心了，现在它长得可好啦，又长出了两片叶子。"

"谢天谢地，您总算如愿了。您为这株花可真是操尽了心啊！"

"是啊，的确是这样，我把空闲时间全搭上了。"

"您的空闲时间实在少得可怜，小姐！我看您太辛苦了""……有时候，已经很晚很晚了，我还见您房里的灯光映在对面的墙上。您会累病的。"

"不会的，我身体很好。上帝会保佑我的。"

"但愿如此。"

小伙子的声音微微发颤，美好的憧憬使他的眼睛显得更加美丽。可是，姑娘却没法看到他眼神的含义，因为他已经闭上了眼睛。

"回头见，先生。"姑娘说着转身走进屋里。"回头见，小姐。"
这种一向质朴的谈话，给我留下了极好的印象。

我的女邻居的确太忙。我总是看见她手里拿着编织针，不停地织呀织呀，简直就像一只不知闲的小蜘蛛。她织出来的花边是多么轻巧，多么精美啊！……真可以说，仿佛一阵风就能吹破。一会儿是条边，一会儿是荷叶边，一会儿方，一会儿圆。丝线在她手中的活计上面宛如蝴蝶一般随意飞舞，看着它，真会觉得眼花缭乱。姑娘用她那双巧于麻利而又熟练地摆弄着根根丝线，又是穿、又是扯、又是捋。丝线也真听话，总是乖乖就范。

姑娘整天忙碌。她有时候嘴里哼着歌儿，有时候我又觉得她是在凝神沉思，好像手头碰到了难题。

楼下的邻居显然是放心不下，总是默默地仰望着她的阳台。

楼上的邻居却老是兴高采烈、笑容可掬，也常常低头注视着同一个地

永／恒／的／经／典

Yong Heng De Jing Dian

方，并且总能找到甜言蜜语和姑娘搭讪："您的脸蛋儿越来越漂亮，真像是两朵盛开的玫瑰。"

姑娘进进出出，虽然没有直接对答，但唇边却笑意盎然。

这位风流少年可能最后如愿吗？

这是谁也说不清楚的。姑娘还没有表露她的心愿，不过，这位小伙子却老是在用话语、用笑脸、用炽热的眼神把她纠缠。

在姑娘专心致志地编织着花边的同时，小伙子正在巧妙地铺排着俘获她的情网。这已经是由来已久的事情了。他能成功吗？谁知道呢！

我的女邻居终于盼来了这个欣喜的时刻：今天早晨花苞绽开了，一朵美丽的郁金香，红得像一团炽烈的炭火，迎着春光展开了自己的花瓣。

姑娘喜不自胜，第一次忙中偷闲，心醉神迷地站在那初放的花前。

我坐在自己的屋角里分享着她的欢乐，尽量不引起姑娘的注意。她楼下的邻居也一定非常高兴，不过，他不在家。这是我从他那关着的阳台玻璃门上知道的。可是，她楼上的邻居却赶上了，如同表述大家的喜悦心情一般，连连发出赞叹："太好了！太好了！现在咱们来好好庆祝一番！郁金香开花了。求求您，我的邻居……把这朵花送给我吧！我每天都在算着它开花的日子，比您还着急呢。它是属于我的，我有权得到它。您要是不给我，我也会把它偷到手的。它属于我，因为我爱您。街上没有人，谁也听不见。让我再说一遍：我爱您，我喜欢您，我崇拜您！把花给我吧，我的好邻居！请您把它给我吧，否则，我就从这儿下去自己动手摘啦！"

小伙子说得很坚决。看样子要贸然采取行动。姑娘像一只受惊的鸽子一样犹豫不决，她满面绯红，两手颤抖，虽然这样，但她的唇边和眼角却似乎流露出了某种满意神情……"邻居，快把花给我！"他的语气像是命令，不过，却又非常得体，强制之中包含着并未尽言的柔情蜜意。

"快点，快点！会有人来的。快把花给我……要不，我马上就从这儿下去自己动手啦！"

姑娘恳求地仰起脸，想要自卫；但是小伙子却投给她火一般深情的目光。这还不算，他还做出了想要从阳台上下来的样子。

姑娘被吓坏啦，终于屈服了。她走到花盆跟前，摘下花扔到了楼上，然后就跑进卧室，隐没在屋子里了。

楼上的邻居得意地拾起了花朵，热切地吻了一下，就插进了衣领上的扣眼里。他先是哼起轻快的小调，没过一会儿，就随身带着那朵花从家里走了出去。

这时，我难过地想着那朵刚刚开放就被摘了下来的郁金香。同时也凄然想起……不过，我的痛苦与我邻居的罗曼史毫无关系；那么，咱们还是只讲有关她的事情吧。

那位幸运的小伙子走后不久，美丽的姑娘就又来到阳台上用麻布罩起了花盆，因为阳光又变得火辣辣的了。

这真是一个令人欢快的明媚早晨。整个天空犹如一顶硕大无棚的蓝缎华盖。

这时候，那位一大早就出了门，整个上午都没露面的楼下邻居，突然出现在阳台上了。

姑娘一看见他，就轻轻地发出了一声惊叫，我也跟着叫了一声……因为，这位急匆匆回来的人手里拿着一朵鲜红的郁金香，姑娘和我都感到困惑不解，期待着……

"小姐，"小伙子恭恭敬敬地仰起脸说，"今天早上我出门以前，看到您的花盆里开出了第一朵花，可当我现在回来的时候，却非常痛心地发现它被扔到了街上。这条街上只有您养着郁金香，所以我猜想这是您的；后来看到花盆里果然没有花，知道这花确实是您的，一定是风把它吹落到了街上，幸好我来得及时，才能把它捡回来还给它的主人。您拿去吧，小姐；如果您愿意，我就上楼给您送去。"

小伙子的脸上带着质朴的甜蜜神情。当他举目凝望女友的时候，眼睛里闪烁着温柔的光芒。小伙子手举郁金香站在阳台下面，真是一幅情趣无穷的图画。

当楼下邻居说话的时候，姑娘心中真是百感交集。她脸上流露出惊奇、气愤、鄙夷和轻蔑的表情，不过，此刻却似乎又满含着一片柔情，带着甜蜜的笑意。

小伙子还憨厚地站在那里重复着："小姐，这是您的郁金香；如果您愿意，我就上楼给您送去。"

然而，结果姑娘却说："不，不，先生，不要给我啦；如果你喜欢，那您就留下吧……"

"那怎么行！"小伙子怯生生地说，"我可以把这朵花留下？"

她也羞涩地回答："对，您可以留下，我希望您把它留下……"

两个人都不再说话了，这时，正有一群欢快的燕子叽叽喳喳地从街上飞过，好像是在为此时此刻唱着赞歌。

窗 外

[墨西哥] 奥克塔维奥·帕斯

在我的窗外大约三百米外的地方，有一座墨绿色的高树林——树叶和树枝形成的高山，它摇来晃去，好像随时都会倾倒下来。由聚在一起的欧洲山毛榉、欧洲白桦、杨树和欧洲白蜡树构成的村子坐落在一块稍微凸起的土地上，它们的树冠都倒垂下来，摇动不息，仿佛不断颤抖的海浪。大风撼动着它们，吹打着它们，直到使它们发出怒吼声。树林左右扭动，上下弯曲。然后带着高亢的呼啸声重新挺直身躯，接着又伸展肢体，似乎要连根拔起、逃离原地。不，它们不会示弱。折断的树根和树叶的疼痛，植物的强大韧性，绝不亚于动物和人类。倘若这些树开步走的话，它们一定会摧毁阻碍它们前进的一切东西。但是它们宁肯立在原地不动：它们没有血液，也没有神经，只有浆液。使得它们定居的，不是暴怒或恐惧，而是不声不响的顽强精神。动物可以逃走或进攻，树木却只能钉在原地。那种耐性，是植物的英雄主义。它们不是狮子也不是蛇，而

奥克塔维奥·帕斯（1914—1998年），墨西哥著名诗人、散文、诗论家。他的各类作品十分丰富。有诗集、诗论著作及散文作品。

1990年由于其作品"洋溢着激情，视野开阔"，"表现了深刻的人道主义"，"将拉美大陆史前文化、西班牙征服者的文化和西方现代文化融为一体"，而被授以诺贝尔文学奖。

是圣栎树和加州胡椒树。

天空布满钢铁色的云，远方的云几乎是白色的，靠近中心的地方即树林的上方就发黑了：那里聚集着深紫色的暴怒的云团。在这种虎视眈眈的云团下，树林不停地叫喊。树林的右翼比较稀疏，两棵连在一起的山毛榉的枝叶形成一座阴暗的拱门。拱门下面有一块空地，那里异常寂静，像一个明晃晃的小湖，从这里看得不完全清楚，因为中间被邻居家的墙头苦盖物隔断了。那个墙头不高，上端是用砖砌成的方格，顶上覆盖着冰冷的绿玫瑰。玫瑰有一些部位没有叶子，只有长着许多疙瘩的枝干和交叉在一起的、竖着尖刺的长枝条。它有许多手臂，螯足、爪子和装备着尖刺的其他肢体：我从没有想到，玫瑰竟像一只巨大的螃蟹。

庭院大约有40平方米；地面是水泥的。除了玫瑰，点缀它的还有一块长着雏菊的小小的草地。在一个墙角处有一张黑木小桌，但已散架。它原是做什么用的呢？也许曾是一个花盆座。每天，我在看书或写作的时候，有好几个小时总是面对着它。不过，尽管我已经习惯它的存在，但我还是觉得它摆在那里不合适，它放在那里干什么？有时我看到它就像一个过错，一个不应该有的行为；有时则觉得它仿佛是一种批评，对树木和风的修辞的批评。在对面的角落里有一个垃圾筒，一个60公分高、直径有半米的金属圆柱体。四个铁丝爪支着一个铁圈儿，铁圈上装着一个生锈的盖子，铁圈下挂着一个盛垃圾用的塑料袋。塑料袋是火红色的。又是一个螃蟹似的东西。桌子和垃圾筒，砖墙和水泥地，封闭着那个空间。它们封闭着空间还是它们是空间的门呢？

在山毛榉形成的拱门下，光线已经深入进来。它那被颤抖的树影包围着的稳定状态几乎是绝对的。看到它后，我的心情也平静了。更确切地说，是我的思绪收拢了，久久地保持着平静。这种平静是阻止树木逃走、驱散天上的乌云的力量吗？是此时此刻的重力吗？是的，我已经知道，自然界——或像我们说的那样：包围着我们、既产生又吞噬我们的万物与过程的总和——不是我们的同谋，也不是我们的心腹。无论把我们的感情寄予万物还是把我们的感觉和激情赋予它们，都是不合理的。把万物看作生活的向导和学说也不合理吗？学会在激荡的旋风中保持平静的艺术，学会保持平静，变得像在疯狂摇动的树枝中间保持稳定的光线那样透明，可以成为生活的日程表。但是那一块空地已经不是一座椭圆形小湖，而是一个白热的、布满极为纤细的阴影纹络的三角形。三角形难以察觉地摇动着，直到渐渐地产生一种明亮的沸腾现象，先是在边缘一带，然后在火红的中心，沸腾的力量愈来愈大，仿佛所有的液体光线都变成了一种沸腾的、愈来愈黄的物质。会爆炸吗？泡沫以一种像平静的呼吸一样的节奏不断地燃烧和熄灭。天空愈来愈暗，那一块光线的空地也愈来愈亮、闪烁得愈厉害，几乎像一盏在动荡的黑暗中随时会熄灭的灯。树林依然挺立在那里，只不过沐浴的是另一种光辉。

稳定是暂时的，是一种既不稳又完美的平衡，它持续的时间只是一瞬间，只要光线一波动，一朵云一消失或温度稍微发生变化，平静的契约就会被撕毁，就会爆发一系列变形。每一次变形都是一个稳定的新时刻，接着又是一次新的变化和一个新的异常的平衡。是的，谁也不孤单，这里的每次变化总引起那里的另一次变化。谁也不孤单，什么也不固定，变化变成稳定，稳定是暂时的协议。还要我说变化的形式是稳定，或更确切地说，变化是对稳定的不停的寻求吗？对惰性的怀念：懒惰及其冷凝的天堂。高明之处不在于变化也不在于稳定，而在于二者之间的辩证关系。永恒的来与往。高明之处在于瞬间性。这是中间站，但是我刚刚说到中间站，巫术就破除了。中间站并非高明之处，而是简单地走向……中间站消失了，中间站不过如此而已。

平 原

［墨西哥］奥克塔维奥·帕斯

　　蚂蚁窝在喷发。裂开的伤口在沸腾，起泡沫，伸缩。此时此刻的太阳，面孔火红，太阳穴浮肿，一直不停地喷射血液。一个男孩——不知道在青春期的一个拐弯处，几场热病和一个意识问题在等他——小心地把一块小石头放在蚂蚁窝的剥了皮的口上。太阳把它的长矛插在平原的驼背上，侮辱着垃圾堆。它放射出来的光芒和一个空罐头筒——竖立在一座筋斗巴脑的金字塔上——的反光，切割着空间的一切方向。寻找宝贝的孩子们和没有主人的狗群，在垃圾堆的黄色光辉中挖掘着。在三百米远的地方，圣洛伦索教堂的钟声在召唤十二点钟的弥撒。在教堂里，靠右边的祭台上有一尊涂着蓝色和玫瑰色的神像。神像的左眼里涌出一群灰翅膀的飞虫，它们成一条直线飞向圆屋顶，接着像一阵灰尘落下来，被太阳的手摸过时支架正默默地毁坏。工厂高塔上的汽笛在呜呜叫。一只身穿黑衣的鸟儿在盘旋，最后落在平原上唯一的一棵活树上。后来……没有后来。我向前走，穿过古老的大岩石和有着强烈光线的大堆大堆的物品，走下砂矿的长廊，通过像花岗岩嘴唇一样紧闭的走廊。我返回平原，平原上总是中午。同样的太阳一动不动地照射着停滞的景物。十二点的钟声还没敲完，苍蝇依然在嗡嗡地飞舞。这一分钟还没有爆炸为碎片，它不会消逝，只会燃烧，不会过去。

大自然的颂歌

[墨西哥] 奥克塔维奥·帕斯

献给画家鲁菲诺·塔玛约

瓦蓝色的颜料描绘出一幅宽大的天幕，水和彩泼洒，深沉的天空在火光下清澈明朗。疯狂的羽毛，欢乐的枝杈，耀眼的光彩，当机立断，线条总是那样正确地落在纸上。绿色孕育希望，它要把那寒冷闪光的呼唤仔细咀嚼，再献给人间。灰色，深灰、浅灰、铅灰、铁灰，各种各样的灰色，无情的灰色，在大刀前让路，在号角声中躲闪。噢，还有艳红的玫瑰，明亮的火光。在那斜上方，现出一幅燃烧的几何图案。那是脊椎，那是立柱，那是水银，在火中，在荒野里安然无恙。

一端，一弯新月在燃烧。它已经不是珠宝，而是一颗在它自己心中那轮太阳照耀下长成的果子。那弯新月在发光，它是孕育万物的子宫，保护我们每个人的殿堂，一只玫瑰色的海螺，孤零零地在海滩上歌唱，一只夜鹰在飞翔。下方，在独自弹唱的吉他旁，岩石像一把玻璃匕首，蜂鸟展开翅膀，时钟不知疲倦地啃咬自己的五脏六腑，在这些刚刚诞生的东西和那些一开始就放在桌面上的东西旁边，还放着一块西瓜，炽热的曼密果，一条火光。那块西瓜就是一弯新月，一弯在女人眼睛那轮太阳照耀下生成的新月。

在距水里月亮和太阳水果同样远的地方，在那有限的画面上和平相处的两大对立世界中央，我们隐约望见了自己的缩影。吃人野兽青面獠牙，诗人睁开眼睛，女人把它闭上。这就是一切。

心情沉痛的骑手们登上山冈。奔驰的马蹄留下群星样的脚印。人地扬起一阵黑尘。地球向另外一个星系飞去。生命的最后一刻竖起自己的红冠。火焰在墙间呼啸，回声传遍四面八方。疯子劈开宇宙，向他自己的体内跳去。他顷刻间失去了踪影，被自我吞咽。野兽啃咬着太阳的遗骨、星辰的尸体和奥萨卡集市的余物。两只老鹰在苍天上啄食一颗亮星。那颗有生命的星带着两串眼睛垂直滑下。在这种能逃者逃之的战乱时刻，情人们奔到令人眩晕的阳台上。幸福的麦穗在一块火热的土地上摇晃，轻轻地升向天空。那爱是一块磁铁，整个世界吊挂在它身上。那吻调节海潮，举起音乐的闸门。在爱和吻的温暖脚下，万物苏醒，冲破硬壳，展开双翅，自由飞翔。

你看，在沉睡的万物中，在寻找自己翅膀、自己重量、自己另一种形态的各种各样形态的物质里，站在你面前的不是舞蹈皇后吗？还有红蚂蚁的女王，音乐公主，玻璃山洞里的女性居士，睡在一颗泪珠旁的妙龄女郎。宁静也是一曲舞蹈，它起身，轻盈跳跃。它在自己的脐部汇聚了一切光芒。男人都把目光投向它，它是天平，平衡着希望和成功，它是菜盘，为我们盛着助眠剂和催醒糖浆。它是固有的思想，额头上永存的纹沟，永恒的星座。它是一朵硕大的鲜花，在死人的胸口上和活人的梦境中生长，既没有活着，也没有死亡。这朵鲜花每天早晨悄悄地睁开眼睛，毫无怨言地望着采摘它的花匠。它的血沿着折断的枝条缓缓而上，升到浩瀚的天空，那是一把火炬，在墨西哥废墟上静静地燃烧发光。那是大树一样的喷水池，那是火的长虹，那是架在活人和死者之间的血液桥梁：生长，永不间断地生长。

真正的骄傲

[阿根廷] 胡利奥·科塔萨尔

谁也不记得规定人们必须打扫干树叶的法律，但是我们确信谁也不会想到可以不收拾它们，这样的事情由来已久，早在孩童时代开始受教育时就讲过了。其实，系鞋带或撑开伞的基本动作和从11月2日早晨9点开始扫干树叶的动作之间已没有多大区别。

同样，谁也不会想到讨论这个日期的时机，这种事是国家的一个习惯，有其存在的理由。黄昏，我们去墓地，所做的只是到家人的坟前打扫那些遮住坟头和使坟头看不清的干树叶，尽管那天干树叶说起来并没有什么要紧的。至多它们不过是一些令人头疼的讨厌的东西，必须清除掉，以便给那些花瓶换水，把石碑上的蜗牛爬的痕迹扫干净。偶尔可以暗示打扫干树叶的运动可以提前两三天进行。这样，当11月1日到来时，墓地就已经干净了，各个家庭便可以在墓前祈祷。不再干那种常常引起不快场面的清扫坟墓的麻烦事，同时在这个纪念日也不致让这种麻烦事影响我们

胡利奥·科塔萨尔（1914—1984年），阿根廷著名小说家。拉丁美洲文学"爆炸"的代表之一。主要代表作品有十四行诗集《仪表》、诗体剧《国王们》、短篇小说集《兽笼》《游戏的结局》《秘密武器》《一切火都是火》《仪式》和《故事集》。1967年出版诗歌、杂文、故事、轶事合集《80个世界一日游》，1969年出版第二本合集《最后一回合》。他的长篇小说有三部：《中奖彩票》《掷钱游戏》和《装备用的62型》。

的职责。但是我们从来也没有接受过那种暗示，也从来不相信可以阻止去北方的热带丛林的远征。尽管我们会付出代价。这都是有其存在理由的传统习惯，我们曾多次听到我们的祖父母严肃地回答那些无政府主义的叫喊，提醒人们注意，干树叶在坟上的积聚，正好向众人证明一到深秋它们是多么令人讨厌，这样来刺激大家以更高的热情参加第二次将开始的劳动。

整个镇子都被号召去投入这项运动。傍晚我们从墓地回来后，镇政府已经在广场中央安置了漆成白色的小亭子。我们陆续来到亭子前，排队等候发卡片。队排得像长龙，所以大多数人很晚才回到家。但是，我们从一位镇政府官员手里领到我们的卡片感到很高兴。这样，从第二天早晨起，我们所干的活儿就将每天在发片卡的小亭子里登记，随着我们根据我们所承担的任务把干树叶袋子或捉着埃及獴的笼子交给有关人员，一台专门的机器便在卡片上打上孔。孩子们是最开心的，因为给他们的卡片特别大，他们很高兴地把卡片拿给母亲看，他们还被派去干各种各样的轻活儿，但主要是监视埃及獴的活动。派给我们成年人的工作是最繁重的，因为除了管理埃及獴，我们还得把埃及獴收集的干树叶装进粗麻布袋子，并把袋子扛到镇的卡车上去。老人们被分配操作压缩气喷枪，把蛇精喷在干树叶上。但是成年人的工作要求极端认真负责，因为埃及獴常常偷懒，不像我们所期望的那样干。这样，几天下来，我们的卡片记录的实际工作量就不够了，这就增加了我们被派往北方丛林里工作的可能性。可以想象，我们必须竭力避免发生此事，尽管我们到时候还得承认这是和运动本身一样很自然的事情并且不会想到表示抗议；但是我们得尽最大的努力让埃及獴干活以便在我们的卡片上取得最高的成绩，这是合乎人之常情的；为了使运动达到成功，严格地对待埃及獴、老人和孩子，是必不可少的事情。

有时我们会问自己说，用蛇精喷干树叶的主意是怎样产生的。但是经过若干不愉快的推测后，我们终于认识到习惯、特别是那些有用的和正确的习惯的源头消失在了种族的最深处。镇政府有一天应该承认，镇上的人不足以完成收拾秋天凋落的树叶的任务，只有聪明地使用国内盛产的埃及獴才能达到目的。一位从靠近丛林的城市来的官员发现，对干树叶完全不感兴趣的埃及獴一旦闻到蛇的气味就会发疯地对待干树叶。肯定花了许多时间才得到这种发现和研究埃及獴对干树叶的反映，用蛇精喷洒干树叶让埃及獴报复性地收集它。我们处在一个都已确立和安排好的时代，埃及獴饲养人拥有必要的人员训练它们。每个夏天对丛林的远征带回来数量足够的蛇。对我们来说，这些事情是如此自然，我们只是偶尔几次并且以巨大的勇气提出那些我们童年时代父母严肃回答的问题，他们这样教会我们回答有一天我们的儿子向我们提的问题。奇怪的是，这种提问题的愿望只能在运动前或运动后才能表达，而且即使这样，也还是很难实现。十一月二日我们一领到我们的卡片就投身于分配给我们的任务。我们的每一个行动的正确性是如此明显，只有疯子才怀疑运动的用处和运动进行的方式。然而，我们的政府应该预见到这种可能性，因为在卡片背面印着的法律条文中规定了在这种情况下施加的惩罚；但是谁也不记得应该依法行事。

我们总是感到惊讶，为什么政府安排我们做工作时国家的生活并没有因为发动运动而发生混乱。我们成年人在机关或商店执行我们的时间表以前或以后每天要花五个小时去打扫干树叶。孩子们放弃了学校的体育课和民用与军事训练课。老年人利用天晴的时刻离开养老院去干分配的活儿。两三天过后，运动达到了第一个目的，中心地区的街道和广场已把树叶扫净。我们这些管理埃及獴的人必须加倍谨慎，因为随着运动的推进，埃及獴会愈来愈松劲。这样，向我们这个地区的检查员指出这个问题、让他下令加强蛇精的喷洒工作的任务就落在了我们的肩上。检查员只有确信我们尽了一切努力使埃及獴继续干活后才会下这个命令。倘若证明我们轻率地要求喷洒蛇精，我们就会遭到立刻被调动、送到丛林去工作的危险。不过，我们说遭到这种危险时，显然我们是夸大其词，因为去丛林的远征任务和运动本身一样也是国家的一种惯常的动作，谁也不打算为了一件平常的义务提出抗议。

有人私下议论，说分配老年人操作喷雾器是错误的。既然这是一种古老习惯，就不应该是一个错误。但是有时会发生这种事情：老年人注意力不集中，把相当多的蛇精喷在了街道或广场的一小块地上，忘记应该把蛇精喷洒在尽可能大些的地面上，这样一来，埃及獴就会发疯地扑向一大堆干树叶，几分钟就把树叶收集在一起并送到我们拿着袋子等候的地方；然后，当我们确信它们会依然不懈怠地干活的时候，却看见它们停了下来，在树叶上嗅来嗅去，好像不知所措似的。它们带着明显的疲劳和不快的样子罢工了。在这种情况下，训练员便吹起哨子，埃及獴立刻又干活了。但是不一会儿我们便发现蛇精喷洒得不均匀。对一种突然使埃及獴丧失兴趣的工作，它们是有理由抵制的。倘若有立足的蛇精，永远不会出现这种紧张局面，使得我们、老年人和市检查员为自己的责任担心，遭受着巨大的不安；但是人们老早就知道，供应的蛇精几乎不能满足运动的需要，对丛林的远征有时达不到目标，迫使市政府只得用有限的储备对付一场新发动的运动。这种状况加剧了这种担心：下一次动员将招收更多的新兵，当然我们所说的担心是明显的夸大，因为招收兵员是国家的惯例，跟运动本身一样，谁也不会想到为了一件平常的义务而提出抗议。关于去热带丛林的远征，我们议论得少了。回来的人也守口如瓶，因为有誓在先：不让我们知道任何消息。我们深信我们的政府会竭力消除我们的任何忧虑，不必担心对北方丛林的远征会出什么事情。但是不幸的是，谁也不能对伤病员视而不见。这样说毫无下结论的意思：每次远征的过程中都要死那么多亲人或熟人，这不能不使我们推测，到丛林里去捕蛇，每年都遇到邻国居民的无情抵抗，我们的同胞不能不面对他们的残忍和传奇般的邪恶行为，有时会遭到惨败。尽管我们不公开地讲，但是我们都感到愤慨：一个国家不清扫干树叶，却反对我们在丛林里捕蛇。我们从来也不怀疑，我们的政府可以担保，远征队进入邻国领土绝没有其他，遇到的抵抗完全是由于邻国的一种毫无道理的傲慢情绪。

我国政府的宽宏大度是无限的，甚至在那些能够破坏公众安宁的事情上。所以我们永远不会知道——应该强调说，我们也不想知道——我们的光荣的伤员是怎么受的伤。好像为了避免我们徒劳的忧虑，政府只公布了未受伤的远征者的名单和死者的名单。死者们的棺木是用运送远征者和蛇的同一辆军用列车拉回来的。两天后，政府官员和居民前往墓地参加了死者的葬礼。我们的政府拒绝采用合葬的粗俗做法，而是让每个远征者都有自己的坟墓并在坟前立个石碑，亲人可在以碑上不受任何阻拦地刻制碑文。这样，谁的坟头便很容易辨认了。但是近年来死者的数量越来越多，为了扩大墓地，政府征用了周围的土地。所以可以想象，从11月1日早晨开始，我们去墓地为了死者扫墓的人会有多少。糟糕的是，秋天已经很深，干树叶把街道和坟墓都淹没了。辨认坟头非常困难，我们常常不知所措，好几个钟头转来转去、询问我们要找的坟墓在什么位置。我们几乎都带来了扫帚，常常是在某个坟上扫了半天干树叶，以为那是我们的死者的坟墓，结果还是搞错了。不过，慢慢的，我们终于找到了坟头，这时已经是半后晌，我们可以休息和默祷了。尽管我们费了九牛二虎之力才找到了坟墓，但在某种意义上说我们还是愉快的，因为这件事证明第二天早晨将要开始的扫树叶运动是有益的。我们觉得我们的死者好像在鼓舞着我们扫树叶，尽管我们没有埃及獴的帮助。只有当第二天政府分配给由远征队和死者的棺木一起带回来的新的蛇精份额、老年人把它喷在干树叶上时埃及獴才能发挥作用帮助我们。

让美洲发现自己

[乌拉圭] 爱德华多·加莱亚诺

爱德华多·加莱亚诺（1940—　），乌拉圭著名小说家和散文家。20世纪70年代出版多部作品，有长篇小说《我们的歌》《爱情与战争的日日夜夜》、短篇小说集《流浪者》等。

进入20世纪80年代后，加莱亚诺以总题为《火的记忆》的三部曲《诞生》《面孔与面具》和《风的世纪》引起拉美文坛关注。

历史从一开始就被误解了。哥伦布一直到死都确信他到达的地方是日本，是中国海岸。当他知道他来到了一块欧洲人不知道的陆地时，他便把这个意外的收获称之为"发现"。

从此以后，印第安人就一直被判为终身有罪。在克里斯托瓦尔·哥伦布首次登上美洲的海滩后仅仅过了四年，他兄弟巴尔多洛梅便在海地动用火刑。六个印第安人被活活烧死，罪名是亵渎神明。说他们犯了亵渎神明罪，因为他们挖坟埋过耶稣基督和圣母的神像。但是他们之所以埋葬神像，目的是为了使下了种的土地更加肥沃，并没有任何作孽或犯罪的想法。

在后来的几个世纪中，黑色神话和玫瑰色神话都使得把美洲写入欧洲历史的误解者愈来愈多。这种虚假对立的两个极端把我们排斥在了真正的历史之外。真正的历史同那种由胜利者和为胜利者写的历史毫不相干，或关系甚微。黑色神话和玫瑰色神话都把我们排斥在了现实之外。关于美洲征服的这两种解释反映了某种对过去的时间这具闪光的尸首的可疑的尊敬态度。和我们的陆地每天的现时相比，它的光辉使我们眼花，甚至失明。黑色神话将残暴的殖民地掠夺的责任既加在了西班牙的身上，也在较小的程度上加在了葡萄牙身上。但是事实上，那种残酷的掠夺在更大的程度上有利于其他欧洲国家，它使得现代资本主义的发展成为可能。西班牙饲养了奶牛，但是喝牛奶是别的国家。这种现象从热那亚的银行家们捐款资助哥伦布第一次远洋航行的那个久远的日子起就是如此。所谓的"西班牙暴行"从来就不存在。确实曾存在和依然存在的是那种可恶的制度，这种制度曾经需要和依然需要实行残暴的统治方式。和黑色神话相对称。玫瑰色神话从另一个极端粉饰历史，赞扬卑鄙行为，把世界上最大规模的掠夺称为"传教"，把掠夺的命令归于上帝，这样中伤上帝。

黑色神话建议我们去参观"布恩·萨尔瓦赫"博物馆。参观时我们会为几个蜡人儿的幸福被摧毁而泪洒衣襟。但那些蜡人儿跟我们大陆上的有血有肉的人毫无关系。玫瑰色神话邀请我们去"西方大教堂"。我们在那里会加入世界性的大合唱，为欧洲的伟大文明事业唱赞歌。为了拯救世界，欧洲简直无所不在。

我们既不要黑色神话，也不要玫瑰色神话。我们只要恢复历史的真实面貌：这是一个挑战。必须改变现在的现实，恢复过去的现实，被虚构的、被掩饰的、被篡改的美洲历史的现实。

1492年，美洲被入侵，而不是被发现。其明显的证明是，公元前218年，西班牙被古罗马军团入侵，而不是被其发现。但是此外，还应该肯定，美洲不是在1492年被发现的，因为入侵美洲的人还不善于或者说还不可能"看见它"。

真正看见它的是被征服的征服者贡萨洛·格雷罗。由于看见了它，他后来被枪杀了。几位预言家，如巴尔多洛梅神甫、巴斯克·德·基洛加神甫和贝纳迪诺神甫也看见了它。由于看见了它，他们爱上了它，最后陷入了孤独。但是征服军士兵和僧侣、书记员和商人没有看见它。人们到美洲来仅仅是为了寻求财富，把他们的宗教和文化作为唯一的真理强行在那里传播。在一个帝国的被压迫者中间产生的基督教已经变成以征服者的步伐进入历史的另一个帝国手中的压迫工具。它就是欧洲卡洛斯五世的帝国。

除了迷信和偶像崇拜，没有也不可能有别的什么宗教。全部其他的文化纯属愚昧无知。上帝和人居住在欧洲；新世界住的都是魔鬼和猴子。所谓的种族日，不过是开始了一个整个美洲仍然受苦受难的种族主义时期。许多人依然不知道早在1537年教皇就明文规定，印第安人是有灵魂和理智的。

帝国的任何举动，从前的也好，现在的也好，都不能发现。强夺和掳掠的冒险都不能发现，而只会掩盖。不会揭示，而只会掩饰。为了能够发现，需要有把专横变成法律的受约束的思想。

现在是让美洲自己发现自己的时候了。这种必要的发现，这种对面具后面的面孔的揭示，需要有一个恢复我们的某些最古老的传统的过程。必须从希望出发而不是从怀念出发恢复以互助为基础而不是以贪婪为基础的共同生产与生活的方式，恢复人和大自然之间的和谐一致的关系和古老的自由习惯。我认为最好的办法是纪念印第安人，纪念最早的美洲人。从北极到火地岛，他们果敢地穿过一系列毁灭性的战役，保持着他们的一致和联系的生动有力。即使在今天，他们仍然对全美洲而不只是我们拉丁美洲贡献着记忆和预言的最基本最关键的内容，提供关于过去的证明材料，同时燃烧着照亮道路的灯火。

我不属于那类因为传统是传统才相信传统的人：我只相信增强了人的自由的继承物，而不相信把人的自由监禁起来的继承物。当我提到在过去帮助我们找到回答现代的挑战的久远的声音时，我不是主张恢复把人的心脏奉献给诸神的献祭仪式，也并非赞赏印加和阿兹特克国王的专制统治。

与此相反，我希望美洲能够在它最古老的源泉里找到它最年轻的活力。过去的事情对未来是有意义的。如果真正的印第安人、活着的印第安人依然体现的价值仅仅具有考古的价值的话，他们就不再是残酷的压迫的对象，热衷于让他们脱离阶级斗争和人民的自由运动的权力支配者也就不存在了。今天，征服活动仍在继续。印第安人仍在承受着共居、放纵和其他无礼行为的罪行。

我有一个梦想

[美国] 马丁·路德·金

一百年前一个伟大的美国人签署了《解放黑奴宣言》——我们现在就站在他的纪念像的阴影里，这个重要的文件像希望的灯塔的强光，照在受到不义的火焰煎熬的数以百万计的奴隶身上；这个文件像欢乐的曙光，宣告了奴隶制的漫漫长夜的结束。

但是一百年过去了，我们却仍然不得不面对一个悲惨的现实：黑人还没有获得自由。一百年过去了，黑人仍然生活在种族隔离的镣铐和种族歧视的锁链之下，寸步难行，悲惨不堪。一百年过去了，在一个物质繁荣的广阔海洋中，黑人仍然生活在贫穷的孤岛上。一百年过去了，黑人仍然在美国社会的角落里枯萎憔悴，仍然是自己国土上的流放犯。我们今天到这儿来正是要让这可怕的现实引起人们的注意。

我深深地懂得，你们有些人是经历过巨大的考验和苦难才到达这儿的。你们有些人刚从狭窄的牢房里出来；有些人来自提出自由的要求就会遇到迫害的风暴和警

马丁·路德·金（1929—1968年），美国著名黑人牧师，民族运动领袖。1964年获诺贝尔和平奖。1968年组织"贫民进军"，途经田纳西州孟菲斯城时，被种族分子枪杀。

永/恒/的/经/典

察的暴力的地方。你们是为了创造未来而饱经苦难的老战士。继续干下去吧，要有这样的信心，遭受到不应遭受的痛苦的人是会得到报偿的。

回到密西西比去吧，回到阿拉巴马去吧，回到南卡罗来纳去吧，回到乔治亚去吧，回到路易西安那去吧，回到北方城市的贫民窟和黑人区里去吧！心里要有一种信念：这种局面一定能、也一定会有某种程度的改变。别把自己埋在绝望的深谷里。

今天我要告诉你们，我的朋友们，尽管有眼前的困难和挫折。我仍然有一个梦，这个梦的根深深地扎在美国的梦里。

我梦想有一天这个国家会站起来体现出它的信念的真谛："我们相信人类天生平等的真理不言自明的。"

我梦想在乔治亚州红色的山峦上，过去的奴隶的子孙会和过去的奴隶主的子孙一起在兄弟之情的桌旁坐下来。

我梦想，有一天就连密西西比州，那个不义和压迫的酷热的沙漠，也会变成正义和自由的绿洲。

我梦想，我的四个年幼的孩子有一天会生活在一个不按他们皮肤的颜色，而按他们的品格内涵而受到评价的国家里。

我梦想，有一天阿拉巴马州会变成黑人的孩子能和白人的孩子像兄弟姐妹一样手挽手走在一起的地方，尽管那儿的州长今天还满口拒不服从合众国法令的言词。我今天梦想着。我梦想着有一天每一个峡谷会升高，每一个山陵会下降，崎岖的处所会变得坦荡，曲折的地方会变得笔直，主的荣光将会显露，让所有的人一起看到。

这便是我们的梦想。这便是我回到南方来时心里所怀着的信念。怀着这个信念我们能把绝望的山岩雕刻成希望的石像。怀着这个信念我们能把我们国家的不和的喧嚣变作兄弟之情的美妙的交响曲。怀着这个信念我们将能一起工作，一起祈祷，一起斗争，一起坐牢，一起捍卫自由——我们知道有一天会获得自由。

那将是上帝的孩子们能在一起歌唱的日子，那歌词将带着新的意义。

我的祖国，我歌颂您，

可爱的自由的祖国，

我歌颂您：

您是我祖先逝去的地方，

是朝圣者引为骄傲的地方，

从每一座高山峻岭之上，

让自由的声音震响。

如果美国要成为伟大的国家，这个梦想必须实现。因此让自由的声音在新罕布什尔的巍峨的山巅上震响吧。

让自由的声音在纽约州的高山峻岭之上震响吧。

让自由的声音在宾夕法尼亚州的还在增高的阿勒干尼山上震响吧！

让自由的声音在科洛拉多州白雪皑皑的落基山上震响吧！

这还不够；还要让自由的声音在乔治亚州的斯通山上震响！

还要让自由的声音在田纳西州的洛考特山上震响！

还要让自由的声音在密西西比州大大小小的群山上震响！

让自由的声音回荡在每一座山上。

当我们让自由的声音震响的时候，当我们让自由的声音在每一个大大小小的村落、每一个州、每一个城市震响的时候，我们将能加速那个日子的到来，那时上帝的所有的孩子：黑人、白人、犹太人、异邦人、新教徒和天主教徒都会手挽着手歌唱。

只要有爱，就值得活在世上

[智利] 巴勃鲁·聂鲁达

巴勃鲁·聂鲁达（1904—1973年），智利诗人。著名诗集有《西班牙在心中》《诗歌总集》《葡萄和风》《一百首爱情十四行诗》《英雄事业的赞歌》等，1971年获诺贝尔文学奖。

许多年前，我沿着朗科湖向内地走去，我觉得找到了祖国的发祥地，找到了既受大自然攻击又受大自然爱护的诗歌的天生摇篮。

天空从柏树高高的树冠之间露出来，空气飘逸着密林的芳香。一切都有响声，又都寂静无声。隐匿的鸟儿在窃窃低语，果实和树枝落下时擦响树叶，在神秘而又庄严的瞬间一切都停止了，大森林里的一切似乎都在期待什么。那时候一个新的生命即将诞生，诞生的是一条河流。我不知道这条河叫什么，但是它最初涌出的纯洁的、暗色的水流几乎无法看见，涓细而且悄然无声，正在枯死的大树干和巨石之间寻觅出路。

千年树叶落在它的源头，过去的一切都要阻挡它的去路，却只能使它的道路溢满芳香。年轻的河流摧毁腐朽的枯叶，满载着新鲜的养分在自己行进的路上散发。

我当时想，诗歌的产生也是这样。它来自目力所不及的高处，它的源头神秘而又模糊，荒凉而又芳香，像河流那样容纳一切汇入的小溪，在群山中间寻觅出路，在草原上发出琤琮的歌声。

它浇灌田野，向饥饿者提供食粮。它在谷穗里寻路前进。赶路的人靠它解渴；当人们战斗或休息的时候，它就来歌唱。

它把人们联结起来，而且在他们中建立起村庄。它带着繁衍生命的根穿过山谷。

歌唱和繁殖就是诗。

它离开神秘的地下，繁殖着，唱着歌向前奔流。它以不断增长的运动产生出能量，去磨粉、鞣皮、锯木、给城市以光明。它造福，黎明时岸边彩旗飞扬；总要在会唱歌的河边欢庆节日。

我记得在佛罗伦萨时，有一天去参观一家工厂。在厂里我给聚集在一起的工人朗诵我的诗，朗诵时我极其羞怯，这是任何一个来自年轻大陆的人在仍然活在那里的神圣幽灵近旁说话时都会有的心情。随后，该厂工人送我一件纪念品，我至今仍然保存着。那是一本1484年版的彼特拉克诗集。

诗已随河水流过，在那家工厂里歌唱过，而且已经同工人们一起生活了几个世纪。我心目中的那位永远穿着修士罩袍的彼特拉克，是那些纯朴的意大利人中的一员，而我满怀敬意捧在手里、对我具有一种新的意义的那本书，只不过是拿在一个普通人手里的绝妙工具。

我想，前来参加这个庆祝会的有我的许多同胞，还有一些别国的男女知名人士，他们绝不是来祝贺我个人，而是来赞扬诗人们的责任和诗的普遍发展。

我们大家在这里欢聚一堂，我很高兴。想到我的那些经历和写过的东西能使我们接近起来，我感到由衷的欣慰。确保全体人类相互认识和了解，是人道主义者的首要责任和知识界的基本任务。只要有爱，就值得去战斗和歌唱，就值得活在世上。

我知道，在我们这个被大海和茫茫雪山隔绝的国度里，你们不是在为我，而是在为人类的胜利而举行庆祝。因为，如果高些高山中最高的山，如果这汹涌的波涛最激烈的太平洋波涛，曾经企图阻止我们的祖国向全世界发出自己的声音，曾经反对各国人民的斗争和世界文化的统一，现在这些高山被征服了，大洋也被战胜了。

在我们这个地处偏远的国家里，我的人民和我的诗歌为增进交往和友谊进行了斗争。

这所大学履行其学术职责，接待我们大家，从而确立了人类社会的胜利和智利这颗星辰的荣耀。

鲁文·达里奥在我们南极星的照耀下生活过。他来自我们美洲美妙的热带地区。他大概是在一个跟今天一样的空澄碧、白雪皑皑的冬日来到瓦尔帕莱索的，来重建西班牙语的诗歌。

今天，我向他那星星般的壮丽，向他那仍在照耀我们的晶莹的魅力，寄予我的全部思念和敬意。

昨夜，我收到第一批礼物。其中有劳拉·罗迪格带给我的一件珍品，我十分激动地把它打开来。这是加夫列拉·米斯特拉尔的《兀的十四行诗》的手稿，是用铅笔写的，而且通篇是修改的字迹。这份手稿写于1914年，但依然可以领略到她那笔力雄健的书法特色。

我认为，这些十四行诗达到了永恒雪山的高度，而且具有克维多那样的潜在的震撼力。

此刻，我把加夫列拉·米斯特拉尔和鲁文·达里奥都当作智利诗人来怀念，在我年满五十周岁之际，我想说，是他们使真正的诗歌永远常青。

我感激他们，感激所有在我之前用各种文字从事笔耕的人。他们的名字举不胜举，他们有如繁星布满整个天空。

回头的浪子

[澳大利亚]帕特里克·怀特

本文旨在回答阿利斯特·克肖最近发表的文章，《最后一个侨居国外的人》。不过我很难与克肖锐利的新闻武器对阵，所以不打算对他文中诸点逐一作答。有人愿侨居国外，有人想返回本国，那理由无论如何是因人而异的，因此这个问题，也就只能根据个人的感受来回答了。

我今年四十六岁，在国外度过了二十个年头。最近十年，几乎寸步未离卡斯尔山那方圆六英亩的"山茱萸"农场。这听来有些蹊跷，也许是值得解释一下的。

我从小所受的教育使我相信这样的格言：唯不列颠人正确。早年，我确实接受了它。在一所英国公学里，我被熨得平平整整，最后在剑桥大学的国王学院卒业。直到1939年，找独自漫游了西欧大部，以及末了还逛了大半个美国以后，我才开始成长起来，开始独立思考。而战争则完成了我性格其余部分的改造。本来似乎是多彩的、理性的、称心如意的生活，令人痛心地变成了毫无意义的寄生生活。没有任

帕特里克·怀特（1912—1990年）澳大利亚小说家、剧作家。1973年诺贝尔文学奖获得者。著有长篇小说十一部，短篇小说集两部，剧本五个和自传一部。《回头的浪子》作于1958年，是一篇被评论家反复引用的重要文章。

何东西像雨点般的炸弹那样促人估价自己的成就了。在闪电战开始的最初几个月里，这位已经著有两部颇为成功的小说且声名在外的澳大利亚人，夜里独坐在他在伦敦的卧室兼起居室里，得出了这样的结论：他的成就几乎等于零。有意义的是，也许那时他正读着艾尔的《日记》。也许他遇到了"顶头风"，自然不时地走向柜子，取出那瓶卡尔瓦多斯白兰地多喝几口。总之，他第一次体会到那种无所依傍的感觉，阿利斯特·克肖曾对这种感受表示哀叹，并把它解释为一种"谋求再度用鼻子触磨母国仁慈的乳头的愿望"。

我在滞留中东的整个战争期间，始终渴望返回童年的天地里去。童年毕竟是艺术创作者所能汲取的最纯洁的源泉。这种愿望又被对沙漠景物的极度留恋所加剧，但是在我随部队驻扎希腊的那年，它几乎得到了满足。因为在希腊，各方面都显得完美无缺，不仅是古迹美，而且还有自然风光美。同时，日常生活中所表现出来的人与人之间的关系也非常温暖。那么为什么我没有留居希腊呢？我曾经动心过。也许是因为我意识到，即便是最地道的居民海伦诺菲尔，也只不过是心甘情愿地扮演了地中海东部沿岸流浪者的喜剧性角色而已。当地人民似乎并非不动情地说，他不属于那儿。对他来说，这是可悲的，不过他无足轻重。这个海伦诺菲尔，至今还在谦卑地盼望着自己能属于希腊。

这样，我便没有留在可以供我选择的希腊。部队在英国解散了，这给我带来了两种可能性：要么留在我当时所感到的实际的和精神的墓地，其前景是不再当艺术家，而成为一个最无成效的人，一个伦敦知识分子；要么返回故土，回到记忆中最富刺激的时代中去。说实在，吃厌了我所能吃得起的伦敦餐馆那种软乎乎、甜蜜蜜的可怕的炖马肉之后，填饱肚皮的想法也起了作用。于是我回国了，在卡斯尔山买下了一个农场，同朋友兼合作者，希腊人曼诺力·拉斯卡力斯一起，开始养花种菜，饲养德国种小猎犬和萨纳种山羊。

最初的几年，我对这些活动感到满意，并让自己沉浸在自然风光之中。要是有人提起写作，我会说"呵，也许有一天"，但我并无真意来充分考虑这个问题。《姨妈的故事》写于战争刚刚结束，我回澳大利亚之前。国外评论家对这部小说的反响不错，但像往常一样，国内评论家的反映不佳。小说未能被人卒读，公共图书馆中书页的状况显而易见地说明了这一点。但对我来说，除了吃穿和头顶上属于自己的屋顶，似乎一切都无关紧要。

随后，我忽然开始感到不满了。不管澳大利亚评论家的态度如何，也许写小说是我唯一可能取得某些成功的事情。甚至我那一半的失败在某种程度上也证实，要是我不写作，生活便会毫无意义。我满怀激情地回到了我年轻时离别的故土以后，真正发现了什么呢？有什么东西可以阻止我像阿利斯特·克肖和很多别的艺术家那样，收拾行装离去呢？我不得不痛苦地承认，没有。四周伸延着澳大利亚的巨大虚空，在那里，思想是最空洞的；在那里，富人就是重要人物；在那里，教师和新闻记者统治着一切精神领域；在那里，漂亮的青年男女透过毫无判断力的蓝眼睛注视着生活；在那里，人的牙齿像秋天的叶子那样掉落，汽车后部的玻璃每时每刻都在增大，只有肉馅饼和大肉排，才算得上好饭食，强健的体魄压倒了一切，物质上的丑恶不会使普通人感到震惊。

正是那"普通人"的得意之情最使我感到惊慌。在这样的心境中，我不由自主地开始构思起另一部小说来。由于我要填塞的空白如此巨大，所以我试图通过一对平凡男女的生活，在书中尽可能地涉及生活的每一个方面。但与此同时，我要在平凡的背后发现不平凡，发现神秘和诗意。因为正是这一切使这些人的生活，顺便说一句还有我回来后的生活，变得可以忍受。

于是我开始撰写《人类之树》了。这部小说如何被那些较为重要的澳大利亚评论家所看待的问题，已成了亘古历史。随后我创作了《沃斯》，它可能还是我在闪电战初期酝酿的。当时我坐在伦敦的一间卧室兼起居室的房间里，读着艾尔的《日记》。几个月穿过埃及和昔兰尼加沙漠的往返奔波，孕育着这一想法：那个时代最显赫的狂妄者也在影响着它；回国后，我阅读了当代人对莱卡特探险的描绘和A.H奇泽姆的《奇异的新世界》，这个想法终于成熟了。

在这里讨论这部小说的文学因素会不太切题。重要的倒是作者的意图。这些意图使一些读者不知缘由地感到高兴，也使那些发现此书毫无意义的人发怒。我老是在作画和作曲上受挫，因此我要赋予我的著作以音乐的结构，画的美感，通过《沃斯》中的主题和人物，来表达德拉克鲁瓦和布莱克所可能看到的，以及马勒和李斯特可能听到的东西。首要的是，我决心证明，澳大利亚的小说并不一定是阴郁沉闷的、粪土色的新闻体现实主义的产物。总的说来，世界已被说服，而只有此地此刻，野狗们正在无情地吼叫着。

那么这位返回国土的侨居国外者得到了什么报偿呢？我记得，在我第一部小说获得成功之际，一位名叫盖伊·英尼斯的老练而聪明的澳大利亚记者，在我的伦敦寓所里访问了我。他问我是否想回国。我那时刚"到"，干吗我要回去呢？"呵，不过你回去的话，"他坚持己见，"各类颜色会源源不断地流到你的调色板上呐。"直到最近几年，我才想起他对我第一部小说的这段委婉批评。我想，盖伊·英尼斯也许是对的。

因此，报偿之一便是更新了的景物，它即便在记忆中显得更加寒酸，却一直是我生活的背景。如果我光坐在塞纳河左岸与阿利斯特·克肖边喝酒边滔滔不绝，那么自然的世界和音乐的世界也许永远不会显露出来。也许一切艺术之花在沉默中更易开放。当然单纯和谦卑的境界，是艺术家或普通人唯一值得向往的境界。要到达这样的境界，未必会有可能，但努力去争取却是十分必要的。由于我几乎被剥夺了自认为合意和必需的一切东西，我开始了我的尝试。写作本意味着一个有修养的头脑在文明的环境中所作的艺术实践，现在却变成了用词汇的岩石和木条创造出全新的形式的斗争。我第一次开始看清了事物。甚至连厌倦和失败也为无穷尽的探索提供了途径；甚至连丑陋的东西，也获得了意义。至于好似挑绷子游戏的人与人之间的交际，它已被必要地简化了，而且常常给弄糟了，有时倒也动人。这种尝试本身就是一种酬报。出借的书籍，播放的唱片，往往可能促成人与人之间的交往。也存在着这样的可能性：一个人可能会有助于使一个人烟稀少的国土生活着一个具有理解力的民族。

那么，这就是一个侨居国外者留在本国的某些理由了，尽管他必须面对回国后必然接踵而来的各种失望。阿利斯特·克肖也许会回答说，这些理由抽象而且不能令人信服。但正如我已经提醒过的那样，这些纯属个人的理由。我从不知姓名的澳大利亚人那儿所收到了许多信件，它们是最具体的，也是最好的报偿，我的创作似乎已为他们打开了一扇窗子。对我来说，单是这些信件就足以构成我留居国内的理由了。